착한 인형 나쁜 인형

착한 인형 나쁜 인형

서하나 장편소설

네오픽션

차
례

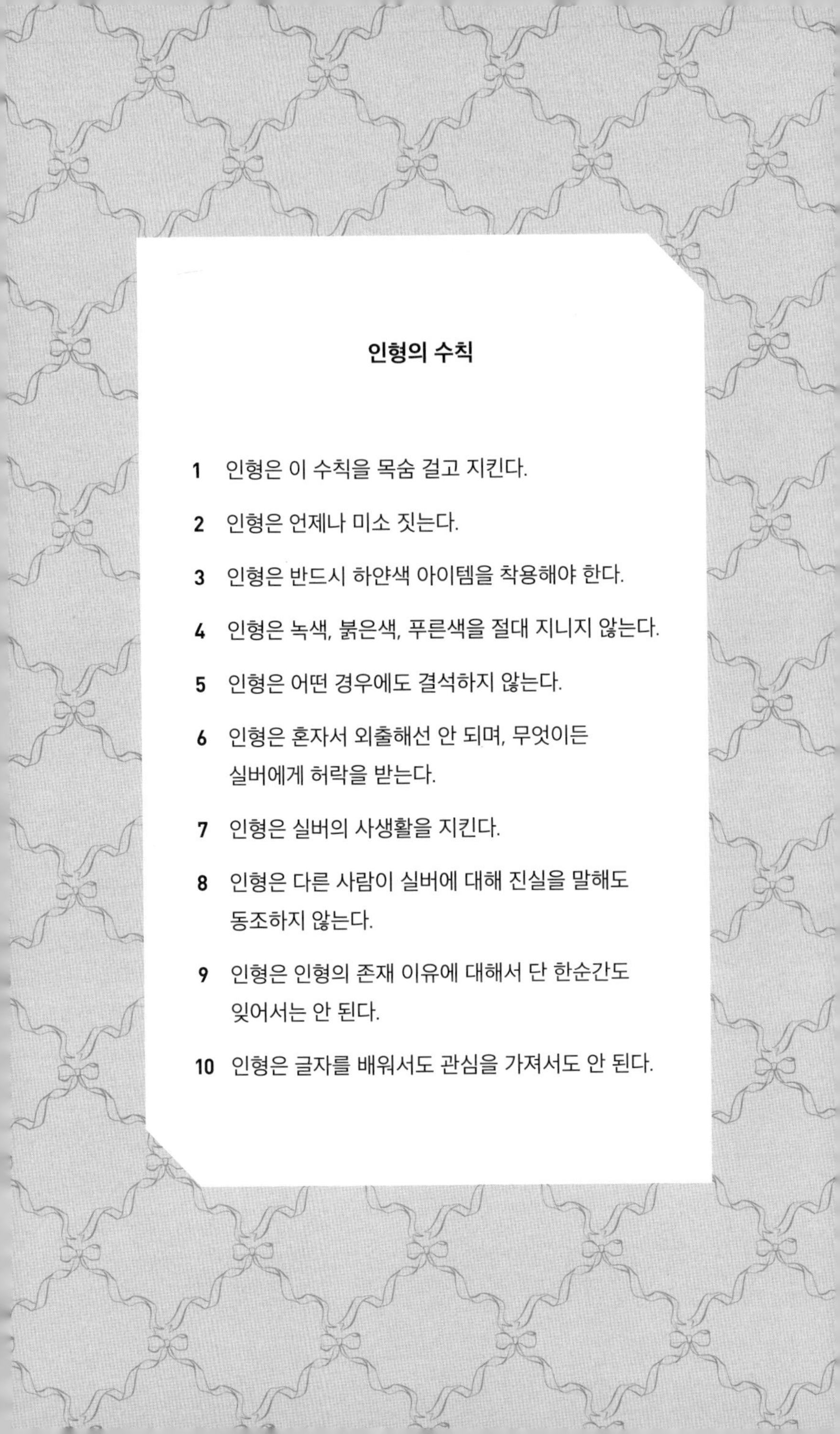

인형의 수칙

1   인형은 이 수칙을 목숨 걸고 지킨다.

2   인형은 언제나 미소 짓는다.

3   인형은 반드시 하얀색 아이템을 착용해야 한다.

4   인형은 녹색, 붉은색, 푸른색을 절대 지니지 않는다.

5   인형은 어떤 경우에도 결석하지 않는다.

6   인형은 혼자서 외출해선 안 되며, 무엇이든
    실버에게 허락을 받는다.

7   인형은 실버의 사생활을 지킨다.

8   인형은 다른 사람이 실버에 대해 진실을 말해도
    동조하지 않는다.

9   인형은 인형의 존재 이유에 대해서 단 한순간도
    잊어서는 안 된다.

10 인형은 글자를 배워서도 관심을 가져서도 안 된다.

학교

젠은 하얀색 리본 끈으로 머리를 하나로 묶었다. 어두운 머리카락과 확연히 대비되는 하얀색 끈은 젠의 취향이 아니었다. 하지만 선택권이 없었다.

수칙 3 반드시 하얀색 아이템을 착용해야 한다.

    (상의, 하의, 신발, 액세서리 중 적어도 하나는 하얀색을 착용할 것)

하얀색은 증표와 다름없었다. 주인인 실버에게 절대복종한다는, 나는 한낱 인형에 불과하다는 증표. 그래서 많은 이가 경쟁적으로 하얀색 아이템을 착용했다. 어떤 이들은 머리부터 발끝까지 하얀색을 사용해 주인에 대한 복종심을 여과 없이 드러냈다. 물론 혼자서 결정할 수 있는 일은 아니었다. 선택에는 늘 주인의 허락이 필요했고, 언제나 선택은 주인이 원하는 방향으로 흘러갔다.

그들과 달리 젠은 비교적 자유로웠다. 그녀의 주인인 루비는 무엇이든 젠 스스로 결정할 수 있게 내버려뒀다. 젠을 인형이 아닌 인격체로 보고 존중했다. 그러나 루비 역시 정부가 정한 수칙 앞에서는 콧대 높은 주인처럼 굴어야 했다. 그건 루비와 젠을 지키는 방법이었다. 만약 젠이 '생각'을, 그러니까 오늘의 젠을 만든 요소들이 전부 젠의 '생각'이자 '선택'이었다는 걸 정부에 들킨다면, 젠은 즉시 루비의 곁을 떠나야 하고 루비는 재산을 몰수당한 채로 영원히 고립된 삶을 산다. 사람을 사람으로 대했다는 이유로 받는 처벌로는 부당했지만 세상의 균형을 위해 정해진 법이니 닥치고 따라야 했다. 그걸 잘 알기에 젠은 불만을 숨기고 착실한 인형임을 드러냈다. 내키지 않는 하얀색 머리끈을 사용하면서까지 말이다.

"젠. 아직 멀었니? 그러다 버스 놓치겠다."

머리를 몇 번이나 풀었다 묶는 바람에 시간이 지체됐다. 아래층에서 루비가 부르지 않았더라면 젠은 또다시 머리와 씨름했을 것이다. 젠은 서둘러 가방을 들고 방을 나섰다. 학교 따위 가고 싶지 않았지만 결석하지 않는 것 또한 수칙이었으니 지켜야 했다.

"아주 예쁘구나. 역시 너에겐 안목이 있다니까. 한 바퀴 돌아봐줄 수 있겠니?"

새로 산 스커트를 입은 젠에게서 루비는 눈을 떼지 못했다. 칭찬을 들은 젠은 약간 부끄러워하다가 제자리에서 천천히 몸을 돌렸다. 그러자 힘을 받은 스커트가 우산처럼 둥그렇게 퍼졌다가 원상태로 돌아갔다. 루비의 입가에 만족스러운 미소가 떠올랐다. 적어도 하루에 한 번은 루비를 기쁘게 만들 것. 이건 젠이 만든 그녀만의 수칙이었다. 루비는 그녀에게 있어 아주 소중한 사람인 만큼 기쁘게 만드는 건 무엇보다 중요한 일이었다.

'너의 존재가 기쁨 그 자체란다. 그러니 그런 건 노력할 필요 없어.'

언젠가 젠의 마음을 읽은 루비가 말했다. 따뜻하고 애정이 듬뿍 담긴 목소리로 말해서 젠은 눈물이 나려 했다. 이런 과분한 사랑을 받을 자격이 나에게 있는 걸까. 11년 전, 자신을 데려온 게 루비여서 다행이었다. 사실 루비보다 먼저 그녀를 데려가려고 했던 사람이 있었지만 사정이 생겨 틀어지고 말았다. 그때만 생각하면 젠은 가슴이 철렁 내려앉았다. 자칫했으면 루비를 만나지 못했을 테고, 다른 아이들처럼 오로지 복종만 있는 삶을 살았을 테니까.

빵빵. 스쿨버스가 집 앞에 섰다. 운전기사는 지체되는 것을 극도로 싫어해서 버스를 멈추기 전부터 경적을 울려댔다. 실버들에게 주의를 받았음에도 고쳐지지 않았다. 그래도 젠은 그가 싫지 않았다. 운전하지 않을 때 항상 취해 있었지만 사고는 치지 않았고, 유쾌함을 잃지 않으니 관찰하는 재미가 있었다.

젠이 버스에 오르자 중간에 앉아 있던 수가 옆자리로 오라고 손짓했다. 수는 하룻밤 사이에 머리카락 색이 달라져 있었다. 옅은 은색에 카키색이 섞인 이번 머리는 며칠이나 갈까. 수의 주인은 염색과 네일에 집착했다. 아마 자신이 하지 못하는 욕구를 수를 통해 푸는 모양인데 그 정도가 지나쳐 매번 눈살이 찌푸려졌다. 물론 수는 불만이 없었다. 교육을 잘 받은 탓이었다. 주인이 하는 일은 무조건 옳다! 이게 바로 학교에서 배우는 주된 내용인 만큼 다들 믿고 따랐다. 젠은 예외였는데 당연히 루비의 영향이 컸다.

젠이 옆자리에 앉자 수의 눈길이 젠이 들고 있던 간식통을 지나 젠의 머리로 옮겨 갔다. 너무 뻔한 눈길이라 모른 척 넘어가기 힘들었다.

"왜 그렇게 봐?"

"네 충성심 말이야. 오늘도 참…… 티끌만 하네."

수는 젠의 머리끈을 비웃듯 자신이 입은 하얀 원피스를

자랑스레 선보였다. 틀림없이 주인이 입혔겠지만 수는 마치 본인의 선택인 것처럼 굴었다. 젠은 제발 멍청하게 굴지 말라고 충고해주려다가 입을 다물었다. 이야기해봤자 소용없다는 걸 알기에 에너지를 낭비하고 싶지 않았다. 그러나 수는 젠의 침묵에도 아랑곳하지 않고 하고 싶은 말을 이어나갔다.

"그런데도 루비 여사님은 널 참 위해주시는구나."

수가 가리킨 건 간식 통이었다. 루비는 아침마다 간식을 만들어 등교하는 젠의 손에 들려 보냈다. 학교에서 따로 간식이 나왔지만 루비는 직접 만든 걸 먹이고 싶어 했다. 대부분의 실버가 손주를 위해서만 간식을 만들었기 때문에 이것은 모두의 부러움을 샀다.

"너를 위해 한마디할게. 루비 여사님이 손수 간식을 만들어준다고 해서 착각하면 안 돼. 우리는 결코 실버의 손주가 될 수 없어. 알지?"

거들먹거리는 수의 말투에 젠은 기분이 상했다.

'치. 아무것도 모르면서 잘난 체하기는.'

젠은 루비와 형성된 유대감을 수에게 보여주고 싶었다. 수가 이런 식으로 얄밉게 굴 때마다 루비가 자신을 얼마나 사랑하는지, 그녀에게 있어서 자신은 단순한 인형이 아니라 가족이라는 걸 알게 해주고픈 충동이 일었다. 그러나 입이 깃털보다 가벼운 수가 알게 되면 반나절도 지나지 않아 온 세상 사람들에게 퍼질 게 뻔해서 매번 참고 또 참아야만 했다. 젠은 얼굴에서 웃음기를 빼고서 창문 쪽으로 눈을 돌렸다. 더는 대화하고 싶지 않다는 무언의 제스처였다. 알아들었는지 수도 더는 떠들지 않았다.

창밖으로 똑같은 크기의 집들이 일정한 거리를 유지하며 나타났다가 사라졌다. 버스가 그 앞을 지나갈 때마다 하얀색 아이템을 착용한 아이들이 한 명씩 올라탔다. 같은 처지의 아이들은 모두 비슷한 표정을 짓고 있었다. 무기력하고 어느 것에도 흥미를 느끼지 못한다는 표정. 물론 이런 표정은 환한 미소 뒤에 숨어 있었다.

수칙 2 언제나 미소 짓는다.

(어두운 표정은 자신의 실버를 욕보이는 짓이니 금기한다)

숨어 있는 진짜 표정은 아이러니하게도 본인조차도 인지하지 못한다. 아이들은 미소를 진짜라 믿었고, 실버를 위해 사는 삶이 행복하다 느꼈다. 슬프게도 말이다.

"으하하. 너 이게 뭐야."

갑자기 버스 뒤쪽이 시끄러웠다. 앞쪽의 아이들이 호기심에 몸을 움찔댔지만 아무도 돌아보지 않았다.

'어떤 상황이 와도 품위를 잃지 말 것! 품위는 곧 실버의 얼굴이다. 그런 대단한 얼굴에 먹칠을 해서는 안 되겠지?'

선생 쏜의 말이 아이들의 귓가에 울려 퍼졌으리라. 그러나 호기심은 십대 아이들을 달콤하고 강하게 지배한다. '인형'일지라도 말이다. 결국 거의 모든 아이의 고개가 시끄러운 뒤쪽으로 돌아갔다. 젠은 품위를 지키는 소수에 속했지만 옆에서 호들갑을 떠는 수 때문에 호기심에 지고 말았다.

남자아이 둘이 여자아이를 놀리고 있었다. 여자아이는 흰색 모자를 쓰고 있었는데, 순식간에 남자아이 하나가 벗겨냈다.

"야. 한쪽 눈썹 어디 갔냐니까."

"네 실버가 그랬어? 취향 참 독특하다."

"그런 거 아니야. 내 모자나 돌려줘."

여자아이는 눈썹을 필사적으로 가리며 빼앗긴 모자를 되찾으려고 애썼다. 세 사람 사이에 몸싸움이 오가는가 싶더니 덩치 큰 다른 남자아이가 개입하면서 흐지부지 끝났다. 그는 모자를 빼앗아 여자아이에게 건네며 귓속말을 했는데, 그러자 여자아이가 진정하는 눈치였다. 당사자들의 싱거워진 분위기는 모두의 흥분을 바닥으로 끌어내렸다.

"쟤 정말 울고 싶겠다. 밀려면 양쪽 다 밀든가. 우리 타라 여사님이라면 절대 상상할 수 없는 일이야."

옆에서 수가 속삭였다. 미의 기준은 절대적인 게 아니라 함부로 평가할 수는 없었다. 그러나 저 모습은 누가 봐도 악의적이었다.

"아니면 벌인가? 어머, 쟤가 잘못을 크게 했나 봐. 쯧."

그래. 벌일 수도 있겠지. 아니면 히스테리를 풀었거나. 어느 쪽이든 간에 보통은 눈에 띄지 않게 은밀히 했다. 저렇게 보이는 식은 본인의 얼굴에도 먹칠하는 짓이라 젠은 여자아이의 실버가 누구인지 궁금해졌다.

어느새 버스는 학교에 성큼 가까워지고 있었다. 버스가 교문을 통과해 주차장에 들어서자 아이들은 가방을 챙겼다. 운전기사 폰이 신호를 주자 아이들은 앞다투어 버스에서 내렸다. 질서 있게 움직이면 좋으련만 서로 먼저 내리려고 애를 썼다. 마치 닭장에서 탈출하려는 닭들 같았다. 아이들은 그렇게 또 한 번 품위를 잃었다.

자칫하면 다칠 수 있어서 폰이 안전하게 통솔해주면 좋으련만, 그는 이런 무질서를 더 좋아할 뿐만 아니라 그의 영혼은 더 이상 이곳에 없었다. 그는 벌써 자신만의 시간을 즐길 생각에 들떠 있었다. 아이들을 무사히 학교에 내려놓았으니 앞으로 자유 시간이었다. 그 시간 때문에 스쿨버스 운전기사는 다른 기사들에 비해 편안한 직업이었다. 아무도 터치하지 않는 그 시간 동안 그는 손에서 술병을 내려놓지 않을 터였다. 젠은 볕이 들지 않는 어두운 구석에 널브러져 있는 그와 몇 번이나 마주쳤다. 이 학교 학생이라면 어렵지 않게 만날 수 있는 모습이었다. 당연히 선생들은 이런 그를 보며 눈살을 찌푸렸으나 그에게 경고할 권한이 없으니 내버려뒀다. 힘이 있는 유일한 사람인 교장은 그에게는 조금도 신경 쓰지 않았다. 교장에게 그는 버스의 일부분일 뿐이었다.

젠은 그게 늘 안타까웠다. 누구도 참견하지 않는다면 언젠가는 그가 가지고 있는 유쾌함이 술에 잠식당할 것만 같았다. 그래서 젠은 모두가 내릴 때까지 기다렸다. 몇 주 동안 생각만으로 그쳤던 말을 폰에게 건네려고 참을성을 좀 더 발휘했다. 마침내 아이들이 모두 내리자 젠은 머뭇대지 않고 말했다.

"몸에 좋은 영양제도 너무 많이 먹으면 독이 된대요. 그렇다면 술은 더할 거예요. 드시는 양을 조절하셨으면 좋겠어요. 저는 졸업할 때까지 아저씨가 운전하는 버스를 타고 싶거든요."

이만하면 걱정하는 마음이 잘 드러난 것 같았다. 그의 오랜 습관을 단번에 끊어놓을 순 없겠지만 생각을 자극했으니 젠은 나름 뿌듯했다. 그러나 폰은 이런 작은 관심도 싫은지 눈을 흘기며 입으로 바람을 뿜어댔다.

"나는 그런 말을 들으면 더 삐딱하게 나가고 싶단 말이야. 이봐, 학생. 나 같은 구제 불능 걱정할 시간에 너의 실버에게 아양이나 더 떨지 그래? 인형은 그러라고 있는 거야. 잠깐 잊었나 본데 앞으로는 잊지 말라고. 그 잘난 수칙에도 나와 있잖아. 에, 그러니까 수칙……. 에이 씨. 하여튼 수칙 몇. 인형은 인형의 존재 이유에 대해서 단 한순간도 잊어서는 안 된다. 명심할 것."

폰은 뭐가 우스운지 껄껄대며 웃었다. 쉽게 진정되지 않는 웃음은 어딘지 구슬픈 조가 느껴져서 왠지 수칙을 비웃는 것 같기도 했다. 그래서 젠은 더는 말을 걸지 않고 조용히 버스에서 빠져나왔다. 사실 젠은 폰의 말에 멋지게 반박할 수 있었다.

'나의 실버인 루비는 당신을 걱정한 나를 칭찬해줄 거예요. 주변인들에게 마음을 쓰라고 가르쳐줬거든요. 게다가 루비는 아양 떠는 걸 좋아하지 않아요. 나는 그러려고 있는 존재가 아니랬어요. 나는……'

이런 말을 들으면 누구나 충격을 받을 게 분명했다. 실버는 물론 인형들조차 놀라며 루비를 경계하고 젠을 그녀에게서 떨어뜨려 놓으려고 안달하겠지. 그러나 폰이라면 다른 반응을 보여줄 터였다. 폰은 루비가 훌륭한 실버라며 엄지손가락을 치켜세울 것이다. 루비가 사적인 티타임에 초대해주길 바랄지도 모르고. 어쩌면 이 모든 게 젠의 착각일 수도 있다. 젠의 생각과 다르게 폰 역시 경악하며 루비의 실버 자격을 의심하고, 박탈해야 한다고 주장할지도 모른다. 그러나 젠은 폰이 자신과 같은 부류라는 생각을 쉽게 떨쳐버릴 수 없었다. 이유 따위는 없었다. 그렇기 때문에 더 강렬하게 끌리는 것인지도 모르겠다.

*

젠의 교실은 3층에 있었다. 한 교실에 배정받은 인원은 열 명이었고, 모두 동갑이었다. 그러나 대부분의 수업이 다른 반과 통합해서 이뤄지니 인원수나 나이는 큰 의미가 없었다. 그래서 아이들 대부분은 다른 반에 단짝이 있었다. 젠의 단짝도 5층 교실에 있었다. 칼은 한 학년 위였고, 아주 잘생겼다. 똑똑한 데다 사려 깊어서 도무지 인형으로 보이지 않았다.

젠은 이렇게 멋진 단짝을 공개적으로 드러내지 않았다. 수 때문이었다. 수는 젠이 자신의 단짝이라 생각했다. 서로 사는 집이 한 블록 이내에 있을 정도로 가까웠고, 서로의 실버들끼리 가족처럼 친하니 두 사람이 단짝인 것을 당연하게 여겼다. 그러나 젠은 충실한 인형인 수를 가장 소중한 단짝으로 받아들이기 어려웠다. 물론 많은 시간을 함께한 수를 친한 친구라고 생각하기는 했다. 그래서 거짓말을 할 때마다 미안하고 괴로웠다. 이런 사실을 수가 알게 된다면 대성통곡을 하며 펄쩍 뛸 것이다. 그건 너무 끔찍한 일이라 젠은 앞으로도 일어나지 않기를 바랐다.

“안녕, 젠.”

텔레파시가 통했는지 칼이 어느 틈에 교실로 들어와 젠의 옆자리를 차지하고 앉았다. 칼의 눈동자는 언제나처럼 물먹은 회색빛을 내고 있었다. 젠은 아침부터 단짝의 얼굴을 보게 되어서 기뻤지만 감정을 숨기고 재빨리 교실을 훑었다. 다행히 두 사람에게 관심을 두는 아이들은 없었다. 모두 교실 앞쪽에 시선을 빼앗겼기 때문이었다. 덕분에 젠은 긴장감을 내려놓고 좀 더 편안하게 대화할 수 있었다.

“근데 아침부터 웬일이야? 합동 수업은 이따 오후잖아.”

“실은 수의 꼴이 우습다고 해서 구경 왔어.”

칼이 턱끝으로 교실 앞을 가리켰다. 모두의 시선이 쏠려 있는 바로 그곳이었다. 거기에는 스포트라이트를 받는 배우처럼 수가 서 있었다. 수는 달라진 머리 스타일에 대해 자랑을 늘어놓았다. 다르게 말하자면 그런 머리를 택한 실버의 감각을 칭찬했다. 끊임없이 이어지는 수다와 한껏 과장된 몸짓 때문인지 마치 일인극을 하는 듯했다. 수를 처음 만났을 땐 이 정도까지는 아니었다. 남들보다 아주 조금 오버하는 경향은 있었지만 누구든지 귀엽게 봐줄 만했다. 그걸 모를 리 없었던 수 또한 적당한 선에서 멈추고 싶었을 것이다. 그러나 수의 행동은 날이 갈수록 심해져갔다. 그녀의 실버가 이런 성격을 좋아했기 때문이었다.

"근데 쟤는 점점 더 말라가네. 잘 안 먹이나?"

가느다란 팔다리 때문인지 하얀 원피스를 입고 있는 수는 금방이라도 꺾어질 것 같은 한 떨기 백합처럼 보였다. 아름답기보다는 안쓰럽게 느껴져서인지 칼은 미간을 잔뜩 찌푸렸다. 그러나 젠의 눈에는 칼 또한 별반 다르지 않았다.

"그러는 본인은? 그새 볼이 쏙 들어갔는데?"

"나야 뭐. 한판하고 나면 언제나……."

무의식적으로 대답하던 칼은 곧바로 자신의 실수를 깨닫고는 어금니를 앙다물었다. 젠은 눈치가 빨랐다. 더군다나 그게 칼에 관한 거라면 더욱더 강하게 발동했다. 젠은 날쌘 동작으로 칼의 팔을 낚아챈 다음 소매를 올렸다. 칼의 하얀색 셔츠는 힘없이 속살을 내보였다. 칼의 팔에는 생긴 지 얼마 안 된 붉은 줄이 여전히 선명하게 타오르고 있었다. 줄의 가닥이 여러 개인 걸로 봐선 처음 보는 물건을 사용한 모양이었다.

"한동안 조용해서 마음을 놓고 있었는데. 또 이래놓았구

나. 얼마나 아팠을까.”

젠은 상처에서 눈을 떼지 못했다. 그건 명백한 학대의 증거였다. 젠은 그동안 칼의 몸에서 이런 상처를 수없이 많이 봤다. 어떤 때는 생긴 지 얼마 안 된 상처 옆에 또 다른 상처가 생기기도 했고, 어떤 때는 기존의 상처가 다 아문 뒤에 같은 자리에 또 생기기도 했다. 그건 마치 폭력의 시간을 칼에게 상기시키려는 것처럼 보였다. 그럴 때마다 젠은 가슴이 아팠다. 아무것도 할 수 없어서, 이런 취급을 받는 이가 자신의 단짝이라 아프고 우울했다.

젠은 지금도 감정이 울렁거렸다. 무엇인지 모를 물건이 팔 안쪽의 연약한 피부에 닿은 순간만을 상상하면 소름이 돋았다. 칼에게는 그 고통의 시간이 이미 지나갔지만 젠에게는 이제 시작이었다. 다른 이의 고통에서 헤어 나오지 못하는 젠을 더는 견딜 수 없었는지 칼은 잡힌 팔을 비틀어 빼낸 뒤 황급히 셔츠 소매를 내렸다. 그러고는 무심하게 말했다.

“모양만 이렇지 안 아파. 그 인간 많이 약해졌거든. 매일 밤낮으로 영양제를 한 움큼씩 먹는데도 기력이 점점 달리나 봐. 잘됐지?”

칼의 실버, 페리는 젠을 비롯한 인형들 사이에서 고문관이라 불렸다. 그는 칼을 배정받은 다음 해부터 인터넷 사이트를 열어 운영해왔다. 판매하는 물건은 각종 고문 도구였다. 물론 사이트에는 '교정'이라 적혀 있었지만 인형들이 느끼기에는 '고문'이란 단어가 더 알맞았다. 돈을 벌어들일 목적으로 운영하는 건 아니었다. 실버들은 기본적으로 재산이 많아서 부수적으로 들어오는 돈은 딱히 필요 없었다.

그럼 무엇 때문에 사이트를 열었던 것일까. 바로 오락이었다. 페리는 교정(고문)을 위해 사이트를 찾는 다른 실버들을 보며 색다른 희열을 느꼈다. 그들이 도구를 어떻게 사용하는지 상상하는 것은 그에게 또 다른 기쁨을 선사했다. 실버들은 대체로 교양 있는 행동을 중요시해서 이런 비윤리적인 사이트를 찾는 이들이 얼마나 될까 싶겠지만, 접속자 수와 주문 양을 보면 입이 벌어질 만큼 많았다. 그러니까 실버들은 겉으로만 윤리, 도덕 등을 따질 뿐이지 속으로는 누군가를 괴롭힐 방법을 궁리하며 살고 있었다. 한마디로 음흉하고 투명하지 못한 노인네들이다.

사실 인형에게 손을 대는 것은 법으로 금지되어 있었다. 그러니 사이트 또한 당연히 불법이었다. 신고하면 사이트는 당장 폐쇄된다. 운영자인 페리는 몇 날 며칠 조사를 받은 뒤 많은 벌금을 낼 것이다. 조사 과정에서 학대가 밝혀지면 칼은 실버와 분리된다. 그럼 해피엔딩……이면 좋겠지만 일은 그렇게 돌아가지 않는다. 우선 칼은 실버를 배정받기 전에 있었던 보호소로 돌려보내진다. 그러고는 인형에서 노동자로 전환되는 나이인 열일곱 살이 될 때까지 거리로 내몰린다. 실버의 단순 변심으로 돌려보내지는 아이들도 이와 똑같은 과정을 겪는다. 어떤 식으로든 실패하면 다시 인형이 될 수 없다.

정부가 되돌아오는 아이들을 받아들이지 않는 건 전부 돈 때문이었다. 한 사람을 먹이고, 입히고, 그 밖의 욕구까지 채워주려면 생각보다 많은 돈이 들어간다. 정부는 이 비용을 충당하려고 인형이란 제도를 만들어서 아이들과 돈 많은 실버를 연결해줬다. 그렇다고 정부에서 아이들에게 쏟는 비용이 전혀 없는 건 아니었다. 정부는 아이들이 태어나는 순간부터, 아니 태아로 만들어지는 그때부터 인형으로 선을 보이는 네 살 때까지 드는 비용을 전부 책임졌다. 물론 그 비용은 아이들이 노동자가 되어 죽을 때까지 노동력으로 갚아나가야만 했다.

이런 기이한 현상은 갈수록 심화된 빈부격차가 만들어 낸 것이다. 돈이 돈을 부르는 세상에서 가장 먼저 도태된 것은 가난한 노동자들이었다. 그들은 자신의 2세를 거부했다. 열심히 노력해도 노동자 이상은 될 수 없었던 그들은 가난을 대물림하고 싶지 않아 스스로 대를 끊어버렸다. 그렇게 노동자들은 순식간에 씨가 말라갔다. 노동자가 없으니 세상은 제대로 돌아가지 않았다. 아무리 세상이 발달해도 그들은 무엇과도 대체할 수 없는 꼭 필요한 부품이었던 셈이다. 정부는 이를 해결하려고 직접 노동자를 만들었다. 그러니까 과학기술을 이용해 노동자가 될 클론을 대량 생산한 것이다. 클론은 아주 좋은 대체품이 돼줬다. 인간과 시작만 다를 뿐 모든 과정이 같으니 인간과 다름없었고, 책임감과 업무 능력이 뛰어났다. 다만 피해 갈 수 없는 합병증으로 인해 마흔 살까지 밖에 살지 못했다. 그건 정부가 반드시 풀어야 할 큰 숙제였으며, 그래서 클론들은 열일곱 살이란 어린 나이 때부터 노동력을 착취당해야만 했다.

앞서 언급했듯이 열일곱 살 이전의 클론들은 너무 어려서 누군가의 보살핌이 필요했고, 이에는 큰 비용이 들었다. 이 문제를 해결하기 위해 정부가 처음 인형 제도를 만들었을 때 실버들은 환영했다. 그들은 더 이상 개나 고양이를 키우지 않았다. 한때는 이 매력적인 동물들에게 열광했으나 어느 시점에 달하자 대화가 가능한 생명체를 더 원하게 됐다. 게다가 무조건 시키는 대로 하며 실버에게 충성하도록 교육을 받으니 혹할 수밖에 없었다.

그러나 모두가 클론을, 이 살아 있는 인형들을 사랑하는 건 아니었다. 소수의 세력은 감히 신의 영역을 침범했다며 정부를 비판했고, 본때를 보여준다며 인형을 배정받은 뒤

일부러 돌려보내기도 했다. 그럼 그 아이에 대한 남은 비용을 고스란히 정부가 대야만 했다. 네 살 전까지 들어가는 비용만 해도 어마어마한 숫자라 정부는 다시 책임져야 하는 아이들에게 부담을 느꼈다. 그러니 자연스레 거리로 내몰아 스스로 살아남도록 할 수밖에 없었다.

인형 자격을 박탈당한 아이들에게 거리 생활은 끔찍했다. 그들을 힘들게 하는 건 안전한 공간에 대한 그리움과 배불리 먹고 싶은 식욕, 그리고 노동자들이었다. 노동자들은 인형에게 잔인하게 굴었다. 그들 역시 한때는 실버에게 복종하는 인형이었으면서 아이들을 용서하지 못했다. 거기에는 과거 인형으로 살았던 자기 삶에 대한 비뚤어진 감정이 들어 있었다.

만약 칼이 보호소로 돌아가 거리 생활을 하게 된다면 노동자들의 표적이 될 게 뻔했다. 현재 열여섯 살이니 거리에서 딱 1년만 참으면 될 것 같지만, 아마도 그 1년은 칼의 일생에서 가장 지워지지 않는 고통이 될지도 모른다. 그래서 칼은 자신의 실버를 고발할 수도, 누군가가 고발하기를 바라지도 않았다. 젠 역시 칼이 거리에서 생활하는 걸 원치 않았다. 노동자들이 극히 소수인 구역에서 살고 있었기 때문에 그들의 잔인함을 직접 눈으로 본 적은 없었지만 학교에서 배운 내용을 토대로 짐작할 수는 있었다. 그 야생의

숲에서 자신과 칼은 절대로 살아남지 못할 것이다. 하지만 칼의 소중한 피부에 상처가 생기는 것도 보기 힘든 것은 마찬가지였다.

"칼. 학교 끝나고 내가 찾아갈까? 루비에게 부탁하면 어떤 핑계든 만들 수 있는데."

인형들의 외출은 반드시 실버와 함께해야 했다. 그래서 집 밖으로 도통 나가지 않는 실버 밑에 있으면 학교 외에는 다닐 수가 없었다. 그런 면에서도 젠은 자유로웠다. 나가고 싶은 곳이 있을 때마다 부탁하면 루비는 언제나 움직여줬다. 바쁜 일정이 있을 때도 말이다.

"상처에 잘 듣는 약하고 따뜻한 수프를 가져갈게. 너 감자수프 좋아하잖아. 그리고 어쩌면 말이야. 루비가 그 상황을 막아줄 수 있을지도 몰라. 완전히는 아니겠지만…… 어쨌든 페리는 루비 말이라면 꼼짝 못 하니까."

한때 칼의 실버가 루비를 짝사랑했다는 소문이 돌았다. 소문 속 두 사람은 십대였고, 그는 앞뒤 없이 열렬했으나 루비는 누구에게도 눈길을 주지 않는 깍쟁이라 그를 철저히 외면했다. 그 감정은 나이가 들어 다시 만나서도 계속됐는데 루비의 외모를 보면 충분히 이해할 수 있었다. 머리카락은 혼자 폭설을 맞은 것처럼 새하얗지만 그 아래에 자리 잡은 얼굴은 팽팽하고 잡티 하나 없었다. 그래서 모자를 쓰면 도무지 노인처럼 보이지 않았다. 관리의 힘이라기보다는 늙지 않는 유전자를 가진 듯했다. 또래보다 어려 보이는 루비의 딸을 보면 확실했다.

"서로 간섭하지 않는다는 실버들만의 규칙이 있는 한, 루비도 할 수 있는 게 없을 거야. 모르는 거 아니잖아. 우리 괜한 힘 빼지 말자."

똑바로 바라보는 칼의 눈빛은 아주 부드러웠다. 젠은 우유가 듬뿍 든 라테 같은 이 눈빛을 언제나 좋아했는데 이번에는 아니었다. 마치 희망을 놓은 것처럼 느껴졌기 때문이었다. 그래서 젠은 침착함을 잃고 약간 흥분한 채로 목소리를 높였다.

"하지만 루비라면 어떻게든 해결하려고 할 거야."

갈라진 목소리가 흉측하게 들려서인지 바로 앞자리에 앉은 아이가 힐끗 돌아봤다. 그녀는 불쾌하다는 듯 인상을 찌푸리다가 잘생긴 칼을 보고서 표정을 풀었다. 그러고는 칼의 얼굴을 수줍게 쳐다보다가 다시 몸을 돌렸다.

"말만이라도 고맙다. 누구 덕분에 힘이 나네."

칼은 젠의 앞머리로 손을 뻗더니 마구 헝클어뜨렸다. 뭔가 감동했거나 부끄러워지면 그 감정을 숨기려고 그는 조금 과격하게 행동했다. 벌써 몇 번이나 하지 말라고 경고했지만 그는 듣지 않았다. 젠은 엉망이 된 앞머리를 단정하게 쓸어내리며 칼을 노려봤다. 그 순간 앞문이 열리더니 문 뒤에서 인기척이 났다.

잠시 후 수줍게 얼굴을 내민 건 담임인 긴이었다. 긴은 아직까지 모여 있는 아이들에게 큰 소리를 내지도, 다른 반 아이인 칼에게 교실로 돌아가라는 말을 하지도 않았다. 그저 느릿느릿한 걸음걸이로 교탁까지 걸어 들어올 뿐이었다. 긴의 등장으로 칼은 이따 만나자는 말을 젠에게 속삭이고는 조용히 사라졌다.

"얘들아, 안녕. 좋은 아침이야."

긴은 언제나 어깨를 옹송그리고 있었다. 그래서 가뜩이나 자신감 없는 모습이 더욱 처량하게 느껴졌다. 독수리 앞에 선 애벌레. 짓궂은 아이들은 뒤에서 긴을 그렇게 불렀다. 오며 가며 눈치로 긴도 알고 있는 듯했지만 화를 내거나 주의를 주지 않았다.

"수업을 시작하기 전에 데일 교장선생님께 감사 인사를 전하자."

긴이 교탁 밑으로 손을 넣어 버튼을 누르자 칠판 위쪽에 숨겨져 있던 깃발이 내려왔다. 녹색 깃발에는 교장 데일의 근엄한 얼굴이 박혀 있었는데, 자세히 보면 그 뒤로 정부 문양이 나타났다. 그러니까 아이들은 데일과 정부에게 감사 인사를 하는 셈이었다.

“오늘도 감사합니다.”

아이들은 힘찬 목소리로 합창했다. 데일 교장은 실버만큼이나 중요한 사람이라 다들 의심하지 않고 존경했다. 긴을 포함한 학교 선생들이 인형 출신인 것과 달리 그는 실버의 자녀였다. 미래의 실버인 교장과 인형 출신 선생들. 어느 구역이든 인형들이 다니는 학교는 이런 식으로 운영이 됐다. 가장 권위가 있어야 하는 교장에게 반발하지 못하도록 같은 위치에 있는 사람을 선생으로 선정하지 않았다. 사실 진짜 이유는 따로 있었는데, 인형들의 선생 노릇을 누구도 하고 싶어 하지 않았기 때문이었다. 덕분에 소수의 노동자가 노동보다는 편한 일을 할 수 있게 됐지만, 그들 역시 배움이 없어서 머릿속이 텅텅 빈 상태라 선생으로서 쓸모는 없었다.

“감사합니다. 교장선생님.”

긴의 신호에 맞춰 아이들은 두 번째 감사 인사를 했다. 그러나 젠은 인사하는 것도 잊고 깃발을 넋 놓고 바라봤다. 그녀가 감탄하는 건 데일의 얼굴이 아니라 색이었다. 녹색은 나무 같은 생명과 직결되는 색이라서 그런지 언제 봐도 경이로웠다. 저런 신비한 색을 가까이할 수 없는 건 너무 슬픈 일이었다. 녹색을 비롯해 붉은색과 푸른색은 인형이 절대 가져서는 안 되는 색이었다. 정부는 이 세 가지 색이 가슴속에 희망과 투쟁, 성장, 생명 등을 새겨 넣는다고 생각해 철저히 금지했다. 만약 인형이 이 색들을 조금이라도 지니고 있으면 항의로 간주해 곧장 거리로 내몰렸다. 거기서 그치지 않고 노동자가 되었을 때 남들보다 배로 일해야만 했다. 그래서 루비도 이 수칙만은 철저히 지켰다. 안전한 집 안에서조차도 지닐 수 있게 허락하지 않았는데, 자신을 보호하기 위한 일임을 알기에 젠은 다른 경우처럼 조르지 않았다.

"너희의 씩씩한 감사 인사에 교장선생님께서 틀림없이 기뻐하실 거야. 그럼 이제 수업을 시작해볼까."

첫 시간은 실과 바늘을 만지는 수예 시간이었다. 실버 중에는 뜨개질과 자수 놓는 걸 좋아하는 이들이 많아서 인형들 역시 능숙하게 다룰 줄 알아야 했다. 학교에서는 실버에게 귀여움받기 위해 해야 하는 것들만 가르쳤다. 매일 끊임없이 뭔가를 가르치고 주입하지만 전부 노동자가 되면 쓸모없는 것들이었다. 생활에 도움이 되는 것은 글자를 읽고 셈을 이해하는 거였다. 글자를 알아야 책을 읽고 일기를 쓸 테고, 셈을 이해해야 숫자에 관련된 모든 일을 스스로 볼 수 있을 테니 가장 필요하고 절실한 일이었다. 그러나 그런 것들은 하나도 알려주지 않았다.

수칙 10 인형은 글자를 배워서도 관심을 가져서도 안 된다.

(책에는 눈길도 주지 말 것)

별 세 개짜리 마지막 수칙. 정부는 인형이 똑똑해지는 걸 원치 않는다. 지식이 쌓이면 생각이 많아지고, 생각이 많아지면 존재에 대해 의문을 품게 되니 인형으로서 가치가 떨어지기 때문이었다. 젠은 이 마지막 수칙을 가장 혐오했다. 물론 어느 것 하나 마음에 드는 게 없었지만 하나를 뺄 수 있다면 이걸 빼고 싶었다. 글자는 많은 걸 담고 있었다. 역사부터 먼 미래까지, 글자만 알면 배우고 알게 되는 게 차고 넘쳤다. 그렇다고 노동자의 삶에서 도망칠 수 있는 건 아니지만 적어도 그 팍팍한 삶이 윤택하게 돌아가게끔 만들 수는 있을 것이다. 루비가 그랬다. 글자는 반드시 깨우쳐야 한다고. 읽고 쓸 줄 알면 세상이 달리 보일 거라고. 루비의 말은 틀리지 않았다.

수업 세 개를 연달아 받은 뒤에야 휴식을 취할 수 있게 됐다. 삼십 분이란 긴 시간은 뭐든 해볼 수 있는 시간이었다. 그러나 교실 속 아이들은 낮잠을 자거나 제자리에 가만히 앉아만 있었다. 옆자리 친구와 대화를 나누기도 했지만 채 삼 분을 넘기지 않았다. 그렇게 열변을 토하던 수마저도 멍하니 앉아 자신의 머리카락 색만 들여다봤다. 이들은 사고 치지 말라는, 쉬는 시간에도 교실 밖으로 나가지 말라는 실버의 말을 충실히 따르는 중이었다. 한 공간에 없어도 실버의 영향력은 컸다.

'쉬는 시간에는 네 맘대로 하는 거야. 뭘 그런 걸 물어보니?'

처음 학교에 들어갔을 때 젠은 쉬는 시간을 어떻게 보내면 좋을지 루비에게 물었다. 다들 실버가 정해주기 때문에 루비도 그럴 거라고 생각했다. 그러나 루비는 젠이 하고 싶은 걸 하라고 용기를 줬다.

'대신 들키면 안 된다.'

그때부터 젠은 쉬는 시간만 되면 고양이가 되어 교실에서 벗어났다. 외투를 이용해 책상에 엎드려 있는 형상을 만들어놔서 누구도 쉽게 눈치채지 못했는데, 실은 인형들이 둔한 데다가 분위기가 이상하다 싶으면 얌전히 교실에 남아 있기 때문에 성공할 수 있었다.

이번에도 젠은 살그머니 빠져나와 옥상으로 향했다. 옥상에는 학교 상징물을 세워놓은 높은 첨탑이 있었는데 답답한 학교에서 젠이 가장 좋아하는 장소였다. 그곳에서는 탁 트인 하늘을, 담장 너머 세상을 원 없이 바라볼 수 있었다. 젠은 첨탑이 세워진 턱에 올라 안전하게 자리를 잡고 앉았다. 두 다리를 포개어 접는 바람에 스커트가 껑충 올라가 허벅지가 드러났지만 보는 눈이 없으니 개의치 않았다. 젠은 첨탑에 몸을 비스듬하게 기댄 뒤 하늘을 올려다봤다. 구름 한 점 떠다니지 않는 하늘은 푸른 물감을 먹은 캔버스 같았다. 젠은 그 텅 빈 곳에다 자신이 원하는 걸 채워 넣고 싶었다. 손가락을 들어 선을 그려 넣었다. 마침내 선들이 모여 그려낸 것은 루비의 얼굴이었다.

"루비. 항상 고마워요."

젠이 이름을 부르자 루비의 그림이 살아나 따뜻한 눈빛과 친절한 미소를 보냈다. 진짜 루비의 것과 똑같아서 젠은 가슴이 포근해졌다. 젠은 한 번 더 손가락 붓을 들었다. 두 번째로 완성한 건 학교였다. 젠의 발아래에 있는 이 형편없는 학교가 아니라 진짜 학교, 즉 학문을 가르치고 성장하게 도와주는 학교였다. 그곳에는 물 탄 푸른색 교복을 입은 실버의 자손들이 다녔다. 젠은 루비가 보여준 손녀의 사진 속에서 그곳을 봤다. 그 학교는 젠의 학교보다 몇 배는 크고 웅장했다. 왕이 사는 성이라고 해도 믿어질 만큼 고풍스러워서 실체가 있는 건물이라고 믿기 어려웠다. 지금 학교 건물도 구역이 나뉘기 전에는 실버의 자손들을 위해 만들어진 것이라 고급스러운 축에 속했다. 대부분의 인형 학교가 다 쓰러져가는 건물을 사용하기 때문에 건물

에 대해서는 불평하면 안 됐지만 부러운 건 어쩔 수 없었
다. 젠은 그곳에서 배우는 것들이 몹시 궁금했다. 더 나은
사람이 될 수 있게 만들어주는 학문이 무엇인지 알고 싶었
다. 할 수 있다면 그곳으로 가서 모든 걸 배운 뒤 자기 것으
로 만들고 싶었다. 그러나 이번 생에서는 결코 경험할 수
없는 일이었다. 그렇다고 다음 생에서 할 수 있다고 장담
할 수도 없었다.

"그럼 내가 지금 확실히 할 수 있는 건 루비가 준 간식을
먹는 일뿐이네."

젠은 뜬구름 잡는 일을 멈추고 간식 통을 열었다. 이번
간식은 손바닥 크기의 애플타르트였다. 건강을 생각하는
루비는 시나몬가루를 적당히 뿌려 단맛을 조절했는데, 젠
은 시나몬가루가 듬뿍 뿌려져 있는 걸 더 좋아했다. 젠은
먹음직스러운 타르트를 곧장 입으로 넣지 않고 냄새부터
맡았다. 완전히 식어서 향의 조직이 풍부하게 배어 나오지
는 않았으나 상큼한 사과 향과 쌉쌀하면서도 달콤한 시나
몬 향은 조화로웠다. **음.** 냄새만 맡았을 뿐인데 절로 탄성
이 흘러나왔다. 젠은 요리를 좋아하고 솜씨 좋은 루비에게
다시 한번 감사했다.

"젠."

타르트를 크게 한 입 베어 문 순간 누군가가 젠의 이름

을 불렀다. 입안에 가득 든 타르트 때문에 곧바로 대답할 수 없었던 젠은 소리가 나는 쪽으로 고개를 내밀었다. 선생은 모두 똑같은 유니폼을 입고 똑같은 헤어스타일을 하고 있어서 멀리서는 누군지 쉽게 구분되지 않았다. 그래서 상대가 첨탑으로 이어지는 턱의 계단에 가까이 다가와서야 누군지 알 수 있었다.

"역시 여기 있었구나. 내가 위험하다고 몇 번이나 말했는데 또. 그리고 아무리 쉬는 시간이라 해도 교실에서 멋대로 이탈하면 안 돼……. 휴."

짧은 계단을 다 올라온 긴은 운동을 전혀 안 하는지 높은 산 정상에 오른 사람처럼 몇 번이나 숨을 몰아쉬었다. 그동안 젠은 턱을 빠르게 놀려 입안의 타르트를 전부 삼킨 뒤 예의를 차리며 물었다.

"하나 드시겠어요?"

"음, 글쎄. 루비가 널 위해 만든 것을 내가 먹어도 괜찮을지 모르겠어. 실버들은 뭐든지 나누는 것을 좋아하지 않잖아."

말은 그렇게 하면서도 침이 고이는 건 어쩔 수 없는지 긴은 입맛을 다셨다. 긴은 선생 중 나이가 가장 어려서 학생들과 나이 차가 얼마 나지 않았는데, 그래서인지 입맛을 다시는 모습이 귀엽게 느껴졌다. 젠은 간식 통에 든 다른 타르트를 꺼내 긴에게 내밀었다.

"루비는 나눠 먹는 걸 더 좋아해요. 그러니 거절하지 마세요."

두 사람은 나란히 앉아 타르트를 먹었다. 긴은 먹는 내내 정말 맛있다는 혼잣말을 연발했다. 다 먹은 후에는 젠이 옆에 있다는 걸 망각했는지 시나몬가루가 묻은 손가락을 쪽쪽 빨기까지 했다. 또다시 귀여운 얼굴이 되었다. 젠은 그녀가 민망하지 않게 못 본 척 기다렸다가 한 가지 물었다.

"선생님. 궁금한 게 있어요."

이때껏 젠이 한 번도 질문하지 않은 탓에 긴은 잠시 당황한 듯 보였지만 타르트에 대한 값이라면 기꺼이 치를 의향이 있다고 대답했다. 젠은 쓸데없이 비장한 긴 때문에 웃음을 참아야만 했다.

"선생님은 선생님으로 사는 거 행복하세요?"

"살면서 처음 들어보는 질문이네. 누가 나한테 행복하냐고 묻는 건 지금까지 없던 일이야. 우리 같은 인형들은 전부 그렇겠지."

긴의 얇은 입술 사이로 옅은 한숨이 흘러나왔다. 방금 타르트를 먹어서 그런지 숨은 달큼하고 약간 끈적거렸다.

"선생으로 지내는 게 노동자보다 편한 것은 맞아. 특별히 몸을 쓰거나 시간에 쫓기는 건 아니니까. 하지만 성취감은 없어. 내가 배운 게 없어서 무지한 탓도 있지만, 그걸 학생들에게 반복하고 있으니 한심해죽겠어. 게다가 내가 원한 게 아니라 마음을 완전히 쏟을 수가 없네."

"그럼 진짜로 원하시는 건 뭐예요?"

"글쎄. 요새 들어 진지하게 생각해보는 거라……. 어……. 아, 이런."

긴이 뭔가를 떠올리고는 들뜬 표정을 짓더니 곧바로 당황하며 검지를 세워 입술 위로 가져갔다.

"쉿. 오늘 나눈 대화는 비밀이야. 절대 누설하면 안 돼."

간혹 단단하게 옥죄고 있는 운명의 탈을 깨고 나오려는 사람들이 있었다. 그들은 자신을 억지로 만들어진 삶에서 구해낼 수 있다고 믿는 한편 그런 생각 자체를 당혹스러워했다. 긴은 지금 그 과정을 경험하고 있는 듯했는데 젠은 그녀가 끝까지 가서 새롭게 각성하기를 바랐다. 그래서인지 젠의 눈에 긴이 다르게 보였다. 제아무리 어깨를 옹송그리고 얼빠진 말투로 말해도 더는 만만한 애벌레처럼 보이지 않았다.

"선생님. 언젠가 원하시는 걸 확실히 알게 되시면 제게도 알려주세요. 꼭이요. 그때가 되면 저도 말씀드릴게요."

"항상 느끼는 거지만 넌 다른 애들과 다른 것 같아."

긴은 숨기고 있는 비밀을 캐내려는 사람처럼 젠을 뚫어 지게 바라봤다. 그러다 갑자기 부는 찬 바람에 눈이 시린지 눈을 여러 번 파르르 떨었다. 그게 신호라도 된다는 듯이 타이밍 좋게 종이 울렸다. 휴식은 끝나고 새로운 수업이 시 작된다는, 별로 반갑지 않은 종소리였다.

❦

다음 수업은 젠이 기다리던 합동 수업이었다. 이번에는 세 반이 모여서 함께 수업을 받았다. 칼과 젠의 반, 그리고 열 살 반 중 하나. 앞의 두 반에다 나이 차이가 나는 어린 반 을 끼워 넣은 건 연장자를 보고 배우라는 뜻에서였다. 옥상 에서 곧바로 수업이 이뤄지는 교실로 이동한 젠은 칼을 찾 았다. 마침 칼은 옆자리를 비워놓고 젠을 기다리고 있었다. 합동 수업 때는 반드시 같은 반끼리 앉을 필요는 없어서 칼 은 매번 자신의 옆에다 젠의 자리를 마련해놨다. 그러나 두 사람은 열에 두 번 정도만 나란히 앉을 수 있었다. 어디선 가 나타나 젠을 낚아채는 수 때문이었다.

"저쪽에 두 자리 비었어."

이번에도 수는 수갑처럼 단단히 젠의 팔을 붙잡고는 빈 자리 쪽으로 이끌었다. 칼과 멀리 떨어져 앉게 되자 젠은 수의 눈을 피해 칼에게 미안하다는 눈짓을 보냈다. 그러자 칼도 아쉬움이 깃든 표정으로 그녀를 바라봤다.

"세상에. 아이들이 이렇게 득실거리는데 선생은 나 혼자라니."

수업을 맡은 선생은 시작하기도 전에 진이 빠진 모습으로 나타났다. 선생이 된 지 올해로 13년째인 그는 매사 냉정하고 부정적인 데다 아직까지 옛 실버에 대한 충성심이 대단했다. 그래서 업무를 보는 책상 위에 실버의 사진이 든 액자를 가져다 놓았다. 대다수가 옛 실버의 이름만 들어도 경악하는 것과는 상당히 다른 양상이었다. 그건 그의 실버가 보기 드물게 좋은 사람이었다는 뜻과 다름없었다.

젠은 그를 볼 때마다 자신의 미래를 봤다. 루비를 그리워하고, 루비를 기다리는 미래의 젠. 실버와 인형의 관계는 열일곱 살이 되는 순간 완벽히 끊어졌다. 정부의 개입 때문이지만 그게 아니더라도 실버들은 새로운 인형에 관심을 쏟았고, 인형들은 그때의 기억을 지우고 싶어 하니 서로 연락이 닿지 않았다. 루비라면 정부의 개입 따위는 무시하고 젠에게 연락을 취하겠지만 그녀가 어떻게 변할지는 젠도 확신할 수 없었다. 젠은 루비의 첫 인형이었고, 다른 인형을 갖게 되면 그 아이를 더 예뻐할지도 모르니까 말이다.

"닐. 앞으로 나와."

선생 쏜에게 이름이 불리자 작고 통통한 남자아이가 일어났다. 닐은 전체적으로 둥그스름했는데 하얀 옷 때문에 찐빵이나 만두처럼 보였다. 닐은 굼뜬 동작으로 칠판 밑에 놓인 의자에 앉았다. 이 조그만 아이가 이번 수업의 희생양이었다.

"이번 시간에는 모욕을 견디는 방법에 대해서 배울 거다. 열 살 반은 처음이지? 이건 너희들이 노동자가 됐을 때 아주 유용하게 쓰이는 배움이다. 그러니 머릿속에 잘 새겨 두도록."

쏜은 옹기종기 모여 앉아 있는 열 살 인형들을 향해 소리쳤다. 그들은 아직 호기심이 살아 있는 눈으로 쏜에게 집중했다.

"자, 닐. 내가 알기로는 너의 실버가 언행이 매우 거칠다던데. 맞니?"

"그걸 어떻게 아셨어요?"

닐이 깜짝 놀라며 살에 파묻힌 눈을 번쩍 떴다. 다른 순간에 봤다면 틀림없이 귀엽다고 할 만한 모습이었지만 지금 상황에서는 젠의 가슴을 조마조마하게 할 뿐이었다. 쏜의 질문은 계속 이어졌다.

"그래서 말인데. 너의 실버에게 들은 모욕 중 가장 듣기 힘들었던 게 뭐였지?"

"음. 저보고 작작 처먹으래요. 배가 투실투실한 게 터지기 직전의 풍선 같다며 그만 좀 먹으래요. 근데 그건 제 잘못이 아니에요. 실버가 계속 먹이거든요. 저는 그만 먹고 싶은데 자꾸자꾸 먹여요. 먹이고. 먹이고. 또 먹이고. 그러니 살이 찌는 건 당연한 건데⋯⋯."

닐은 느닷없이 말문이 트인 사람처럼 계속 지껄였다. 그의 무모한 발언에 교실 안은 금세 초토화가 되었고, 다들 옆자리에 앉은 이들과 수군거리느라 정신이 없었다. 젠도 눈앞이 아찔해졌지만 침착하게 중심을 잡고서 그만 입을 닫으라고 닐에게 눈빛을 보냈다. 옆에서 수가 혀를 찼다.

"쯧쯧. 다른 사람이 실버에 대해 진실을 말해도 동조하지 말란 수칙을 완전히 까먹었네. 저렇게 멍청하니 돌려보낼 거라는 말이 나돌지."

"그게 무슨 말이야?"

"뭐야, 너. 이 재밌는 말을 아직 못 들은 거야? 역시 내가 아니면 소식을 전해줄 친구가 없는 거구나. 가여운 것."

수는 자주 쓰는 연극 톤으로 말하며 킥킥거렸다. 크게 웃지 않으려고 두 손으로 입을 막았지만 소용없었다. 결국 선생이 교실을 진정시켜야만 했다. 이 소란 속에서 닐만이 분위기를 읽지 못했다. 닐은 다른 곳과 마찬가지로 통통하게 살이 오른 손가락을 꼼지락거리며 쏜의 다음 말을 기다렸다.

"누가 닐한테 정답을 말해주겠니? 그래, 젠. 네가 대답해볼래? 넌 실버에게 들었던 모욕 중 가장 듣기 힘들었던 게 뭐지?"

"없습니다."

"뭐라고?"

"저는, 우리는 실버에게 모욕을 당하지 않습니다. 그들이 하는 말씀은 전부 우리를 위하는 말뿐입니다."

"그래, 바로 그거지. 실버한테 감히 모욕이란 단어를 사용할 수 없다. 그들의 말은 전부 우리가 마음 깊이 새겨야 할 진리다. 알겠니, 닐? 알겠니, 열 살 반?"

그랬다. 이 수업의 실체는 모욕을 견디는 법을 배우는 게 아니라 모욕을 부정하는 거였다. 실버가 욕을 하거나 갖은 말로 자존감을 깎아버려도 인형들은 빨리 잊어버려야 했다. 상처받아서는 안 됐다. 그건 모욕이 아니라 진정한 인형으로 거듭날 수 있게 만들어주는 거름이니 오히려 받아들여야 한다는 주장도 있었다.

'없습니다.'

'……그들이 하는 말씀은 전부 우리를 위하는 말뿐입니다.'

정답이라며 마음에도 없는 소리를 늘어놓은 젠은 입안

이 썼다. 그러나 첫 번째 대답은 사실이었다. 루비는 한 번도 모욕감을 느끼게 하지 않았다. 대화를 할 때면 언제나 단어 선택에 신중했고, 무엇이든 젠의 입장에서 생각하며 다독여줬다. 물론 감정의 충돌이 아예 없다고는 할 수 없다. 암만 좋은 마음씨를 가졌다 한들 루비 역시 사람인지라 젠의 모든 걸 좋게 받아들이지는 않았다. 그러나 순간의 불쾌함은 그 순간으로 끝내고 되풀이하지 않았다. 루비는 딸과도 그런 식으로 부딪치고 화해했다. 사실 그들의 다툼에는 언제나 젠이 있었다. 루비의 딸은 루비가 젠에게 너무 관대하다며 다른 실버들처럼 행동해야 한다고 말했다.

'젠은 손주가 아니라 인형이에요. 엄마는 자주 그 사실을 잊어버리시는 것 같아요. 이제 그만 정신 차리세요. 네?'

마지막 통화에서 루비의 딸은 그렇게 말했다. 그날 루비는 온종일 슬픈 얼굴로 젠을 대했다. 젠은 루비가 자신과의 사이를 새삼 깨닫고는 변하려는 게 아닐까 싶어 겁이 났다. 다행히 그런 일은 일어나지 않았다. 대신 변함없는 루비는 딸의 심기를 건드렸고, 딸은 더 이상 전화도 방문도 하지 않았다.

"으앙."

교실 안을 흔드는 울음소리에 젠은 생각을 접고 현실로 나왔다. 울음을 터뜨린 건 닐이었다. 닐은 얼굴은 물론 목까지 빨갛게 물들인 채로 서럽게 울었다. 눈물과 콧물로 더럽게 뒤덮인 아이는 곳곳에서 비웃음을 샀다. 교실에서 닐을 안타깝게 여기는 건 젠과 칼뿐이었다. 젠은 쏜에게 허락을 맡은 뒤 닐을 데리고 교실을 나왔다. 닐은 우느라 제대로 걷지 못했다. 닐의 제법 나가는 무게 때문에 젠은 그를 업지도 안아 올리지도 못했다. 그래서 거의 끌다시피 하며 화장실로 데려갔다.

"잠깐만. 여긴 여자 화장실이잖아. 나는 남자라고."

그때까지도 훌쩍이던 닐은 입구에 붙은 표식을 보더니 들어가지 않으려고 주저했다.

"그래서 뭐. 너 지금 꼴이 어떤지 아니? 거울을 본다면 불평하지 못할 거야."

젠은 닐을 화장실로 몰아넣었다. 이제 눈물은 그쳤으니 어서 씻긴 뒤 교실로 돌아가고 싶었다. 그러나 닐은 발끝에 힘을 주며 버텼다. 여자 화장실에는 절대 들어가지 않겠다는 의지가 담겨 있었다.

'이봐, 친구. 우리한텐 그런 게 무의미하다고. 그러니 고집 그만 부리시지?'

이 어린 인형은 아직도 모르고 있었다. 남녀의 성이라는 건 그들에게 존재하지 않았다. 가슴과 성기는 머리카락이나 눈동자처럼 몸을 구성하는 일부일 뿐이라 서로 다른 것을 부끄러워할 필요가 전혀 없었다. 젠은 닐이 그것보다 좀 더 근본적인 것, 그들도 인간이라는 데 관심을 두고 깊게 고민하길 바랐다.

"닐? 정말 안 들어갈 거야?"

"응. 여자 화장실은 싫다니까. 절대로 안 갈 거야."

"그래. 알았어, 알았다고."

할 수 없이 젠은 닐과 함께 반대편 복도로 걸음을 옮겼다. 공용 화장실은 떨어져 있어서 조금 수고로웠다. 닐은 씩씩하게 세수했다. 눈물과 콧물을 깨끗하게 씻어내자 다시 귀여운 얼굴이 됐다. 젠은 닐의 둥그런 볼을 타고 흘러내리는 물방울을 자신의 손수건으로 닦아줬다. 루비가 매년 챙겨주는 그 손수건에는 젠의 이름이 수놓여 있는데 그 따뜻함을 느꼈는지 닐이 계속 매만졌다.

"나, 교실로 돌아가고 싶지 않은데……. 그냥 여기 있다가 끝날 때쯤 가면 안 될까."

수업은 이십 분도 채 안 남았다. 그러니 달래느라 시간이 걸렸다고 둘러대면 선생은 크게 문제 삼지 않을 것이다. 젠은 닐이 슬퍼하는 게 싫어서 그가 하자는 대로 화장실 옆에 있는 층계에 엉덩이를 붙이고 앉았다. 상황이 정리되자 두 사람 사이에는 어색함이 감돌았다. 이전에는 대화를 나눠본 적이 없으니 당연한 일이었다.

"근데 아깐 왜 울었어?"

"부끄러워서. 모두가 나를 쳐다보는 눈빛이 짓궂었거든. 그리고 실버에게 모욕, 아, 아니 그런 말을 들었던 순간이 생각나서 슬펐어. 아무래도 나는 돌연변이인가 봐. 다들 버티는데 나는 못 하겠어. 나는 실버가 나에게 친절했으면 좋겠어. 나를 사랑해주면 좋겠어."

말하는 동안 닐은 코를 훌쩍였다. 또다시 우는 건 아닌지 걱정됐는데 기특하게도 울지 않았다. 젠은 실버에게 사랑받고 싶어 하는 닐의 감정을 뼛속까지 이해했다. 젠은 눈앞의 사물을 인지할 수 있게 된 나이가 되면서부터 자신을 사랑해주는 사람이 나타나기를 간절히 원했다. 그게 실버든 정부 사람이든 상관없었다. 그냥 맹목적으로 사랑해주고 자신의 사랑을 받으면 됐다. 그 바람을 루비가 이뤄줬다. 루비를 만났기 때문에 닐처럼 갈구하지 않아도 되었다. 젠을 인형으로 택한 건 루비였고 다른 실버들처럼 행동하지 않겠다고 다짐한 것도 루비였지만, 젠은 자신만 사랑받는 게 왠지 모든 인형에게 큰 죄를 짓는 것 같아서 가슴이 뛰었다.

젠은 문득 수에게 들었던 말이 떠올랐다. 돌려보내질 거라는 소문은 괜히 도는 게 아닐 터. 닐의 실버가 누군가에게 언급했으니 인형들의 귀에까지 들어왔겠지. 돌려보내진다면 머지않아 거리로 내쫓긴다. 그 대상이 어린 인형일지라도 편의를 봐주는 자비는 없다. 닐은 결코 거리에서 살아남지 못할 것이다. 이 아이는 그 일을 감당하기에 너무 어리고 여렸다. 젠은 부디 닐이 열일곱 살이 되기 전까지 그의 실버와 잘 지냈으면 했다. 아무리 모욕적일지라도 거리의 삶보단 나을 테니 끝까지 놓치지 않기를 바랐다.

"닐. 내 부탁을 들어줄래? 너를 화장실로 데려와줬으니 그 정도는 해줄 수 있지?"

"뭔데?"

닐이 옷소매로 코를 닦으며 물었다.

"무슨 일이 있어도 씩씩해져야 해. 그래야 이 험한 세상에서 살아남을 수 있어."

젠은 소중한 것을 다루는 듯한 손길로 닐의 볼을 쓰다듬었다. 그 부드럽고 조심스러운 손길에 닐은 살짝 부끄러워했다.

❖

기다려도 문은 열리지 않았다. 한 번 더 초인종을 눌러보지만 결과는 똑같았다. 뒤늦게 젠은 왼쪽 손목에 내장된 칩으로 현관문을 열었다. 칩은 그녀가 누구의 인형이며, 현재 어디에 살고 있는지를 말해주는 신분증이었다. 거기다 GPS 기능이 있어서 실버가 어디서든 인형의 위치를 파악할 수 있었다.

"저 왔어요."

집 안은 조용했다. 루비는 낮잠을 자거나 샤워를 하는 게 아니라 집에 없었다.

'어딜 가신 거지.'

루비는 학교에서 돌아오는 젠을 텅 빈 집에 들어오게 할 수 없다며 볼일을 항상 그 전에 끝마쳤다. 부득이하게 외출을 해야 하면 외출 목적과 장소, 예상 시간을 적은 메모를 젠의 방 앞에 붙여놓고는 했는데, 이번에는 없었다. 그래서 젠은 걱정했다.

"루비. 대체 어딜 간 거예요."

젠은 외출복도 벗지 않고 소파에 기대앉았다. 안 그래도 넓은 집이 루비의 부재로 더 넓게 느껴졌다. 이럴 때 친구를 자유롭게 부를 수 있었다면 덜 쓸쓸했을 텐데. 젠은 칼에게 전화를 거는 상상을 했다.

'칼. 루비가 아무 말 없이 외출했어. 언제 돌아올지 모르니 걱정되고, 벌써 보고 싶어. 혼자 있기 싫은데 여기로 와줄래?'

상대 없는 전화를 몇 번이나 걸던 젠은 저도 모르게 깜

빡 잠이 들었다. 깜빡 든 잠치고는 깊게 빠졌는지 머릿속에
서는 검은 장면만 계속 되풀이됐다. 그러다 갑자기 잠에서
쏙 빠져나왔다. 눈을 뜨자 목 위로 담요를 덮어주는 루비가
보였다. 이제 막 돌아왔는지 여전히 외출복 차림이었다.

"어머, 깼네. 그럼 방으로 올라가서 편히 자렴."

루비가 나지막하게 속삭였다. 젠은 일어나는 대신 담요
밖으로 두 팔을 빼 넓게 벌렸다. 손주들이 하듯 안아달라고
어리광을 부리고 싶었다.

"다 큰 애기가 여기 있었네."

루비의 입술이 살짝 벌어지며 가벼운 웃음소리가 새어
나왔다. 너무 높거나 낮지 않아 듣기에 편안했다. 루비는
젠을 품에 꼭 끌어안았다. 그녀의 부드러운 가슴과 체온이
몸에 닿자 젠은 비로소 안정감을 느꼈다. 상대에게 안정감
을 주는 건 루비가 가진 따뜻한 힘 중 하나였다.

"루비가 집에 안 계셔서 슬펐어요."

젠은 루비의 품에 더 파고들었다. 금방 숨이 막혔지만
떨어지기 싫었다.

"어이구. 슬프기까지? 처음 우리 집에 왔던 겁 많은 소녀
같구나."

그 말을 듣는 순간 젠은 루비의 눈동자에서 아른거리다
사라지는 어린 자신을 봤다.

"어디 갔다 오셨어요?"

"응. 잠깐……."

루비는 무슨 이유에서인지 시원하게 말해주지 않았다. 젠은 궁금했지만 그 이상 캐묻지 않았다. 암만 격의 없이 대해준다고 해도 루비는 실버였고, 실버의 사생활에 간섭하는 건 인형이 해서는 안 되는 일이었다.

수칙 7 실버의 사생활은 지킨다.

"젠. 더 잘 거 아니면 캐럴 부티크에서 사 온 캐러멜 좀 먹어볼래? 신제품이 나왔기에 사 와 봤거든."

그제야 젠은 가까운 탁자에 놓인 종이 상자가 눈에 들어왔다. 캐럴 캐러멜은 노동자의 씨가 말랐던 시절에도 사장이 포기하지 않고 만들어내던 오랜 전통이 있는 캐러멜이었다. 맛은 정통과 커피 두 종류뿐이었는데, 근래 들어 무슨 바람이 불었는지 자꾸 실험적인 것을 만들어냈다. 새로운 것에 거부감이 없었던 젠은 이를 즐거워했지만 많은 사람의 관심을 끌지 못했다.

젠이 캐러멜을 먹겠다고 하자 루비가 종이 상자를 들고 주방으로 들어갔다. 루비는 무엇이든 먹을 때마다, 그게 사소하고 별 볼 일 없는 음식일지라도 자신이 모으는 접시 컬

렉션에 보기 좋게 담아냈다. 음식은 입뿐만 아니라 눈으로도 먹어야 한다는 게 그녀의 지론이었다.

캐러멜은 커피잔 받침만 한 크기의 디저트 접시에 올려져 나왔다. 게다가 안에 든 재료가 무엇인지 알기 쉽도록 절반씩 잘려 있었다. 젠은 마멀레이드로 보이는 필링이 채워진 캐러멜을 골라 들었다. 코로 가져가니 잘린 단면에서 상큼한 냄새가 흘러나와 침샘을 마구 공격했다. 캐러멜을 씹지 않고 사탕처럼 녹여 먹는 젠은 혀 위에 캐러멜을 올려놓고 이리저리 굴렸다. 그러자 금세 상큼함이 콧속으로 올라왔다. 어쩐지 향긋한 과일을 먹고 있는 듯했다. 가끔 캐러멜이 느끼하다고 거부하는 사람이 있는데 이거라면 그들의 입맛까지도 사로잡을 수 있을 것 같았다. 젠이 두 번째 캐러멜을 입에 넣고 굴리자 루비가 살갑게 물었다.

"오늘은 학교에서 별일 없었니?"

"있었죠. 그것도 아주 여러 일이요."

젠은 칼의 팔에서 본 상처와 실버를 끊임없이 찬양하던 기괴한 수와 닐의 눈물을 차례대로 떠올렸다. 달콤한 캐러멜 덕분에 잠시 잊고 있었던 불안한 기억들은 다시 머릿속을 차지하고 앉아 젠을 괴롭혔다.

"아무래도 그게 너를 힘들게 했나 보다. 눈 밑이 아주 퀭하네. 나한테 털어놓겠니?"

루비는 학교에서 일어난 일에 대해 듣는 걸 무척 좋아했다. 자신이 개입하지 못하는 젠의 생활에 대한 호기심과 젠의 감정에 공감하고픈 마음 때문이었다. 젠은 심호흡한 뒤 기억을 끄집어냈다. 수와 닐의 이야기는 막힘없이 술술 나왔지만, 칼의 상처에 대해서는 말하는 게 쉽지 않았다. 칼에게는 그 끔찍한 상황을 루비에게 알리겠다고 호기롭게 말했지만 또다시 벽에 부딪히고 말았다. 칼의 고통을 처음 알게 된 열한 살 때부터 현재까지 매번 그랬다.

'칼이 원치 않잖아.'

'루비는 벌써 알고 있는지도 몰라. 실버잖아.'

'두 사람은 친구니 아는 척해선 안 돼. 그랬다가는 루비의 눈 밖에 날 거야.'

젠은 자신의 비겁함을 원망했다. 안락한 생활을 빼앗기는 게 두려워서 친구에게 손을 내밀지 못하는 자신을 볼 때마다 세상에서 사라져버렸으면 좋겠다고 생각했다.

"닐에게 힘내라고 뭐 좀 만들어주면 어떨까? 내일 학교로 가져가면 되겠는데."

닐의 상황을 안타깝게 여기며 루비가 말했다. 친절하고 고마운 제안이었다. 닐은 틀림없이 루비의 솜씨를 좋아할 것이다. 그 아이에게 작은 기쁨을 가져다줄 생각을 하자 젠은 가슴에서 뭔가가 샘솟았다.

‘맞다. 칼에게 약과 수프를 가져다주겠다고 약속했었는
데.’

정말 까맣게 잊고 있었다. 서두르면 감자수프는 충분히
만들 수 있었지만 이미 시간이 남의 집을 방문하기에는 늦
은 시각이었다. 칼은 지금까지 기다리고 있을 터. 이쪽 사
정을 알리고 사과를 해야 했다. 젠은 탁자를 치우려는 루비
를 도우며 살며시 말했다.

“저, 루비. 칼과 통화할 일이 있는데요.”

“그래? 무슨 일일까. 먼저 나에게 살짝 말해주겠니?”

짜증 나게도 인형은 전화마저도 멋대로 걸고 받을 수 없
었다. 주인의식을 가지면 안 되기에 물건을 사용할 때는 반
드시 실버에게 허락을 받고 실버를 통해야만 했다.

“별일은 아니고요. 그저…….”

젠이 머뭇거리자 루비는 농담이었다며 손을 내저었다.
그러고는 지체하지 않고 곧바로 리모컨만 한 모니터 앞에
앉았다. 전원 버튼을 누르자 모니터의 정면에서 황금빛 레
이저가 나왔다. 루비는 레이저가 자기 모습을 스캔할 때까
지 기다렸다가 숫자 버튼을 눌렀다. 잠시 후 모니터 뒤편에
서 레이저가 나오더니 실물 크기의 사람을 전송했다.

“루비가 이 시간에 전화를 주다니. 무한 영광이네요.”

3D 형태로 구현된 페리는 루비에게 온화한 미소를 보냈

다. 그 미소만 보면 그가 칼에게 상처를 낸 사람이라는 게 도무지 믿어지지 않았다.

"잘 지냈어요, 페리?"

"그럼요. 몇 주간 루비를 만나지 못했다는 사실만 빼면 아주 좋아요."

'네네. 그래서 칼의 팔을 그리 만들어놓으신 거겠죠. 이 재수 없는 영감탱이야.'

모니터에서 멀리 떨어져 있었던 젠은 페리를 잔뜩 노려봤다. 루비는 지금 페리에게 집중하고 있으니 이 정도 반항은 들키지 않을 터였다. 그 순간 루비가 고개를 돌렸다. 젠은 재빨리 성난 눈을 풀고 루비의 다음 말을 기다렸다.

"조만간 자리를 마련할게요. 그때 만나요. 그리고 잠시 칼하고 통화하고 싶은데. 괜찮죠?"

"괜찮다마다요. 칼을 불러올게요."

루비를 곧 만날 수 있다는 사실에 그는 잔뜩 들떠 버렸다. 그래서 우호적인 태도로 칼의 이름을 불렀다. 그의 모습이 사라지자 루비가 가벼운 윙크와 함께 자리를 비켜줬다. 그녀가 편하게 통화하라며 방으로 들어가자 기다렸다는 듯 칼의 모습이 모니터 뒤로 나타났다. 그동안 푹 쉬었는지 학교에서 봤을 때보다 많이 편해진 모습이었다.

"몇 시간 뒤면 등교할 텐데 뭐 하러 전화했어."

그 말끝에 칼은 오른쪽 눈썹을 살짝 만졌는데 반대로 말하고 있다는 뜻이었다. 그러니까 칼이 진짜로 한 말은 전화해줘서 반갑다는 말이었다. 일종의 장난이었다. 그 모습에 더욱 죄책감이 든 젠은 눈물을 글썽거렸다.

"칼. 내가 잠드는 바람에 약속을 지키지 못했어. 미안해."

젠이 사과할 거라고 전혀 예상하지 못했는지 칼은 뭔가를 고민하는 듯 보였다.

"아. 그것 때문이구나? 난 괜찮아. 약 발랐고 수프도 먹었는걸."

이번에는 눈썹을 만지지 않았다. 칼은 똑바로 말했다. 그래도 젠의 귀에는 사실처럼 들리지 않았다.

"피. 거짓말."

"정말이야. 네가 만든 감자수프는 아니었지만 꽤 맛있는 수프였다고."

"누가 해줬는데? 너의 실버일 리는 없을 테고."

"비밀이야."

칼이 웃었다. 거짓은 물론 과장도 들어 있지 않은 순수한 웃음이었다. 아무 걱정 없는 웃음소리를 들으니 젠의 기분이 많이 나아졌다. 칼이 저리 웃을 수 있도록 보살펴준 사람에게 고마웠다.

"이제 그만 끊을 때가 되지 않았니?"

대화에 한참 재미가 붙었을 때 페리가 방해를 했다. 모니터에 등장한 페리는 입술 끝을 일그러뜨리고 있었다. 그 모습을 보니 통화가 더 길어졌다가는 칼에게 불이익이 떨어질 것 같았다. 젠은 아쉬운 마음을 뒤로하고 모니터 전원을 껐다.

마릿의 방문

　며칠 동안은 평화로웠다. 닐 때문에 잠깐씩 불안하기는 했지만 어느새 닐에 대한 소문은 쏙 들어갔고, 닐 역시 눈에 띄게 씩씩해진 모습으로 학교에 다녔다.

　재미없는 수업을 며칠 견딘 끝에 달콤한 포상이 주어졌다. 국가적으로 쉴 수 있는 일요일이 된 것이다. 일요일에는 인형과 노동자도 마음 편히 늦잠을 잘 수 있었다. 그러나 모두가 해당하는 건 아니었다. 새벽잠이 없는 실버를 둔 인형은 같이 깨어 있기를 바라는 주인 때문에 일요일에도 아침잠을 헌납해야 했다. 젠과 같은 교실에 있는 한 아이도 새벽부터 움직이는 실버 때문에 일요일에도 새벽 네시에 일어났다. 낮잠이나 쪽잠도 허락되지 않아서 그녀는 늘 부족한 잠을 학교에서 채워야만 했다.

　'아. 이대로 시간이 멈췄으면 좋겠다.'

젠은 침대에서 뒹굴었다. 지난주에 새로 산 이불이 어찌나 푹신한지 계속 파묻혀 있고 싶었다. 침대 옆 미니 협탁에는 버터를 발라 구운 잉글리시머핀과 직접 갈아서 만든 청포도주스가 있었다. 일요일만 되면 늦게까지 늘어지는 젠을 위한 루비의 특급 서비스였다. 젠은 간단히 배를 채운 뒤 다시 이불 속으로 기어 들어갔다. 문득 칼은 일요일을 어떻게 시작하고 있을지 궁금했다. 이럴 때 필요한 건 제약 없이 놀러 가고, 전화할 수 있는 적당한 자유였다.

젠은 점심시간이 다 돼서야 방에서 나왔다. 루비가 챙겨 준 브런치 때문에 배는 고프지 않았지만 근사한 대접을 받았으니 보답할 차례였다. 계단을 중간쯤 내려갔을 때 거실 저편에서 흥분을 감추지 못한 루비의 목소리가 울렸다.

"정말이니? 정말?"

세상 얌전한 루비를 이처럼 흥분하게 만들 수 있는 사람은 딱 둘뿐이었다. 과연. 큰 캔디일까, 작은 캔디일까. 젠은 루비가 그들을 부르는 애칭을 입속으로 중얼거리며 계단을 마저 내려갔다.

"알았다. 그럼 모레 보자꾸나."

벽을 돌아 거실로 들어가자 루비의 뒷모습이 보였다. 기쁨과 흥분으로 가녀린 어깨가 실크 블라우스 속에서 마구 떨렸다. 누구였을까. 이미 전화를 끊은 상태라 젠은 통화

상대가 누군지 보지 못했다. 조금만 빨랐다면, 아니 통화가 약간만 길었더라면 직접 눈으로 확인할 수 있었을 텐데. 젠은 궁금증을 품에 안고서 슬그머니 루비 곁으로 다가갔다.

"젠. 어서 이리 오렴. 내가 방금 누구와 통화했는지 아니?"

인기척을 느낀 루비는 젠을 옆자리에 앉혔다. 이때 젠은 루비의 얼굴을 보고 깜짝 놀랐다. 마냥 들떠 있을 거라 생각했던 루비의 눈가에 눈물이 맺혀 있었다.

"마릿이 온대. 나의 작은 캔디가 이 할미를 보러 오겠대."

마릿은 루비의 유일한 손녀였다. 나이는 젠과 동갑이었고, 엄마보다도 할머니의 외모를 빼다 박아 아주 미인이었다. 처음 젠을 데리고 왔을 때 루비에게는 남다른 목적이 있었다. 바로 하나뿐인 손녀에게 친구를 만들어줄 생각이었다. 마릿은 낯가림이 심한 아이였다. 어느 정도였느냐 하면, 아빠가 출장에서 돌아올 때마다 마릿이 처음 보는 아저씨를 대하듯 무서워해서 애를 먹었다. 또 새로운 사람이 한 명이라도 있으면 울음부터 터뜨렸기 때문에 또래 친구를 사귀는 일은 엄두도 못 냈다. 귀한 손녀가 늘 혼자 노는 게 안쓰러웠던 루비는 해답을 구하려 노력했다.

'매일 붙어 있는 친구가 있다면 도움이 될지도 몰라.'

　그때는 삼대가 바로 옆집에 붙어 살았기 때문에 루비가 인형을 배정받으면 두 아이가 자연스레 함께 있을 수 있었다. 이 얼마나 좋은가. 루비는 마릿과 비슷한 아이를 찾았다. 너무 활발한 아이는 그 특출함으로 손녀의 기를 죽일 것 같았고, 사람은 비슷한 성향에 끌린다는 이야기가 있으니 그 편을 택했다. 젠은 원하는 조건에 부합했다. 조용하고 남들과 쉽게 어울리지 못했으며 항상 겁에 질려 있었다. 그러나 자세히 들여다보면 정체를 숨기고 있는 반짝임이 있었다. 그건 언젠가 아이를 특별하게 만들어주는 힘이 될 게 분명했다. 루비의 예상은 한 치도 어긋나지 않았다. 두 아이는 머지않아 좋은 친구가 됐고, 젠은 훌륭하게 자라서 반짝거릴 타이밍만 엿보고 있었다.

　그러나 루비의 딸, 달시는 두 아이가 가깝게 지내는 걸 마뜩잖아했다. 달시는 루비의 어진 성정을 닮지 않았다. 그녀는 전형적인 실버들과 같았다. 젠을 인형으로만 보고, 오로지 인형으로만 대했다. 마릿이 젠을 친구라 부르면 친구가 아니라고 정정해줬고, 루비가 두 아이를 공평하게 대할 때면 불같이 화를 냈다. 그런 일이 빈번해지자 루비와 달시는 자연스레 대립했다.

　마릿이 학교에 들어갈 나이가 되자 달시네 가족은 자손들의 구역으로 이사했다. 학교를 비롯한 편의시설이 전부 그곳에 있으니 이사는 불가피한 선택이었다. 달시는 루비도 함께 가길 원했다. 대립과 별개로 어머니를 혼자 둘 수 없었다. 그러나 자손들의 구역에서는 인형이 살 수 없었다. 만약 루비가 달시를 따라나서면 젠은 보호소로 돌아가야 했다. 그건 거리 생활을 해야 한다는 말이었다.

'너와 마릿에게는 미안하지만 나는 젠을 버릴 수 없어. 내가 데려왔으니 끝까지 책임져야지.'

루비는 젠을 택했다. 자신의 엄마가 인형과 살겠다고 하자 달시는 분노했다. 그러나 떨어져서 생활하게 되자 모녀는 다시 애틋해졌다. 매일 통화하는 것은 물론 주말마다 서로의 집을 오가며 만났다. 그러나 젠 때문에 또다시 틀어졌고, 몇 년 전 통화를 끝으로 왕래가 완벽히 끊어졌다. 그뿐만 아니라 달시는 루비가 나쁜 영향을 준다며 마릿과도 만나지 못하게 막았다. 마릿은 할머니를 무척 사랑했다. 비록 엄마 때문에 소식을 전하지 못하더라도 그건 변함없었다.

"달시 마음이 풀렸나 봐요."

"아니. 걔는 오지 않을 거야. 마릿이 오는 것도 겨우 허락했는걸."

루비의 눈에 실망감이 돌았다. 루비는 딸이 여전히 지닌 분노에 대한 마음을 단 한 번도 젠 앞에서 드러내지 않았다. 젠이 죄책감으로 괴로워하는 걸 원치 않았기 때문이었다. 그러나 이번만은 예외였다. 달랑 손녀만 보내려 하는 딸이 괘씸한지 분통을 터뜨렸다.

젠은 어떻게 반응하는 게 좋을지 몰라서 고민했다. 당연히 루비를 속상하게 만들고 아직도 자신을 미워하는 달시에게 좋은 감정은 없었지만 루비의 딸이기에 함부로 표현할 수 없었다. 그렇다고 루비의 편을 들어주지 않고 있자니 루비 입장에서는 서운할 것 같았다. 고민 끝에 젠은 말 대신 루비의 손등 위에 손을 올렸다. 현명한 선택이었다. 체온에 담긴 위로를 알아챈 루비는 금세 분위기를 바꿨다.

"내 정신 좀 보게. 집에 먹을 게 하나도 없는데. 장부터 봐야겠다."

루비는 출발하기 전에 쇼핑할 목록을 적어나갔다. 마릿이 좋아하는 음식, 마릿이 입을 잠옷, 마릿이 사용할 욕실 용품, 슬리퍼……. 집 안의 물건을 모두 바꿀 셈인지 목록의 끝은 보이지 않았다.

그 옆에서 젠은 마릿과 같이 지내게 될 두 달이라는 시간을 생각했다. 마릿은, 기꺼이 친구라고 불러주던 아이는 어떻게 변했을까. 마릿이 그 시절처럼 여전히 상냥하고 순수하면 좋겠지만 특별히 바라는 건 아니었다. 나이를 먹은 만큼 인형에 대한 개념이 다시 세워졌을 테니 자신을 다르게 대한다 한들 배신감 따위의 감정이 생길 리 만무했다.

다만 떨어져 있는 동안 엄마의 영향을 많이 받지 않았기를
소망했다. 마릿이 완벽한 리틀 달시가 되어 등장한다면 젠
은 달시를 용서할 수 없을 것 같았다.

"비가 오려나 봐요."

날씨가 갑자기 변했다. 집을 나설 때만 해도 외출하기
좋게 맑게 개어 있었는데, 그새 하늘에는 먹구름이 잔뜩 끼
어 있었다. 급격히 변한 날씨로 상점가에 모인 사람들이 우
왕좌왕하는 동안 어둠은 땅 밑으로 서서히 내려앉았다.

"앗."

젠은 빗방울에 맞았다. 뺨에 한 방울, 눈썹 위에 한 방울.
놀리듯 간헐적으로 떨어졌지만 밤처럼 깜깜해진 하늘을
보면 곧 한바탕 쏟아질 것 같았다. 젠은 루비가 걱정됐다.
루비는 비 오는 날을 알레르기처럼 싫어했다. 평소에는 멀
쩡하던 무릎이 비만 오면 아프기 때문이었다.

"그만 돌아가는 게 좋겠어요. 비 맞으시면 안 되잖아요."

"아직 살 것이 많아서 안 돼. 우산을 파는 곳이 있을 테니
거기부터 가자."

비에 대한 혐오를 마릿이 단번에 사라지게 했다. 비가
올 때만큼은 젠에게도 예민하게 굴던 루비였던지라 젠은
질투가 났다.

"그러지 말고 내일 다시 와서 사세요. 학교 끝난 뒤에 같이 와드릴게요."

젠은 붙잡고 있던 루비의 팔을 살며시 끌어당겼다. 아픈 무릎으로 빗속을 헤매게 두고 싶지 않았다. 그러나 루비는 고집을 꺾지 않았다. 루비는 부지런히 상점을 옮겨 다니며 사야 할 목록을 지워나갔다. 다행히 비는 올 듯했지만 쏟아지지 않았고, 그 상태는 두 사람이 집으로 돌아갈 때까지 유지됐다. 무사히 장을 본 루비는 미루지 않고 물건들을 정리했다.

"이건 마릿이 쓸 칫솔. 이건 마릿이 쓸 수건. 이건……."

마릿의 취향에 맞춰 산 물건들은 마릿이 사용할 방으로 들어갔다. 장을 볼 때도 그랬지만 마릿의 방을 정리하는 루비의 얼굴은 기쁨으로 생생히 살아 있었다.

'당연한 거야. 마릿은 루비의 손녀잖아. 그것도 항상 그리워하는.'

젠은 가슴 한편에서 이글거리는 질투심이 우스웠다. 결코 인형이 가져서는 안 되는 감정이었다. 실버를 사랑하는 감정은 폭넓고 깊게 키워야 했지만 질투는, 많은 부정적인 것들을 일으키는 그 감정은 마음에서 몰아내야 했다. 그래야 인형은 인형으로서 균형을 유지할 수 있었다.

'그래. 어울리지 않게 무슨 질투야. 잠이나 자자.'

하루 동안 감정의 소비가 너무 컸던 젠은 일찍 잠자리에 들었다. 인형인 자신의 처지를 잊지 않으려고 손에는 하얀색 머리끈을 꼭 쥐고 있었다. 평소보다 이른 시간이어서 그런지 눈이 감기지 않았다. 방 안이 숨소리마저 들리지 않을 만큼 조용해지자 창밖 소리가 고스란히 들어왔다. 따닥따닥. 굵은 빗방울이 지붕 위로 떨어졌다. 집중해서 들어보니 장작더미 타는 소리와 닮았다. 눈을 가린 상태에서 두 소리를 들으면 쉽게 구분되지 않을 것 같았다.

'겉모습이 닮았다고 속까지 같을 수 있을까요? 그들에게는 분명 영혼이 없을 겁니다. 복사기로 찍어낸 것과 다름없으니까요.'

젠은 문득 클론의 존재를 부정하는 단체가 선전하고 다니는 문구를 떠올렸다. 인형을 배정받지 않은 실버들을 중심으로 집결된 이 단체는 클론의 필요성을 이해했다. 그러나 실버들이 반려견을 다루듯 옆에 끼고 있는 건 납득하지 못했다. 그들은 따로 수용소를 만들어서 클론을 몰아넣고 사육해야 한다고 주장했다. 인간처럼 보이게 만드는 편한 침대와 따뜻한 샤워를 빼앗아야 한다고 강력히 주장했다. 그들의 목소리가 커지자 인형을 배정받은 실버들 중에서도 동조하는 이들이 조금씩 생기기 시작했다. 불길한 현상이었다.

똑똑. 가벼운 노크에 이어 루비의 목소리가 어둠을 뚫고 들어왔다. 젠은 머리맡으로 손을 뻗어 스탠드 조명을 켰다.

"네. 들어오세요."

"벌써 자는 거니?"

"아니에요. 그냥 누워 있었어요."

"아까 비 맞은 것 때문에 아픈 건 아니지?"

루비는 허리를 숙여 젠을 살폈다. 스탠드 조명 때문인지 루비의 얼굴이 한층 더 온화하게 보였다. 젠은 왠지 부끄러워져서 턱 밑까지 이불을 끌어 올렸다. 그 모습을 본 루비가 귀엽다는 표정으로 젠의 콧등을 가볍게 쓸어내렸다. 다정한 손길을 받자 밑으로 가라앉던 질투심이 다시 타올랐다.

"근데 무슨 일이세요? 마릿 맞을 준비로 바쁘실 텐데."

저도 모르게 나온 볼멘소리에 젠은 깜짝 놀랐다. 그 안에 깃든 반항적인 태도를 루비도 느꼈을까 봐 슬그머니 눈치를 살폈다. 그러나 루비는 이상한 낌새를 맡지 못했는지 미소를 지으며 뒤에 숨긴 걸 꺼내 보였다.

"아침에 보니까 얘 수명이 다한 것 같더라."

루비는 협탁 위에 놓인 디퓨저 스틱을 새것으로 교체했다. 며칠 전부터 향기가 옅어졌다 했더니 교체 시기가 온 것이다. 루비의 세심함에 젠은 또 한 번 감탄했다. 언제나 필요한 걸 먼저 알아채는 그녀는 주인이 아니라 평범한 할머니였다.

"잠깐만요."

젠은 마무리하고 돌아서는 루비의 옷자락을 붙들었다. 이 시간이 지나면 영원히 하지 못할 말이 가슴속에 있었다. 털어내야 했다. 털어내야 내일도, 모레도 평소와 다름없이 보낼 수 있을 테다.

"저, 루비에게 고백할 게 있어요."

루비는 뭐냐고 묻는 대신 얼굴에 짙은 물음표를 달고 젠을 바라봤다. 젠은 털어놓기 전에 심호흡을 크게 했다.

"사실 마릿이 온다는 소식에 종일 질투가 났어요. 루비가 무척 행복해 보였거든요. 죄송해요."

감히 인형 따위가 질투를 해? 정말 우습구나.

일반적인 실버라면 노발대발하며 즉시 벌을 내렸을 것이다. 하지만 루비는 그들과 다른 실버였다. 그녀는 조금 전보다 더 깊은 눈으로, 더 오랫동안 젠을 바라봤다. 그 순간 동안 눈동자는 흔들림이 없었다.

"그랬구나. 하지만 누가 뭐래도 너도 내 새끼인걸. 그렇게 여기지 않았다면 매일 하얀색 옷만 입도록 명령했을 거야."

루비는 농담을 하면서 미간을 찡그렸다. 거기에는 그동

안 겪고도 어찌 나를 모르냐는 안타까움이 담겨 있었다. 그제야 젠은 안심했고, 루비의 사랑을 가슴 깊이 느꼈다. 질투는 흔적도 없이 사라졌다.

드디어 마릿이 오기로 한 날이 됐다. 마릿은 집에서 아침만 먹고 출발한다고 했다. 두 집 사이에는 인간이 운전하는 차로 네 시간이란 거리 차가 있으니 못해도 점심 식사 전에는 도착할 거였다. 그러나 방학인 마릿과 달리 젠은 등교를 해야 해서 마릿을 맞이하지 못했다.

학교에 있는 동안 젠의 관심사는 오로지 마릿의 도착 시간이었다. 합동 수업을 들을 때도, 선생에게 꾸지람을 들을 때도, 밥을 먹을 때도, 취한 운전기사 폰을 동상 그림자 속에서 발견했을 때도 그녀의 머릿속에는 마릿만이 존재했다.

"다녀왔습니다."

젠은 집 안으로 들어서며 가슴을 졸였다. 마릿에게 첫 마디를 뭐라고 전할지 아직도 고민했다. 현관을 지나 거실로 이어지는 긴 복도를 걷는 동안 젠은 조용히 연습했다.

"안녕, 마릿."

"하하. 마릿, 오랜만이지? 잘 지냈어?"

긴장감으로 목소리가 떨렸다. 실전에서도 그러는 건 원치 않아서 단전에 단단히 힘을 줬다. 젠은 마릿과 마주하기 전에 옷매무새를 단정하게 다듬으려고 복도 끝에 설치된 전신 거울 앞에 섰다. 그녀의 모습은 최상이었다. 평소 잘 먹은 덕분에 피부와 머리카락에서는 광택이 났고, 루비가 옷에는 돈을 아끼지 않아서 한눈에 보기에도 질 좋은 옷을 입고 있었다.

그러나 젠은 오늘따라 자신의 모습이 마음에 들지 않았다. 뒤쪽에서 봐야 겨우 눈에 띄는 하얀색 머리끈이 마음에 걸렸다. 하얀색은 복종을 뜻하는 만큼 그에 대한 증표가 너무 작아서 마릿이 나쁘게 받아들이지는 않을지 걱정됐다. 다른 사람은 상관없었지만 루비 가족의 의심은 사고 싶지 않았다. 게다가 이런 사실은 마릿을 통해 달시의 귀에까지 들어갈 텐데, 달시에게 꼬투리 잡히는 일은 만들고 싶지 않았다.

'지금이라도 하얀색 옷으로 갈아입을까. 하지만 그건 마릿을 속이는 일이잖아. 함께 지낼 두 달 동안 매번 그럴 수도 없는 노릇이고.'

젠은 있는 그대로 보여주기로 결심했다. 다만 건방지게 비치지 않으려고 표정을 부드럽게 풀었다.

마릿은 소파에 앉아 있었다. 허리를 꼿꼿하게 세운 자태가 어찌나 우아한지 저절로 눈이 갔다. 거기다 변함없이 아름다운 외모를 가지고 있었다. 아니다. 변함없다는 말은 틀렸다. 성숙함이 더해져서 고급스러운 분위기까지 냈으니 도무지 열다섯 살이라고는 믿기 힘든 모습이었다. 순간 젠은 두 눈이 부셨는데, 때마침 창문으로 쏟아진 햇빛 때문인지 마릿의 미모 때문인지 구분되지 않았다.

"뭘 그렇게 멀뚱멀뚱 쳐다보는 거야. 젠, 마릿이야. 인사해야지. 마릿, 젠이란다. 기억하고 있지?"

주방에서 음식을 준비하고 있었던지 루비가 앞치마를 입은 채로 가까이 다가왔다. 루비의 얼굴은 몹시 행복해 보였다. 젠은 머뭇거리다가 먼저 인사를 건넸다.

"마릿, 안녕. 오랜만이야."

그러자 이상한 일이 일어났다. 마릿과 함께 보냈던 지난 시간이 바로 어제 겪은 것처럼 생생하게 되살아났다. 같이 도미노를 세우고, 입가에 잔뜩 초콜릿을 묻히고, 서로를 꼭 끌어안고 잠들었던 나날들. 이사 가던 날 자신과 헤어지기 싫다며 울고불고 매달렸던 아이가 눈앞에 있었다. 그런 추억이 있는 한, 두 사람 사이에는 가늘게라도 다정한 감정의 끈이 이어져 있다고 젠은 믿고 싶어졌다.

그러나 마릿은 눈도 마주치지 않고 고개만 비스듬히 까

닥였다. 처음 보는 사람, 그것도 반갑지 않은 사람에게 대하는 태도와 별반 다르지 않았다. 너무나 오랜만에 하는 재회라 아직은 어색해서 그러는 게 아닐까 싶었다. 낯가림이 아주 심했던 아이였으니 말이다. 그러나 그건 젠의 큰 착각이었다.

"얘, 그만 쳐다보고 내 짐이나 방에 올려다 주지 그래?"

마릿은 휴대용 전화기를 손에서 놓지 않은 채로 명령하듯 말했다. 부탁이 아닌 명령이라 젠의 기분이 상했지만 시키는 대로 했다. 마릿이 가져온 짐은 가장 큰 여행 가방으로 두 개나 됐다. 머무를 시간이 두 달인 걸 생각하면 적은 듯했지만, 이곳이 손녀의 편의를 위해 없는 것 빼고 다 준비해놓은 할머니의 집인 만큼 과한 것 같았다.

혼자 들기에는 무거운 가방을 하나씩 2층 방으로 옮겨놓은 뒤에야 마릿이 올라왔다. 젠은 그녀와의 만남을 다시 시작해보고 싶었다. 그래서 막 닫히려는 문을 붙잡고 얼굴을 들이밀었다.

"마릿, 그동안 어떻게 지냈어? 난 네가 보고 싶었어."

남몰래 숨겨놓았던 비밀을 털어놓자 젠의 얼굴이 살짝 뜨거워졌다. 마릿이 가방을 열던 손을 멈추고 침대 끝에 걸터앉았다. 뭔가 불만이 많은 표정으로 젠을 쳐다봤다. 삐딱한 자세가 어찌나 불량스러운지 거실에서 봤던 우아한 자태는 연기처럼 사라져버렸다.

"나를 뭐라고 생각하는 거야?"

"뭐?"

"너하고 나 사이를 대체 뭐라고 생각하는 거냐고."

공격적인 질문에 젠은 입술이 바짝 말랐다. 마음껏 차가운 물을 마시고 싶었다. 젠은 기분이라도 내려고 아랫입술을 살짝 핥았다.

"내가 맞혀볼까? 친구? 네 태도를 보면 딱 그건데. 맞아?"

젠은 차마 고개를 끄덕일 수 없었다. 그러는 순간 주워 담을 수 없는 일이 벌어질 것만 같아서 두려웠다. 젠은 긍정도 부정도 하지 않은 채로 가만히 있었다. 마릿이 두 손을 뒤로 뻗어 상체를 받치고는 다리를 꼬았다. 새삼 길고 곧은 다리가 부럽다는, 상황에 맞지 않은 생각이 젠의 머릿속을 스쳐 지나갔다.

"그래, 인정할게. 어렸을 땐 그랬을지도 모르지. 철없을 때였으니까. 근데 지금은 상황이 아주 많이 달라졌어. 내가 너의 진실에 대해서 똑똑히 알게 됐거든."

"진실이라니?"

"너 말이야, 우리 할머니한테 기생하며 사는 인형이잖아. 주인이 시키는 대로 해야만 하는 하찮은 존재 말이야.

그런 네가 나하고 친구라니. 네가 생각해도 우습지 않니?”

오만한 말투와 싸늘한 눈빛. 완벽한 리틀 달시였다. 마릿은 루비를 만나지 못하는 동안 엄마의 성정을 고스란히 흡수해버렸다. 젠은 화가 났다. 못된 것을 배워버린 마릿에게는 물론 루비의 천사를 손쓸 수 없는 악마로 만들어놓은 달시에게도 몹시 화가 났다. 동시에 앞으로가 걱정됐다. 마릿과 충돌하지 않고 잘 지낼 수 있을까. 거기다 변해버린 마릿을 알게 되면 루비의 마음이 얼마나 아플까. 그러나 마릿은 영악했다. 루비와 함께 있을 땐 젠에게 경계심을 드러내지 않았다. 대화도 거의 하지 않았는데, 그건 아직 어색해서 그런다는 생각이 들게 했지 젠을 싫어한다고 보기에는 어려웠다.

아무렇지 않은 듯 행동하는 마릿을 볼 때마다 젠은 속이 뒤틀렸다. 변해버렸을 마릿에 대해서 각오하지 않은 건 아니었지만 리틀 달시는 견디기 힘들었다. 이대로라면 세상에서 가장 편안했던 공간이 가장 불편한 공간으로 변할 게 틀림없었다.

“여기야. 이리로 와.”

젠이 스쿨버스에 오르자 어김없이 수가 손짓했다. 뒷자리로 이동하는 동안 젠은 몇몇과 인사를 나눴다. 모두 루비의 간식을 한 번 이상 얻어먹은 아이들이었다.

"또 머리가 바뀌었네. 이번 달은 참 다이내믹하다."

짙은 핑크색으로 물들인 수의 머리는 거기서 끝나지 않고 컬이 촘촘히 말려 있었다. 그래서 수가 살짝만 움직여도 머리가 풍성하게 넘실거렸다. 그러나 화려한 색 때문에 계속 쳐다보고 있으면 눈이 아팠다. 아무리 생각해도 수의 실버는 취향이 독특해도 너무 독특했다.

"루비 여사님의 공주님이 돌아왔다며? 그 애가 나를 기억할까. 예전처럼 어울려주면 좋겠는데. 네가 볼 땐 어때? 그렇게 해줄 것 같아?"

실버끼리 친한 덕분에 수도 가끔 마릿과 어울려 놀았다. 수는 어린 나이에도 불구하고 실버와 인형의 선을 확실히 알았던지라 마릿 역시 동경하고 우러러봤다. 기대감이 잔뜩 들어간 말투를 보니 여전히 그러는 듯했다.

가슴이 답답해진 젠은 수를 보지 않으려고 창밖으로 고개를 돌렸다. 줄 끝에 선 마지막 아이까지 태운 버스가 다시 출발하려고 몸을 부르르 떨었다. 그 순간 어디서 튀어나왔는지 모를 아이가 버스를 향해 달려왔다. 그는 버스를 놓치지 않으려고 열심히 달렸다. 그 리듬에 맞춰 눈썹 위를 반듯하게 덮고 있던 앞머리가 움직이자 아이는 손으로 앞머리를 붙잡았다. 젠은 찰나를 놓치지 않고 아이가 손 아래에 숨긴 비밀을 엿보고 말았다.

'어?'

젠은 자신이 본 비밀을 이해할 수 없었다. 그래서 겨우 버스에 오른 아이가 빈자리를 찾아 앉을 때까지도 눈을 떼지 못했다.

'쟤도 눈썹이 없네.'

인형을 괴롭히는 실버들 사이에서 새로 유행하는 방법인 것일까. 젠은 고개를 빼고서 지난번에 눈썹을 잃었던 여자아이를 찾았다. 여자아이 역시 그를 쳐다보고 있었는데, 우울하면서도 슬픈 표정을 감추지 못했다. 가만. 그러고 보니 그는 지난번 여자아이에게 모자를 되찾아준 덩치 큰 아이였다. 두 사람만이 공유할 수 있는 감정이 얼핏 젠의 눈에 보였다. 젠은 손끝으로 자신의 눈썹을 매만졌다. 실버가 잠든 인형의 눈썹을 날카로운 면도칼로 과감히 밀어버리는 장면이 머릿속에서 재생됐다. 그러면서 실버는 배를 붙잡고 낄낄댔겠지. 존중받지 못하는 상황에 아이들은 상처를 입었을 것이다.

'아니야. 별거 아닐 거야.'

젠은 끊임없이 재생되는 장면을 털어버렸다. 직접 확인하기 전까지는 쓸데없는 상상일 뿐이었다.

"참. 이따 학교 끝나고 루비 여사님 댁에 갈 것 같아."

고맙게도 수가 시선을 다시 빼앗아 갔다. 젠은 수에게만 집중하려고 몸까지 돌려 붙어 앉았다.

"왜?"

"왜긴. 공주님이 왔으니까. 그래서 말인데 공주님께 내 이야기 좀 미리 해줘. 셋이 놀면 정말 재밌을 거야."

수는 박수를 치듯이 두 손을 가볍게 두드렸다. 저리 좋아하는 걸 보면 분명 마릿에게 갖은 미사여구를 나열하며 아부를 떨 것이다. 굳이 경험하지 않아도 알 수 있는 그 꼴은 벌써 우습게 느껴졌다.

그 후 젠은 집중력이 떨어졌다. 수업은 물론 점심을 먹을 때조차도 다른 생각에 빠져 기계적으로 입만 움직였다. 그녀를 붙잡고 있는 건 마릿과 수의 만남이었다. 젠은 아직 만나지도 않은 마릿에게 수가 빌빌대는 게 눈꼴사나웠다. 그러나 한편으로는 마릿의 달라진 모습에 수가 상처를 입지는 않을까 걱정했다. 사실 아닐 가능성이 더 높았다. 수는 실버들의 오만함을 당연하다 생각하니 오히려 감동하며 마릿을 사모할지도 모른다.

"아가씨. 무슨 생각을 그리하시나요?"

"어? 언제 왔어."

익숙한 목소리에 고개를 들어보니 앞자리에 앉은 사람이 바뀌어 있었다. 그를 보자 어두웠던 젠의 얼굴이 금세 환해졌다. 젠은 칼에게 아직 뜯지 않은 초콜릿푸딩을 건넸다. 초콜릿푸딩은 칼이 제일 좋아하는 거라 매번 양보해도 아깝지 않았다. 머뭇대다가 고맙게 받은 칼은 뚜껑에 묻은 푸딩을 핥으며 물었다.

"집에 손님 왔다며?"

"뭐야. 벌써 동네방네 소문 다 났네."

젠은 잔뜩 뽀로통한 얼굴로 대답했다. 마릿의 방문을 칼까지 알고 있자 심통이 났다.

"페리가 오늘 밤에 루비 아주머니 집에 가자고 하더라. 아마 저녁 식사에 초대된 것 같아."

"그래? 나만 몰랐네."

수에 이어 칼까지 집에 온다는 걸 보면 아무래도 루비가 마릿의 환영식을 열어주려는 모양이었다. 젠은 여기서 더 초대된 사람들이 있을까 궁금했고, 자신만 모르고 있는 이 상황이 불쾌했다.

"사실 난 가고 싶지 않아. 그 아이는 존재만으로도 우릴 비참하게 만들 거야. 내가 인형이란 사실을 새로운 방식으로 끊임없이 일깨워주거든."

"수랑 다른 반응이네. 수는 옛 친분을 되살리고 싶어서 안달이던데."

그 순간 수가 핑크 머리를 휘날리며 식당으로 들어왔다.

수는 점심시간 직전에 있었던 합동 수업에서 다른 교실 아이와 시비가 붙었다. 자세한 내막은 당사자들과 선생만 알 뿐 알려지지 않았다. 어쨌든 그래서 수는 반성하는 시간을 가져야 했고, 상당히 늦게 점심을 먹게 됐다. 칼과 젠은 두 사람만의 대화를 이어가려고 수의 눈에 띄지 않게 고개를 숙였다.

"너는 어때? 그 애랑 지낼 만해? 괴롭히거나 심하게 무시하지는 않아?"

"그냥. 뭐."

칼이 묻자 젠은 마릿의 이중성을 속 시원히 털어놓고 싶었다. 마릿은 정말 못된 년이야. 루비 뒤에서 잔인한 눈빛을 보낼 때면 영락없이 자기 엄마라니까. 그러나 루비의 손녀를 욕되게 할 수는 없었다. 마릿은 미웠지만 루비를 사랑하는 마음이 더 깊었다. 곧 점심시간이 끝났음을 알리는 종이 울릴 시간이었다. 뒤늦게 칼은 푸딩 먹는 일에 속도를 냈다.

"죄 없는 초콜릿푸딩에게는 미안하지만 이걸 먹고 제발 아팠으면 좋겠다. 정말 가고 싶지 않아."

"그래. 부디 그러길 빌게."

그러나 두 사람의 바람은 이뤄지지 않았다. 칼은 누구보다 건강한 모습으로 하교했다.

예고한 대로 루비는 마릿을 환영하는 조촐한 파티를 열었다. 평소에는 잘 사용하지 않는 두 번째 거실 문을 활짝 개방해서 커다란 홀을 만들어 파티장으로 사용했다. 초대자는 칼과 수, 그들의 실버들과 루비가 가깝게 지내는 실버들이었다. 인형 중에는 칼과 수만 초대됐는데, 그건 그들이 젠의 친구들이었기 때문이었다.

"루비 여사님, 초대해주셔서 감사합니다."

수는 하얀색 점프슈트를 입고 있었다. 바지통이 커서 가만히 있으면 롱 원피스처럼 보였는데 수와 잘 어울렸다. 구불거리는 머리카락은 하나로 땋아 옆으로 내렸다. 웨이브 머리를 땋으니 더 풍성하고 무게감이 있었다. 마치 수와 사전에 입을 맞춘 것처럼 칼 또한 하얀 턱시도를 차려입었다. 빌린 게 분명한 턱시도는 품과 길이 모두 칼의 몸과 맞지 않았다. 자기 몸보다 큰 옷을 입고 있어선지 칼은 불편해 보였다. 칼도 그런 자기 모습이 우습다는 걸 아는지 자꾸 멋쩍은 표정을 지어 보였다.

"저도 초대해주셔서 감사드려요. 이건 선물입니다."

"어머, 예뻐라. 당장 꽃병에 꽂아야겠네. 젠, 네가 해주겠니?"

루비는 칼에게 받은 꽃다발을 품에 안고 흠뻑 향기를 맡은 뒤 젠에게 넘겨줬다. 꽃다발은 젠의 가슴도 두근거리게 했다. 루비색처럼 붉은 장미. 황홀할 정도로 아름다운 붉은색. 인형에게는 금지된 색. 젠은 그 색에 홀리는 기분이 들었다. 붉은색은 바라보는 이의 눈을 환하고 강렬하게 빨아들였다. 장미꽃의 붉은색이 넋을 잃은 젠에게 속삭였다.

'나를 가지고 싶지 않니? 색이라는 건 모두에게 공평한 건데 누구만 가질 수 있다는 건 너무 불공평하지 않아?'

"응, 그런 것 같아."

"뭐라고?"

무심코 튀어나온 말에 루비가 반응했다. 젠은 실수를 깨닫고는 서둘러 꽃병을 찾아 나섰다.

"메인 요리인 칠면조구이는 조금 더 있어야 해요. 다들 제시간보다 빨리 오셔서 타이밍이 어긋났거든요. 식전주를 마시면서 잠시만 기다리시면 금세 상을 차리겠습니다. 너희들은 편하게 있으렴. 젠 방에 올라가서 놀아도 되고. 아니면 우리 마릿과 인사 나눌래? 그래, 그게 좋겠구나."

루비가 마릿을 데려오려고 2층으로 올라가자 파티를 위해 고용된 하인들이 식전주와 애피타이저가 든 쟁반을 들고 사람들 속에 섞여들었다. 모두가 자유롭게 마시고 웃고 떠드는 속에서 젠과 친구들은 고립된 섬처럼 얌전히 앉아 있었다. 칼과 수는 실버의 허락이 떨어지기를 기다렸고, 젠은 보는 눈이 많으니 평소보다 얌전히 행동했다.

"나 어때? 이 정도면 강렬한 인상을 심어줄 수 있겠지?"

수가 이를 앙다문 상태에서 입을 크게 벌리지 않고 말했다. 드디어 마릿을 만나게 돼 많이 설레는지 발가락을 마구 움직였다. 그러나 둘의 만남은 빨리 성사되지 않았다.

"마릿은 지금 친구와 통화 중이야. 중요한 일이라 끊을 수가 없나 봐. 식사가 다 되면 내려올 테니 인사는 그때 하자."

루비는 칠면조 상태를 본다며 주방으로 향했다. 이 틈에 자유를 허락받은 인형들은 젠의 방으로 몰려갔다. 수는 잦은 방문으로 익숙해진 젠의 방을 제 방처럼 휘젓고 다녔다. 반면 여기까지는 처음 들어온 칼은 긴장했는지 어색하게 굴었다.

"웬 책이야?"

옷장을 둘러보고 의자로 옮겨 앉던 수가 협탁 아래쪽에 떨어져 있는 책을 발견했다. 수는 발로 책을 들어 올리려다가 몇 번이나 실패한 뒤에야 허리를 숙였다.

"마릿 책이 왜 내 방에 있는 거지? 나 몰래 언제 들어왔나. 이리 줘."

젠은 고개를 갸웃대며 책 쪽으로 손을 내밀었다. 수는

줄듯 말듯 장난치다가 갑자기 한 페이지를 펼쳐 들고는 글자를 살폈다.

"와, 진짜 어렵다. 이런 복잡한 글자를 배우려면 머리가 엄청나게 좋아야 할 거야. 그렇지?"

기본이 되는 글자만 알면 누구나 쉽게(머리와 상관없이) 세상 모든 글을 읽을 수 있다는 말이 목구멍을 타고 올라왔지만 젠은 삼켰다. 자칫하면 잘난 체하는 것으로 보일 수 있어서 참았다. 칼이 관심을 보여 책은 수에게서 칼에게로 넘어갔다. 칼은 책 앞쪽부터 한 페이지씩 넘기며 글자에 집중했다. 그 모습은 마치 책을 읽고 있는 듯했다.

"야, 너는 읽지도 못하는 걸 뭘 그리 꼼꼼하게 보냐?"

수가 놀리듯 핀잔을 주자 칼은 책에서 눈을 뗐다. 젠은 돌려받은 책을 협탁 한쪽에 잘 놓고 새 게임기를 꺼냈다. 버튼을 조작하자 허공에 홀로그램 영상이 나왔다. **꺅**. 수가 소리를 질렀다.

"이거 죽인다. 이렇게 재밌는 걸 루비 여사님께 선물받았다고? 역시 여사님은 뭘 아신다니까."

그들은 함께 게임을 즐겼다. 비행기를 타고 적을 추격하는 게임은 칼의 관심을 가장 많이 끌었다. 즐거워하는 칼을 보자 젠은 그에게 게임기를 주고 싶었다. 어차피 자신은 거의 가지고 놀지 않으니 그가 갖는다면 유용하게 쓰일 것이다. 그러나 뭔가를 선물하고 받는 데에도 실버의 허락이 필요했다. 보나마나 루비는 얼마든지 선물하라고 하겠지만 칼의 실버는 반대할지도 모른다. 학대로 알 수 있듯이 그는 칼이 기뻐하는 걸 두고 보지 않았다. 그가 실버로 있는 한 칼은 절대로 행복해질 수 없었다.

한 게임이 끝나자 수가 화장실로 달려갔다. 방에 둘만 남게 되자 젠의 단짝 레이더가 작동했다.

"아까 말 못 했는데 그렇게 입으니까 근사하다, 칼."

"정말? 이래도?"

칼은 소매의 접은 부분을 내려서 손을 그대로 덮는 바보 같은 모양새를 보여줬다. 젠은 웃지 않으려고 입술을 꽉 붙였다. 그 모습에 칼은 긴 소매를 흔들며 얼굴을 우스꽝스럽게 일그러뜨렸다. 젠은 더 이상 참지 못하고 웃음을 터뜨렸다.

"젠. 친구들하고 그만 내려오렴. 마릿, 내려와."

아래에서 루비가 부르는 소리가 들렸다. 젠과 친구들은 하던 걸 내려놓고 곧장 움직였지만, 마릿의 방문은 꽉 닫혀 있었다. 젠은 문 앞에서 서성거렸다. 루비의 부름을 못 들은 게 아닐까 싶어서 직접 마릿을 데리고 내려가야 하나 고민했다. 젠의 입장에서는 마릿이 없는 편이 더 나았지만 손님이 모인 이유가 그녀였으니 반드시 참석해야 했다.

‘어쩌면 오늘만큼은 마릿이 친절하게 굴지도 몰라. 그럼 나도 친절해야겠지.’

젠은 둥글게 말아 쥔 손을 위로 올렸다. 노크하려는 순간, 벌컥 문이 열렸다. 마릿을 마주하게 되자 나쁜 짓을 하려다 들킨 사람처럼 가슴이 마구 뛰었다. 하려던 말은 목구멍에 걸려서 나오지 않았다. 마릿은 기분 나쁜 눈길로 흘깃대며 지나갔다. 한쪽으로 비켜서 있던 칼과 수 옆을 스쳐 갈 때는 두 사람을 투명 인간 취급했다. 그들은 마릿이 거실로 사라질 때까지 눈을 떼지 못했다. 다시 만났을 때 젠이 느꼈던 놀라움을 그들도 틀림없이 느끼고 있었다. 특히 수는 마릿이 진짜 아름답다고 끊임없이 중얼거렸다.

“정말 마릿이니? 언제 이렇게 컸어. 숙녀가 다 됐네.”

수의 실버인 타라가 잔뜩 감격하며 마릿을 끌어안았다. 마릿도 진심으로 기뻐하는 것처럼 보였다. 실버들과 차례대로 인사를 나눈 뒤에는 인형들 차례가 됐다. 루비는 그들의 이름을 다정하게 불러가며 소개했다.

“인사하렴. 여기는 칼, 여기는 수야. 모두 젠의 친구들이야.”

루비의 말이 끝나자 칼은 정중한 태도로 고개를 숙이며 인사했다. 나이로 따지면 그가 한 살 위였지만 인형들의 나이는 별 힘이 없었다. 문제는 수였다. 식사 시간을 편하게 즐기고 싶다는 루비 덕분에 수는 고삐 풀린 망아지가 되었다. 수는 마릿의 옆자리를 차지하고 앉아서 두 사람이 함께 보냈던 과거를 마릿에게 상기시키려고 애썼다.

"우리가 처음 만난 날, 내가 코피를 흘렸어. 그때 나는 위생 개념이 부족해서 코를 자주 팠거든. 아마 그날도 그래서 코피가 났을 거야. 너는 내게 기꺼이 손수건을 빌려줬지. 값비싼 실크로 만든 손수건이었는데 전혀 아까워하지 않아 했어. 게다가 나를 놀리지도 않았지. 그 전에 만났던 애들은 엄청나게 놀려댔거든. 대신 너는 걱정해줬어. 어디 아픈 거 아니냐며 사탕도 나눠 주고. 너는 정말 보석 같은 존재였어. 기억나?"

수는 젠조차도 기억나지 않은 옛일을 들추며 친근하게 굴었다. 타라가 그녀의 이야기를 들으며 계속 언짢은 표정을 지었지만 수는 보지 못했는지 멈추지 않았다.

"난 그 손수건을 아직도 간직하고 있어. 피 얼룩이 희미하게 남아 있어서 보기 좀 그렇지만 다른 곳은 멀쩡해. 기회가 생기면 가지고 올게."

"우리 마릿에 대해 좋은 기억을 가지고 있다니. 내가 다 고맙구나. 그 손수건, 나도 보고 싶으니 꼭 가지고 오렴."

루비가 수를 칭찬했다. 사람들 앞에서 손녀의 선한 마음을 떠들어줬으니 어찌 고맙지 않을까. 그러나 당사자인 마릿은 수의 말을 흘려들었다. 자신을 지켜보는 많은 눈 때문에 마지못해 반응을 보였지만 수 쪽으로는 거의 고개를 돌리지 않았다.

수는 루비의 칭찬에 용기를 얻어 또 다른 이야기를 시작했다. 그렇게 몇 개 없는 마릿과의 추억을 팔다가 갑자기 엉뚱한 이야기로 빠졌다.

"스쿨버스에서 재밌는 아이를 봤어요. 글쎄, 한쪽 눈썹이 없었다니까요. 걔 말로는 눈썹을 깔끔하게 다듬으려고 하다가 힘 조절을 잘못했다는데…… 믿어지세요?"

그 이야기는 수에게만 재밌는 거였다. 마릿이 수를 노려보자 옆에서 타라가 헛기침을 하며 중단하라고 신호를 보냈다. 그러나 수의 입은 강력한 배터리가 달린 것처럼 끊임없이 움직였다.

결국 마릿이 더는 못 참겠다는 듯 화장실로 도망쳤다. 시간이 상당히 지났지만 마릿은 돌아오지 않았다. 루비가 걱정하는 기색을 내보이자 젠이 슬쩍 일어났다.

마릿은 화장실 옆에 따로 마련된 파우더 룸에 앉아 있었다. 거울 속 자신을 가만히 응시하고 있는 모습이 꼭 제 미모에 흠뻑 취한 사람처럼 보였다. 여기서 알은체를 하면 서로 민망할 것 같아서 젠은 조용히 걸음을 옮겨 화장실로 들어갔다. 마릿은 젠이 화장실에서 나올 때까지 파우더 룸에 있었다. 다만 이번에는 입구 쪽으로 돌아앉아 젠을 쳐다봤다. 눈빛이 제법 살벌했다.

"야, 제발 알려줘봐. 네 친구의 입을 닥치게 하려면 내가 어떻게 해야 해?"

리틀 달시가 공격 모드로 전환했다. 대피하지 않으면 폭격을 맞고 쑥대밭이 될 것이다.

"나는 걔가 전혀 기억나지 않아. 그런 싸구려 인형이 나한테 친한 척 들러붙는 게 소름 돋는다고. 그러니까 네 친구한테 그만 찌그러져 있으라고 전해줘."

젠은 잘못 들은 거라고 생각했다. 천하의 달시도 '싸구려'란 표현은 쓰지 않았다. 친구라고 해맑게 웃어주던 아이가 인형 전체를 깎아내리는 발언을 할 리 없었다. 그녀가 리틀 달시가 되었더라도 선은 넘지 않을 거라 믿었는데. 또 뒤통수를 맞았다.

"수를 불러올 테니 네가 직접 말해. 지금처럼 말이야."

"싫어."

"왜? 네가 생각해도 심한 말이라 수에게 직접 말하는 건 겁나?"

"설마. 그냥 걔하고 말하고 싶지 않을 뿐이야. 내가 말 섞는 인형은 너 하나로 족하거든. 그러니 영광인 줄 알아."

자리에서 일어나 젠에게 다가간 마릿은 젠의 어깨를 가

볍게 두드렸다. 젠은 그 손을 붙잡고서 있는 힘껏 비틀어버
리고 싶었다.

'사과해. 수를 향해 한 말도, 나한테 한 말도 모두 사과하
란 말이야.'

그러나 멀어지는 그녀의 뒷모습을 무기력하게 바라만
봤다. 루비와 둘이 살 땐 자신이 인형이어도 괜찮았다. 비
록 인형으로 태어났지만 인형으로 사는 순간이 적었기 때
문에 괜찮을 수 있었다. 그런데 지금은 방으로 올라가 몸을
숨기고 싶었다. 아무도 들어오지 못하도록 단단히 문을 잠
근 뒤 그곳에 영원히 있고 싶었다. 그러나 리틀 달시, 아니
달시보다 더한 악마가 있는 곳에 친구들이 있었다. 혼자만
내뺀다면 결코 친구가 아니었다.

그새 무슨 일이 있었는지 수의 기세가 한풀 꺾여 있었
다. 젠이 옆에 앉은 칼에게 눈짓으로 이유를 물었지만 칼은
말하지 않았다. 식탁이 한번 치워지고 디저트가 나왔다. 실
버들에게는 과일과 와인이, 아이들에게는 케이크와 푸딩
등의 달고 예쁜 디저트가 놓였다. 많은 종류의 디저트에 지
금까지 침착함을 유지하던 칼마저 흥분을 감추지 못했다.
제아무리 어른스럽게 굴어도 십대는 십대였다.

젠은 칼이 더 많이 먹을 수 있게 제 몫의 디저트 일부를
칼 앞에 밀어줬다. 칼이 괜찮다며 도로 줬지만 젠은 받지

않았다. 배부르단 말을 과장해서 덧붙이자 칼은 그제야 고마워하며 먹었다.

젠이 그 모습을 흐뭇하게 바라보고 있는데 앞쪽에서 불쾌한 시선이 느껴졌다. 고개를 돌려보니 마주 앉은 마릿이 두 사람을 지켜보고 있었다. 젠은 마릿이 파우더 룸에서 했던 말을 어떻게든 갚아주고 싶었다. 그러나 이곳에는 실버가 너무 많았다.

"근데 마릿, 언제까지 있을 예정이니? 너희 엄마가 여길 별로 좋아하지 않잖아. 엄마에게 밉보이지 않으려면 빨리 돌아가야 할 텐데. 흐흐."

타라가 물었다. 타라는 와인을 너무 많이 마셔서 정신이 반쯤 나가 있었다. 마릿이 잠자코 있자 루비가 대신 대답했다.

"마릿은 방학 내내 있을 거야. 그동안 이 할미를 혼자 둔 것이 미안해서 보상해주겠대."

"흥, 퍽이나. 제 어미가 데리러 오면 쪼르르 따라가겠지. 예전처럼 할머니를 버릴 거라고. 안 그러니, 얘야?"

타라가 마릿을 향해 거칠게 내뱉었다. 그녀는 더 이상 친구의 손녀를 환영하던 맘씨 좋은 이웃 할머니가 아니었다. 와인이 벌인 일이라고 보기에는 불쾌한 감정이 들어 있었다. 젠은 그때야 비로소 그녀가 루비와 연락을 끊은 딸과 손녀를 비난했던 날들이 떠올랐다. 다른 실버들이 마릿을 보며 소곤거렸다. 마릿은 코너에 몰린 쥐처럼 계속 얻어맞았다. 타라의 펀치가 정신을 차릴 새도 주지 않고 계속 쏟아지자 마릿은 조금씩 무너져갔다.

젠은 이 상황이 고소했다. 모두의 예쁨을 받아 우쭐해졌을 마릿이 잠깐이나마 비틀거리게 돼서 고소했다. 젠은 이번만큼 타라가 마음에 든 적이 없었다. 그녀의 얼굴을 보니 아직도 비난할 거리가 남아 있는 듯했다. 젠은 타라가 멈추지 않기를 진심으로 빌었다. 그러나 루비가 불편한 기색을 내보이자 타라는 링에서 내려왔다. 그녀가 잠잠해지자 루비가 말했다.

"알다시피 마릿은 여기에 친구가 없어요. 젠이 있긴 하지만 젠만으로는 부족할 거예요. 그래서 수하고 칼이 자주 놀러 와줬으면 해요. 하나 그렇게 되면, 타라야 어차피 우리 집에 자주 오니 힘들 건 없겠지만 페리가 수고스러울 텐데……. 너무 무리한 부탁이겠죠?"

부탁하는 처지라 그런지 루비의 태도가 평소보다 더 부드러웠다. 그녀가 페리를 대할 때면 언제나 다른 사람을 대할 때보다 격식을 차렸는데, 페리는 선을 긋는 것 같다며 몹시 서운해했다. 그래서 이런 다정함에 홀딱 넘어가고 말았다.

페리가 적어도 일주일에 한 번은 칼을 대동해 찾아오겠
다고 약속했다. 졸지에 마릿을 여덟 번이나 만나야 하는 처
지에 놓인 칼. 젠은 그 상황이 너무 끔찍해서 상상만으로도
힘들었다. 마릿의 멸시와 조롱은 자기 앞에서 끝나야만 했
다. 학대만으로도 벅찬 칼이라 다른 상처는 주고 싶지 않았
다. 그러나 젠에게는 막을 힘이 없었다. 마릿이 한마디해주
면 좋으련만. 그토록 혐오하는 인형이 하나에서 셋으로 늘
어나게 됐으니 이 상황에서 얼마나 벗어나고 싶겠는가.

'이것들과 친구를 하라고요? 제정신이세요? 자꾸 이러
시면 집으로 돌아갈 거예요. 지금 당장이요!'

마릿은 조용히 차만 홀짝였다. 무너지고 있던 그녀는 금
세 여유를 되찾아 눈앞에서 벌어지고 있는 일이 자신과는
관계없다는 듯 굴고 있었다. 그녀에게 말릴 생각이 없다면
이 문제는 이대로 끝이었다.

"너, 운전은 할 줄 아니?"

찻잔에서 눈을 떼지 않던 마릿이 갑자기 물었다. '너'라
고 지칭한 것을 보면 질문의 끝이 젠과 친구 중 하나에게로
향한다는 걸 알 수 있었다. 그러나 질문을 받을 사람이 확
실치 않아서 아무도 선뜻 대답하지 않았다.

"너 말이야. 여기서 운전할 수 있는 나이는 너뿐이잖아."

마릿이 칼을 콕 집었다. 다른 인형과는 말하고 싶지 않

다더니 무슨 이유 때문인지 변덕을 부리고 있었다. 좋지 않은 예감이 든 젠은 칼이 대답하지 않았으면 했다. 그러나 인형에게는 대답을 거부할 권리마저도 없었다. 칼이 어두운 음성으로 대답했다.

"면허는 있는데, 많이 해보지는 않아서 서툴러."

열여섯 살이 된 인형은 무조건 운전면허를 따야 했다. 노동자로 전환됐을 때 운전하게 될 수도 있기 때문이었다.

"그래도 차를 움직일 수는 있는 거지?"

"응."

"그럼 됐어. 할머니, 제가 저번에 말씀드렸죠? 운전기사들이 자꾸 음흉한 눈빛을 보낸다고요."

실버들은 운전을 하지 않았다. 이젠 나이도 많고, 그만큼 쉽게 피로해지기 때문이었다. 그래서 실버들이 모여 사는 구역에는 팀으로 이루어진 운전기사가 배치되었다. 집마다 운전기사가 존재했던 예전과 달리 구역으로 나뉜 건 운전자들의 노동력을 쉬지 않고 돌리기 위해서였다. 게다가 실버들이 구역 밖으로 나갈 때는 시간 단축을 위해 AI가 운전하는 차를 탔기 때문에 많은 인원은 필요가 없어졌다.

운전기사들은 그림자처럼 귀와 입의 기능은 철저히 없애고 눈은 오로지 운전하는 데만 써야 했다. 차에 태운 실버에게 참견하거나 시비를 거는 행동은 범죄로 분류되어 신고하면 처벌을 받았다. 마릿이 당했다던 일도 엄연히 범죄였다. 그들은 처벌이 두려워 매사 신중했는데, 이번에는 마릿이 어린 소녀라 쉽게 생각한 모양이었다. 아니면 사심 없는 눈빛을 마릿이 예민하게 받아들였는지도 모른다. 마릿이라면 충분히 그러고도 남았다.

"다시는 그런 경험 하고 싶지 않아요. 그러니까 제가 친구들을 만나러 나가야 할 때 저 애가 운전하게 해주세요. 할머니 친구분의 인형이니까 안심돼요. 그렇게 해주실 거죠? 네?"

마릿은 턱을 괴고 미소 지었다. 앞니를 살짝 드러내는 미소는 과하지도 부족하지도 않았다. 젠은 자신이 저 미소를 받는다면 무슨 부탁이든 들어주고 싶을 것 같았다. 그러나 루비는 난감해했다.

"나도 그러면 좋겠지만 알다시피 이 애들은 혼자 움직일 수 없어. 혼자서 구역 밖으로 나가는 건 더더욱 힘들고. 그렇다고 매번 페리가 함께 가줄 수도 없을 테고. 그 기사들은 신고했으니 곧 다른 사람들로 바뀔 거야. 그러니까 마음을 편히 갖고……."

"그래도 싫어요. 바뀐 기사들도 못 믿겠다고요."

"그럼 그냥 자율주행차를 타는 게 어떻겠니?"

"그 차는 무섭다고 이미 몇 번이나 말씀드렸잖아요."

마릿의 목소리가 격앙됐다. 마릿은 자신이 사는 구역에서 일어난 자율주행차 폭발 사고를 목격한 뒤로 그 차에 타지 않았다. 조금만 빨랐어도 자신이 피해자가 될 수 있었다는 데 큰 충격을 받은 모양이었다. 이를 모르는 타라가 옆에서 코웃음을 쳤다. 이제 그녀는 정신이 온전히 나가 있었다. 다른 실버와 수가 그녀를 부축해 찬 바람을 쐬러 나갔다. 그사이 마릿은 감정을 가라앉혔고, 다시 대화를 이어 나갔다.

"제가 알기로는 실버가 증명서를 발급해주면 잠깐은 가능하다고 하던데, 아닌가요?"

마릿은 인형과 함께 살지 않는 십대치고는 많은 걸 알고 있었다. 그녀가 언급한 증명서는 인형의 단독행동을 허락해주는 것으로 정말 위급할 때만 발급받을 수 있었다. 보통은 실버가 아파 거동이 불편할 때 발급을 받았다. 하지만 중앙 구역에 있는 시청에 가서 직접 처리해야 하는 번거로움이 있어서 신청하는 사람이 거의 없었다. 어쨌거나 예외도 있겠지만 어떤 경우가 해당하는지 젠은 듣지 못했다. 그러나 실버의 손주가 친구를 만나기 위해 사용할 수 있는 것은 아닌 게 확실했다. 마릿은 지금 불가능한 일에 매달리고 있는 것이다.

"실은 할머니한테도 말하지 않은 게 있어요. 친구가 아파요. 언제 죽어도 이상하지 않을 만큼 아주 많이 아파요. 빠르면 이번 방학 안에 죽을 수도 있어요. 제가 이곳에 있는 사이에요. 그래서 만나러 가려는 거예요. 나중에 후회하지 않게요.”

마릿이 침울하게 말했다. 눈물 맺힌 그녀의 눈은 어떡해서든 그녀가 원하는 걸 들어주고 싶게 만들었다. 칼도 마음이 동했는지 처음으로 딱딱하지 않은 표정으로 마릿을 바라봤다. 그러나 그녀의 내면을 경험한 젠은 진정성에 의심이 들었다. 그렇게 소중한 친구를 두고 방학 내내 할머니 집에 있겠다는 것도 어딘지 수상했다. 그녀가 거짓말을 하는 걸까. 마릿은 촉촉해진 눈으로 루비를 한번 보고, 페리를 쳐다봤다.

“제가 왜 자율주행차를 못 타는지, 노동자들이 운전하는 차를 왜 싫어하는지, 인형이 필요한 이유가 무엇인지 자세하게 서술하면 증명서를 받을 수 있지 않을까요? 게다가 할아버지는 시청에 높은 사람도 알고 계시잖아요. 저를 위해 이 수고로운 일을 해주신다면 은혜는 평생 잊지 않을게요.”

젠은 희망적으로 이야기하는 마릿을 보며 생각했다.

‘글쎄, 아무리 너라도 페리의 마음을 움직일 수는 없을 거야. 페리는 칼이 자신의 시야에서 벗어나는 걸 못 견뎌하

거든.'

페리는 루비의 집에 놀러 와서도 칼을 시야 밖으로 내보내지 않았다. 루비와 단둘이 있고 싶다고 말하지만 칼을 2층으로 올려보내지 않았다. 학교에 있을 때조차도 전화를 걸어 확인할 정도니 마릿에게 설득당하지 않을 것이다. 며칠에 한 번꼴로 여덟 시간이나 되는 긴 시간을 칼에게 절대 허락할 리 없었다.

그러나 페리는 젠의 예상을 깨고 긍정적인 대답을 내놨다. 그는 연줄을 모두 동원해서라도 반드시 증명서를 받아내겠다고 약속했다. 젠은 귀를 만졌다. 아무래도 마릿이 파우더 룸에서 했던 더러운 말에 귀가 먹어서 정보를 잘못 받아들이는 모양이었다. 누가 단짝이 아니랄까 봐 옆에서 칼도 똑같이 행동했다.

"정말 감사해요. 우리 할머니도 분명 그러실 거예요. 그렇죠?"

마릿이 팔을 뻗어 루비와 페리의 손을 붙잡고는 활짝 웃었다. 그러자 천사가 세상에 내려온 것처럼 주변이 환해졌다. 자신의 미모와 사람의 관계를 이용할 줄 아는 영악한 아이가 여기에 있었다. 젠은 문득 이 계획에 칼을 끌어들인 데에도 어떤 꿍꿍이가 숨어 있을지 모른다는 의심이 들었다. 저 아이의 의도가 뭘까. 정말 운전기사가 필요한 걸까.

칼에게 반해서 옆에 있으려는 가능성은…… 없겠지. 조금만 꾸며주면 값비싼 명품으로 휘두른 실버의 손주들보다 갑절은 멋있을 테니 어쩔 수 없이 눈길이 가기는 할 것이다. 그러나 인형에 대한 발작적인 반응을 보면 칼에게는 눈곱만큼도 관심이 없을 테다. 하지만 자꾸 찜찜한 기분이 드는 건 뭐 때문일까.

외출

주중을 지나 주말이 되자 약속대로 페리가 방문했다. 셔츠와 면바지를 입고 나타난 칼은 영락없이 새하얀 눈사람이었다. 구역의 경계를 지키는 경비병에게 실버에 대한 칼의 충성심을 확실히 보여주려고 택한 의상이었다.

약속 시간보다 빨리 온 두 사람은 거실에서 마릿을 기다렸다. 젠이 칼을 위해 탄산수를 내왔다. 그러나 페리가 가까이 있어서 앞둔 상황에 대해 자세한 이야기는 나누지 못했다. 젠은 학교에서 칼에게 들었던 말을 되새겼다.

'페리가 휴대용 전화기를 줬어. 한 시간마다 전화하라면서 말이야. 그게 페리가 붙인 조건이야.'

'난 가고 싶지 않아. 분명 그곳에선 나만 튈 거야. 인형을 처음 보는 애들이 있다면 좋은 눈요기가 되겠지.'

'거기서 시간 끌지 말고 빨리 끝내고 나오면 좋겠는데.

그 애는 그러지 않겠지?'

젠은 기왕 이렇게 된 거 긍정적으로 생각하자고 칼을 위로했었다. 그러나 출발이 코앞으로 다가온 지금은 긍정의 힘이 발휘되지 않았다. 어쩌면 칼이 당하게 될지도 모를 온갖 일들이 떠올라 겁이 났다.

'칼이 자손들이 사는 구역으로 가게 됐다고? 그거 좋지 않은데. 인형 배정을 거부한 실버를 둔 애들은 인형을 신기해해. 그래서 만나게 되면 잔뜩 흥분하지. 성격마다 다르겠지만 대부분 그래. 그 애들은 실버에게 복종하는 인형이 어디까지 견딜 수 있는지 보려고 괴롭혀. 돌을 던지고, 주먹으로 때리고, 손에 잡히는 모든 것들을 무기로 사용하지. 나도 그런 경험이 있는데 난 그때 어금니가 세 개나 나갔어. 내가 아는 사람 중에는 눈알이 터져서 애꾸가 돼버린 이도 있어. 요약하자면 그건 거리 생활의 맛보기라 할 수 있지.'

불과 이틀 전, 긴에게서 들은 내용이었다. 젠은 지난번 옥상에서 시간을 보낸 뒤로 긴에게 어느 정도 신뢰가 생겼다. 그래서 가끔씩 간식을 나눠 먹고 대화를 했다. 이틀 전에도 가슴이 답답해진 젠은 칼의 운전에 대해 긴에게 털어놓았는데, 긴이 이런 말을 해줬다.

그 애들이 칼의 눈알을 터뜨리면 어떡하지? 어금니나

코뼈를 부러뜨리면? 피를 내거나 골절상을 입히면?

칼은 곧 열일곱 살이 된다. 겉으로 보면 충분히 열일곱 살, 그 이상으로도 보였다. 그 나이치고는 몸피가 작았지만 인형의 대부분이 그러니 어리다고 생각되지는 않았다. 그렇다면 그에게 그런 일들이 실제로 일어날 일은 희박했다. 실버의 자손들은 노동자에겐 관심이 없었다. 발가벗고 춤을 추거나 거리에서 죽어가도 그들 눈에는 보이지 않았다. 인형의 존재가 그들에게 호기심을 불러일으킨다면 노동자들은 그저 한낱 티끌에 불과했다. 그래도 젠은 만약의 경우를 생각해야 했다.

극심한 스트레스에 두통이 몰려왔다. 머리에서 참새들이 탭댄스를 췄다. 젠은 두통의 원인인 걱정을 녹이려고 탄산수를 들이켰다. 탄산의 촘촘한 입자가 목구멍을 자극하자 절로 눈살이 찌푸려졌다. 이런 느낌 때문인지 탄산수는 먹을 때마다 새로웠다.

한쪽에서 루비와 커피를 마시던 페리가 자리를 비웠다. 급하게 신호가 온 사람의 잽싼 움직임이었다. 기회는 이때다 싶었는지 칼이 목소리를 낮추고 속사포처럼 말했다.

"난 괜찮을 거야. 그곳은 견디기 힘들겠지만, 그래도 너를 위해 모든 걸 눈에 담아올게."

다른 구역을 궁금해하는 젠을 위한 약속. 젠은 그를 위해 보호막을 만들어주고 싶었다. 튼튼하지는 않겠지만 없는 것보단 나을 터였다.

그길로 실내 계단으로 가 마릿을 기다렸다. 출발하기로 한 시간에서 벌써 십 분이나 지났는데도 마릿은 방 밖으로 나오지 않았다. 오 분이 더 지나서야 마릿이 손가방을 들고 내려왔다. 마릿은 다리 라인을 따라 딱 달라붙는 청바지와 그에 비해 헐렁한 후드 티셔츠를 입고 있었다. 가벼운 옷차림 때문인지 비로소 또래처럼 보였다.

"마릿, 잠깐만."

마릿이 계단 끝에 내려올 때까지 참을성을 발휘한 젠은 마릿이 불러도 서지 않자 황급히 붙잡았다. 마릿은 벌레를 보듯 불쾌해하며 자신의 팔을 붙잡고 있는 손을 떼어냈다.

"뭐야?"

"칼은 내 친구야. 알지? 부디 위험한 상황에 놓이지 않게 해줘."

젠은 진심으로 부탁했다. 마릿이 부탁의 대가로 무릎을 꿇으라고 한다면 꿇을 각오까지 했다. 무릎 관절은 그녀에게 중요하지 않았다. 그녀에게 중요한 건 칼의 안위였고, 마릿이 칼을 보호해주길 소망했다. 뭐가 우스운지 마릿이 입술을 실룩거렸다.

"너희 두 사람 짠하다 못해 재밌네. 청춘만화 잘 봤어."

우정을 짓밟고 지나간 마릿 때문에 젠은 분했다. 아이스크림을 사 먹듯 손쉽게 얻은 우정이 아니었다. 나의 치부를 드러내고, 서로의 고통을 이해하고, 신뢰를 쌓고 보듬어서 마침내 완성된 우정이었다. 아무리 마릿이라도, 실버의 손주라도 업신여길 자격은 주어지지 않았다.

젠은 짓밟힌 순간에 주먹을 날리지 않은 게 후회됐다. 지금이라도 화를 낼까. 아니면 루비에게 일러서 사과를 받아낼까. 그러나 이미 우정에 상처가 났고, 그렇게 되도록 내버려둔 건 자신이라 어느 것도 마음에 차지 않았다. 그때 비웃기라도 하듯 페리와 인사를 나누는 마릿의 목소리가 벽을 타고 넘어왔다. 꿀을 발라놓은 듯 달콤해서 방금까지 타인에게 상처를 준 목소리로는 보기 힘들었다. 젠은 마릿의 연기력에 다시금 소름이 돋았다.

"다녀올게요, 할머니."

드디어 차가 출발했다. 차는 안전하고 유연하게 움직였다. 처음 보는 칼의 운전 솜씨는 제법이었다. 서투르다는 말은 거짓말이었다. 젠은 그가 운전하는 차를 타고 이 구역을 벗어나는 상상을 했다. 누구의 제약도 받지 않고 달릴 수 있다면 꿈에 그리는 학교(자손들의 학교)로 가고 싶다. 하얀색 대신 녹색 옷을 입고 학교 안을 누빈다. 받고 싶은 수업을 골라 듣고 남은 시간에는 도서관에 앉아 수십, 수백

권의 책에 파묻혀 있고. 그곳에서 젠은 더 이상 인형이 아니다. 실버의 손주도 아니고, 그냥 평범한 사람이었다. 의지가 있고, 하고 싶은 걸 마음대로 할 수 있는 사람.

"음."

젠은 소파 위에서 눈을 떴다. 천장을 보며 생각하다 잠들고 말았다. 칼의 외출에 대한 불안감으로 밤에 제대로 못 잤으니 어찌 피곤하지 않겠는가. 젠은 몸을 잔뜩 늘려 기지개를 켜며 시계를 봤다. 칼이 돌아오려면 아직 멀었다. 왕복 여덟 시간. 그 긴 시간 동안 두 사람은 차에서 어쩌고 있으려나. 마릿은 칼이 운전대를 잡고 있는 한 시비를 걸지는 않을 것이다. 그러나 침묵으로도 욕하는 남다른 재주가 있으니 칼의 뒷목을 서늘하게 만들 순 있겠지. 불쌍한 칼. 부디 무사히 돌아오기를.

혹시나 잠든 사이에 전화가 왔을까 싶어 젠은 루비 방을 찾았다. 앤티크 흔들의자에 앉아 뜨개질하고 있던 루비는 젠을 보고는 방긋 웃었다. 그녀는 젠을 가까이 오게 하더니 자는 동안 눌려버린 뒤통수를 매만져줬다. 부드럽게 움직이는 손길에 애정과 안정감이 있어서 젠은 이대로 시간이 멈췄으면 했다.

"마릿이 없으니 너도 심심하지?"

젠은 대답을 얼버무렸다. 마릿과의 관계가 여전하다 오

해하는 루비 때문이 아니라 방금 들은 말 때문이었다. ‘너도’라는 것은 마릿의 부재로 루비가 심심하다는 건데, 이젠 둘만으로는 충분치 않다는 말로 들려서 속상했다.

“우리 어디 외출할까? 타라하고 수 불러서 같이 아이스크림 먹으러 나갈까?”

“괜찮아요.”

고개를 젓는 젠의 눈에 한쪽으로 밀어둔 실뭉치가 들어왔다. 실뭉치는 손을 대지 못할 정도로 엉켜 있었다. 젠은 루비의 옆에 앉아 차분히 실뭉치를 풀었다. 루비가 그냥 내버려두라고 했지만 뭐라도 해야 칼에 대한 걱정을 덜 수 있을 것 같았다.

“아, 그래. 다음번에는 너도 같이 나갈래? 페리에게 부탁하면 너도 증명서를 발급받을 수 있을 거야.”

루비의 갑작스러운 제안에 젠은 손에서 실뭉치를 떨어뜨렸다. 사실 증명서 이야기가 처음 오갈 때 혹했었다. 페리가 힘을 조금만 더 쓰면 증명서 한 장쯤은 추가로 받을 수 있을 테니까. 자손들의 구역은 금단의 열매처럼 위험하다는 걸 알면서도 가고 싶은 그런 곳이었다. 그러나 긴의 말을 듣고는 마음이 싹 가셨는데 루비가 대놓고 유혹을 하니 다시 달아올랐다.

“칼을 믿지만 마릿과 단둘이 보내기에는 좀 그랬거든.

네가 옆에 있으면 든든할 것 같은데, 어때? 차에만 있으면 위험하지는 않을 거야."

칼과 함께라면 여행하는 기분이 나지 않을까. 마릿이 병원에 간 사이에 둘이 자유롭게 대화할 수 있을 테고.

'아니야. 그렇게 달콤하지 않을 거야. 걔들은 나를 내버려두지 않을 거야.'

젠은 누가 봐도 아직 어려서 구역 아이들에게 괴롭힘을 당할 것이다. 멍이 들고 팔이 부러지고……. 무엇보다 치욕적일 것이다. 젠은 그 끔찍한 폭력 속으로 걸어 들어가고 싶지 않았다.

저녁 식탁을 치우자 마릿이 돌아왔다. 마릿은 친구를 봐서 좋은지 아침보다 기운찬 모습이었다. 젠은 내심 칼이 따라 들어오기를 기대했지만 칼은 주차만 해놓고 곧장 집으로 돌아갔다.

젠은 칼이 무사하다는 걸 눈으로 직접 확인하고 싶었다. 그러나 시간이 늦어서 통화를 허락받지 못했다. 젠은 낙담하지 않고 침대에 누워 이불을 뒤집어썼다. 어서 자야 아침이 되고, 아침이 되어야 칼을 만날 수 있을 테니 잠을 자야 했다. 당장 그녀가 할 수 있는 건 그뿐이었다.

젠이 교실로 들어서자 곧바로 칼이 찾아왔다. 자신의 교실은 뒤로하고 달려왔는지 아직 가방을 메고 있었다. 두 사람이 구석에 자리를 잡자 수가 앞자리를 차지하고 앉았다. 칼을 쳐다보는 수의 눈이 장난감을 기다리는 소녀처럼 빛났다.

"어제 일 이야기해주려는 거지? 그럼 나도 들어야지. 어땠어, 어? 재밌었어?"

"재미는 무슨. 병원까지 운전했다가 돌아온 게 다인데."

"마릿이랑은 어떤 얘길 했는데? 마릿 친구는 만나지 못했어?"

수의 관점에서 보자면 마릿과의 외출은 무한한 영광이었다. 그러니 속속들이 알아야 했다.

"그 애가 나하고 무슨 얘길 하겠어? 가는 내내 자더니 올 때도 잠만 자던걸. 그리고 당연히 친구는 만나지 못했지. 우리가 **감히**, **어떻게**, 그럴 수 있겠어."

칼이 단어 몇 개를 강조해 가며 대답했다. 장시간 운전이 가져다준 피로를 해소하지 못해서 여전히 지쳐 있었다. 수는 원하는 답을 듣지 못하자 금세 흥미를 잃고 다른 애들 틈으로 끼어들었다. 물 빠진 핑크 머리가 그녀답지 않아 젠은 의아했지만 지금 알고 싶은 건 그게 아니었다.

"정말 걱정했어. 너에겐 말 안 했지만 긴 선생님께 엄청난 이야기를 들었거든."

젠은 긴의 이야기와 자신이 느꼈던 공포를 고스란히 전달했다. 전날에는 그에게까지 두려움을 안겨주고 싶지 않아서 혼자 담아두고 있었지만 이젠 조심하라는 차원에서 경고해줄 필요가 있었다.

"근데 칼. 정말 병원에만 다녀온 거지? 누굴 만나거나 하지는 않은 거지?"

젠은 눈동자는 거짓말을 하지 않는다는 루비의 말을 믿었다. 그래서 대화할 때면 상대의 눈동자를 무례하다 싶을 정도로 빤히 바라보는 편이었다. 칼의 회색빛 눈동자에서 고민하는 흔적이 엿보였다. 과연 칼은 거짓과 진실 중 어느 것을 내놓게 될까.

"실은 마릿이 누구한테도 말하지 말랬는데."

진실. 지금부터 하는 말은 진실이다.

"병원에 가지 않았어."

"뭐?"

"처음부터 몸이 아픈 친구는 없었던 거야."

충격적인 이야기에 젠은 잠깐 숨 쉬는 걸 잊어버렸다. 의심했던 대로 마릿이 환영 파티에서 보여줬던 모든 것은 거짓으로 밝혀졌다. 그렇다면 외출의 진짜 목적은 무엇이었을까.

"거긴 구역 외곽에 있는 별장이었어. 별장 근처에 고급차들이 몇 대 있었던 거로 봐서는 무슨 모임 같은 걸 진행했나 봐. 나는 차에 남아 있었기 때문에 안에서 무슨 일을 하는지는 보지 못했어. 근데 느낌이 영 안 좋아. 다신 가고 싶지 않아."

칼이 인상을 썼다. 직감이란 위험으로부터 스스로를 지키려고 하는 방어기제로 작동할 때가 대부분이라 무시하고 넘길 만한 사항은 아니었다. 젠은 마릿이 무슨 일을 벌이고 다니는지 감이 오지 않았다. 인형에게는 못되게 굴었지만 그들의 세계에서는 결코 불량 학생이 아니었다. 마릿은 상위권 성적을 꾸준히 유지해왔고, 누구나 쉽게 저지를 만한 가벼운 탈선조차 해본 적 없었다. 그렇지만 비밀 회동이 스터디 때문이라 생각되지 않았다. 장소부터가 아니었다. 그것이 스터디 모임이었다면 좀 더 효율적인 공간을 택했을 것이다. 게다가 루비에게 비밀로 해야 할 이유가 전혀 없었다.

"근데 어떻게 그럴 수 있었어? 네게 달린 GPS를 페리가 확인했다면 전부 들켰을 텐데."

"마릿은 신호를 다르게 전송하는 장치를 가지고 있었어.

팔찌처럼 생겼는데 그걸 차고 있으니 내가 그 애가 사는 구역에 있다고 나오더라. 신기했어.”

“그리고 위험했지. 페리에게 들켰다고 해봐. 작살나는 건 너야. 너뿐이라고.”

거짓말과 은밀한 장소, 신호를 바꿔주는 장치까지. 젠은 테러 집단을 떠올렸지만 이내 지워버렸다. 마릿과 일행이 뭐가 아쉬워서 테러를 계획하겠는가. 거슬리는 적이 있다면 돈으로 사거나 돈으로 무너뜨리면 될 것을. 테러든 뭐든 리틀 달시가 하는 일에는 관심이 없었지만 그 속에 칼이 끼여 있다는 게 문제였다. 모든 게 밝혀졌을 때 마릿은 유유히 빠져나갈 테지만 칼은 방법이 없었다. 페리가 주인이 아닌 보호자가 되어 구제해주지 않는 이상 칼은 처벌을 피할 수 없다. 처벌 수위는 상상보다 클 테고, 그만큼 고통도 따를 것이다. 젠은 칼이 더 이상 엮이지 않기를 원했다. 페리가 마음을 바꿔 외출을 취소해줬으면 했다. 그게 안 되면 마릿이 예정보다 빨리 집으로 돌아가기를 기도했다.

비타민이라는 이름의 독약

마릿의 두 번째 외출 날. 루비가 페리와 타라에게 점심 식사를 대접했다. 물론 그 자리에는 젠과 수도 자석처럼 딸려 나왔다. 루비가 안내한 식당은 하루에 딱 열 테이블만 손님을 수용해서 예약이 치열했다. 맛도 맛이지만 수용 인원이 적어 느긋하게 식사를 할 수 있다는 점이 이 식당의 최대 장점이었다.

"날이 좋아서 지붕을 열겠습니다. 불편하신 게 있으시면 저를 찾아주세요."

친절한 매니저가 루비 일행을 안내했다. 왼쪽 가슴에 붙은 이름표를 보니 테일러라 적혀 있었다. 이름이 한 글자가 아닌 걸 보면 그는 실버의 가족임이 틀림없었다. 젠. 칼. 수. 닐. 긴. 인형들의 공통점은 이름에도 있었는데 전부 글자 하나로만 돼 있다는 것이다. 이름에 부여하는 그 사람의 존재 의미를 축소하고 빼앗기 위해 제대로 된 이름은 허락되지 않았다. 이것 역시 클론에 대한 정부의 족쇄였다.

어쨌든 실버의 가족이 노동자 일을 하는 건 간혹 있는 일이었다. 그들은 재미와 경험을 쌓으려고 노동에 도전했다. 물론 노동자들이 소화해야 하는 일의 강도보다 훨씬 수월해서 일보다는 놀이에 가까웠다. 이곳이 하루 열 테이블이란 제약을 둔 이유도 거기에 있었다. 쓰레기 정리와 청소를 담당하는 직원을 빼놓고는 전부 실버의 가족이라 애쓸 필요가 없었다.

매니저가 예고한 대로 강화유리로 만든 지붕이 양옆으로 활짝 열렸다. 때마침 지나가던 바람이 식당 안으로 들어와 사람들 틈을 한 바퀴 돌다 나갔다. 바람의 상쾌한 속삭임에 사람들의 표정이 풀어졌다. 무엇 때문인지 굳어 있던 수의 표정도 잠깐 생기를 되찾았다. 그러고 보니 수의 모습은 평소보다 단정했다. 짙은 갈색으로 염색한 머리와 투명 매니큐어를 칠한 손톱은 수를 다른 사람처럼 보이게 했다.

"이번 콘셉트는 뭐야?"

실버들과 다른 테이블에 앉아서 젠은 편하게 물어볼 수 있었다. 그러나 수는 무슨 말을 하려다가 타라의 눈치를 보고는 테이블보만 매만졌다. 순식간에 얼어붙은 분위기가 젠까지 불편하게 만들었다.

“어. 난 손 좀 씻고 올게.”

젠은 돌아왔을 때 분위기가 환기되어 있기를 바라며 화장실로 향했다. 세면대는 이미 다른 사람이 차지하고 있었다. 차례를 기다리는 동안 앞사람을 관찰했다. 몰래 훔쳐보는 건 예의가 아니었지만 아는 얼굴이라 그런지 눈을 뗄 수가 없었다.

여자아이는 손을 씻으며 틈틈이 앞머리를 만졌다. 아직 덜 자란 눈썹을 어떻게든 가리려는 듯 머리에 물을 묻혀가며 이렇게 저렇게 모양을 잡았다. 모자를 쓰면 단번에 풀릴 고민이었지만 식당에서는 모자가 금지니 다른 방법을 찾는 중이었다. 부디 다른 실버들 눈에 띄지 말아야 할 텐데.

“뭘 봐?”

톡 쏘는 말투에 젠은 너무 빤히 쳐다봤나 싶어서 미안해졌다.

“난 그냥……. 아니야.”

시선을 아래로 내리던 젠은 또 다른 걸 목격했다. 보고도 믿기지 않아서 의아했다. 젠이 붙잡으려고 손을 뻗자 아이는 깜짝 놀라서 뒤로 물러나려고 했다. 그러나 세면대에 막혀서 갈 수가 없었다. 옴짝달싹 못 하게 된 아이가 소리를 지르며 화를 냈다.

“뭐야, 뭔데?”

"너, 녹색 매니큐어를 발랐어?"

젠의 말에 잔뜩 일그러진 얼굴로 자신의 손을 내려다본 아이는 다급히 왼쪽 손을 감췄다. 그러더니 뭔가를 찾는 듯이 화장실 바닥을 더듬었는데 결국에는 찾지 못했다. 아이는 아무렇지 않은 듯 표정을 풀려고 했지만 그 틈을 어떤 공포감이 비집고 들어왔다가 사라졌다. 찰나였고, 젠의 눈에 띄었다.

"잘못 본 거니까 호들갑 떨 것 없어."

"그래? 그럼 손을 보여줘."

"그럴 의무 없고. 그러고 싶지도 않아."

"네 손에 그거. 그 녹색……."

"야! 미쳤어? 누가 들으면 오해해. 그 입 다물어. '인형의 수칙 4.' 녹색, 붉은색, 푸른색을 절대, 절대, 절대, 절대! 지니지 않는다. 절대라는 뜻을 모르는 건 아니지?"

아이가 강하게 부정을 해서 젠은 헷갈렸다. 공포는 녹색을 지녀서가 아니라 녹색을 언급해서 느꼈던 것일까. 색이란 단어만 들어도 소스라치게 놀라는 아이들이 있으니 가능성이 없지는 않았다. 하지만. 젠은 아이가 등 뒤로 숨긴 손을 쳐다봤다. 딱 한 번만 확인하면 되는데. 그 안에 녹색이 없다는 걸 보여주면 깔끔하게 끝날 일인데 어째서 꽁꽁 감추고 있는 걸까.

"너."

젠이 포기하지 않자 아이가 서늘하게 말했다.

"그거 오해야. 나대지 마, 제발."

젠은 반쯤 얼이 빠진 채로 자리로 돌아왔다. 그 애를 찾아보려고 했지만 벌써 식사를 끝낸 건지 젠의 자리에서는 보이지 않았다.

'그래. 내가 착각한 거야. 녹색일 리가 없어. 녹색이어서도 안 되고.'

진실이 뭐든 간에 알은척을 해봤자 아이는 물론 자신에게도 도움 되지 않았다. 그냥 예민하게 굴어서 미안했다고 사과를 했어야 했다. 그게 서로를 위한 일이었다.

"젠? 화장실에서 무슨 일 있었니?"

루비가 걱정을 하며 젠을 살폈다. 저 눈빛, 저 목소리. 마릿한테 하듯이 하는 다정한 행동에 떨리던 몸이 진정됐다. 젠은 식당에 들어섰을 때 좋았던 기분을 망치고 싶지 않았다. 이름도 모르는 아이보다 루비와 보내는 시간이 더 중요했다.

곧 식전주와 애피타이저가 나왔다. 체리청으로 만든 무알콜 식전주는 한 모금 머금자마자 입안에서 향기롭게 퍼져나갔다. 덕분에 녹색에 대한 걱정이 체리 향기와 함께 완전히 사라졌다.

"어때요, 아가씨. 식전주가 마음에 드십니까?"

매니저가 친절하게 굴었다. 수에게는 눈길도 주지 않고 젠에게만 집중했는데 젠을 인형으로 보지 않았기 때문이었다. 젠은 곤란하면서도 기분이 묘했다. 루비가 아닌 다른 사람이 자신을 인간으로 봐준 경우는 처음이었다. 아니, 어린 마릿 이후로 너무나 오랜만이었다. 젠은 자신을 동등하게 인정해준 마릿으로 인해 자신감에 차 있었던 그때가 떠올랐다. 그러자 어깨에 힘이 솟아나고, 한 겹 숨겨뒀던 호기심과 열정에 조금씩 빛이 들어왔다. 수에게는 미안했지만 매니저의 착각을 계속 즐기고 싶었다.

"흥, 눈이 삐었군요. 그 애의 머리에 달린 하얀색이 보이지 않나요?"

루비에게 집중하고 있었던 타라가 어느새 이쪽으로 관심을 돌렸다. 그녀가 한꺼번에 많은 일을 처리할 수 있는 사람이라는 걸 젠은 잠시 잊고 있었다.

매니저는 고개를 빼고 젠의 머리를 살폈다. 머리카락을 감싸고 있는 하얀색 머리끈을 드디어 보게 된 그는 거칠게 목을 가다듬었다. 자신의 실수가 부끄러운지 어느 쪽도 바라보지 않고 몸을 돌려 주방으로 물러났다.

그다음부터는 대우가 달라졌다. 나오는 음식을 설명해주기는커녕 음식 접시를 테이블 위로 던지듯 내려놓았다.

부족한 걸 말해도 들어주지 않았고, 곁을 지나갈 때마다 냉담한 시선을 보냈다. 인형의 삶이란 그런 거였다.

쨍그랑. 은쟁반이 바닥에 떨어지며 맑은 소리를 냈다. 주변의 시선을 사로잡은 소리 너머에는 어린아이가 있었다. 아이를 먼저 알아본 건 수였다.

"저거 그 멍청이 아니야?"

닐도 실버와 따로 떨어져 앉아 있었는데 그의 앞에는 음식이 잔뜩 쌓여 있었다.

"그만 좀 먹지. 저리 먹어대니 실버한테 구박받는 거 아니야."

수는 닐의 식탐을 비난했다. 그러나 젠의 눈에는 어마어마한 음식의 양이 아닌 닐의 상태가 보였다. 하얗게 질린 얼굴의 닐은 두 손으로 입을 틀어막고 있었다. 뭔가 불편한 게 틀림없는데 그의 실버는 알아차리지 못했다. 젠은 루비에게라도 아이의 상태를 알리고 싶었다. 닐이 이상한 것 같으니 살펴봐달라고. 그럼 루비는 그의 실버에게 전해주거나 직접 살펴볼 것이다. 그러나 함께 있는 타라와 페리 때문에 함부로 행동하지 못했다. 루비가 지금도 아주 과하다고 생각하는 그들인데, 다른 인형에게까지 신경 쓰는 모습을 보인다면 실버로서 루비의 품위가 많이 깎일 테니 그것만은 지켜줘야 했다.

"으아, 쟤 사고 친다. 저걸 어째."

수가 기겁하며 닐을 가리켰다. 닐은 바지 위로 먹은 것을 게워내고 있었다. 끊임없이 쏟아지는 음식물에 주변은 초토화가 됐다. 가까운 테이블에 있던 실버들은 불쾌하다며 나가버렸고, 매니저를 포함한 직원들은 소리만 질러댔다. 당장 달려가 수습해야 할 텐데 인형이 저지른 사고라 아무도 나서지 않았다. 그들에게는 식당과 손님에 대한 책임감이 없었다.

뒤늦게 청소를 담당한 노동자가 걸레를 들고 다가갔다. 대충 수습은 됐지만 닐의 바지는 여전히 더러웠다. 닐은 놀란 데다 몸이 굳어서 움직이지 못했다. 그의 실버가 도와주면 좋으련만 그녀는 모른 척하며 옆 사람과 닐을 비웃었다.

젠은 닐을 구해주고 싶었다. 더는 상처받지 않도록 그 치욕적인 순간에서 꺼내주고 싶었다. 아이들에게 놀림받아 눈이 빨개지도록 울던 닐이 떠올랐고, 보드라웠던 닐의 볼 촉감이 여전히 손끝에 남아 있었다. 그것만으로도 닐은 더 이상 남이 아니었다. 젠은 홀리듯 자리에서 일어났다. 수가 어디 가느냐며 붙잡았지만 소용없었다.

"닐, 괜찮아?"

"아니. 너무 창피해."

어린 인형은 시무룩한 얼굴로 중얼거렸다. 벗어나게 해

달라고 매달리는 것보다 더 가슴 아픈 반응이었다. 젠은 닐의 실버에게 정중히 말했다.

"안녕하세요, 저는 닐의 학교 친구예요. 괜찮다면 제가 닐을 화장실에 데려가도 될까요?"

"제발 그렇게 해줘. 저 몰골, 창피해죽겠다."

젠은 닐을 일으켜 세우다가 뒤늦게 루비를 쳐다봤다. 옆에서 타라가 젠을 손가락질했지만 루비는 굳건히 젠의 편을 들었다.

다행히 남자 화장실은 비어 있었다. 젠은 청소 중이란 푯말을 걸어두고 문을 닫았다. 닐이 알아서 변기가 있는 칸으로 들어갔다. 문을 잠그고 한참 동안 나오지 않았다. 젠은 닐이 놀라지 않게 살며시 노크했다.

"저기, 닐. 바지를 벗어주지 않을래? 내가 깨끗하게 빨아줄게. 그런 꼴로 돌아갈 순 없잖아."

부끄럽다고 투덜대던 닐은 문을 살짝만 열어서 바지를 건네고는 재빨리 닫았다. 그러나 젠에게만 맡겨두는 게 미안했는지 다시 문을 열었다. 닐은 팬티만 입은 채로 변기 뚜껑 위에 앉았다.

"또 창피한 모습을 보였네."

"실수는 누구나 해. 마음에 담아두지 마."

"내 실수가 아니었어. 실버가 너무 많이 먹인 거야. 아침부터 배가 아프다고 했는데 내 말을 무시한 거 있지? 뭐, 항상 그랬지만."

기가 죽은 불쌍한 아이는 고개를 잔뜩 떨어뜨렸다. 실버가 원인을 제공한 것에 그치지 않고 비웃기까지 했으니 마음의 상처가 얼마나 컸을까. 젠은 닐의 머리를 쓰다듬으며 네 잘못이 아니라고 속삭였다.

"자, 이제 세탁해볼까?"

젠은 수돗물을 세게 틀어 바지에 묻은 이물질을 제거했다. 유쾌한 과정은 아니었다. 이어서 얼룩진 부분을 비벼가며 빨았다. 섬유 세제가 없어서 손 세정제를 듬뿍 발랐더니 바지에서 달달한 망고 냄새가 났다. 얼룩진 부분을 한참 주무르고 있을 때 뒤에서 닐이 뭐라고 떠들었다. 그러나 틀어놓은 물에 목소리가 묻혀 제대로 들리지 않았다. 젠은 수도꼭지를 잠그고 닐에게 고개를 돌렸다.

"방금 뭐라고 했어?"

"오늘 일 학교 애들한테 말할 거야?"

당연한 소릴 묻다니, 멍청하네. 수의 짓궂은 목소리가 들리는 듯했다.

"말하면?"

"그럼 나는 저번처럼 실컷 놀림당하겠지. 아니다. 이번에는 더럽다고 욕먹을지도 몰라. 뭐가 되었든 당하고 싶지 않은 일들이야.”

닐이 통통하고 짧은 다리로 바닥을 쳤다. 그러다 변기 아랫부분에 새끼발가락을 세게 부딪쳐서 아픈 신음을 냈다. 젠은 젖은 손을 옷에 닦으며 그 앞에 쭈그려 앉았다.

“걱정하지 마. 나 혼자만 알고 있을 테니까. 아아. 벌써 잊어버리고 있는 듯한데⋯⋯. 어머, 닐. 왜 여기서 바지를 벗고 있니?”

젠이 양 눈썹을 올리며 말했다. 장난스럽게 넘어가주면 닐의 기분이 풀릴 거라고 생각했다. 닐은 따라 웃는가 싶더니 다시 시무룩하게 중얼거렸다.

“아까 그 자리에 핑크 머리도 있었던 것 같은데, 맞지? 그 누나를 믿어도 될까?”

수가 닐을 알아본 것처럼 닐도 수를 보고 말았다. 그녀의 입이 가볍다는 걸 아는 사람들은 사적인 공간에서 마주치는 걸 부담스러워했다. 닐도 소문을 들었는지 그녀의 입을 믿지 못했다. 젠이 가볍게 웃었다.

“갠 내가 꼭 잡고 있어. 아무 말 못 하도록 입을 봉할 테니까 신경 쓰지 마. 그리고 걔 지금은 다른 머리야.”

닐이 수에겐 갈색 머리가 어울리지 않는다며 소리 내 웃었다. 드디어 부끄러움에서 해방됐구나 싶은 순간 닐이 또 다른 문제점을 털어놓았다.

"칼 형에게도 말하지 않을 거지?"

느닷없이 나온 칼의 이름에 젠은 의아했다. 이 아이가 칼과 친분이 있었던가. 합동 수업을 몇 번 했지만 두 사람이 따로 대화한 적은 없었다. 적어도 그녀 앞에서는 말이다.

칼을 아냐는 물음에 닐은 잘생긴 칼을 모르는 사람은 없다고 대답했다. 젠은 닐이 단짝의 외모를 칭찬하자 괜히 뿌듯했다. 모두가 부러워하는 외모를 지닌 칼이 자신의 단짝이어서 자랑스러웠다.

"아니야. 형에게는 말해도 돼. 칼 형은 나중에 누나와 결혼할 거니까 비밀이 있으면 안 되잖아."

"뭐?"

누군가 밖에서 문을 두드렸다. 청소 중이란 푯말을 무시하고 안으로 들어오려고 용을 썼다. 젠은 다리를 펴고 일어나 문을 열었다. 그 앞에 서 있는 건 다름 아닌 식당 매니저였다.

"언제까지 이러고 있을 거야? 여긴 너희 전용 화장실이 아니라고."

매니저는 이제 반말까지 하며 젠을 무시했다. 그가 나중에 어떤 실버가 될지 대충 각이 나왔다. 젠이 이것만 마저 하게 해달라고 닐의 바지를 흔들자 매니저가 짜증을 냈다. 젠은 얄밉게 구는 그에게 한 방 먹이고 싶었다. 가엾은 닐이 지켜보고 있다고 생각하니 이상하게 용기가 났다.

"그렇게 재촉하시면 현기증 나서 저도 토하고 말 거예요. 어떻게, 시원하게 함 보여드려요?"

젠이 더는 못 참겠다는 표정을 짓자 매니저가 기겁하며 화장실 문을 쾅 닫았다. 닐이 깜짝 놀란 눈으로 쳐다보다가 두 손으로 입을 가리고 킥킥거렸다. 젠은 상대방 말이 들릴 만큼 약하게 물을 틀고서 바지에 일어난 거품을 씻어냈다. 동시에 닐에게 질문을 했다.

"닐, 결혼이 뭔지는 아니?"

"나 참. 나는 나이가 어린 거지 멍청이는 아니야. 근데 핑크 머리 누나가 나를 멍청이라 부르더라? 맞지? 앞으로는 그렇게 부르지 말아달라고 전해줘."

닐이 입술을 삐죽거렸다. 닐은 결혼에 대해선 알지만 인형의 인생에는 결혼이 존재하지 않는다는 걸 모르는 게 확실했다. 그러나 젠은 설명하기를 관두고 웃어넘겼다.

"실은 나도 누나랑 결혼하고 싶었는데 칼 형이 있어서 포기했어."

"나랑? 왜? 나에 대해서 아는 게 별로 없잖아."

"착하고 나한테 잘해주잖아. 난 그거면 돼."

"고맙네."

아이의 순수한 마음을 받은 젠은 그 힘으로 세탁을 마무리 지었다. 바지에서 뚝뚝 떨어지는 물을 꾹 짠 뒤 핸드 드라이로 말렸다. 그러나 햇빛에 말린 것처럼 바짝 마르진 않아서 닐이 입고 싶지 않다고 거부했다.

"그래, 그럼. 날씨가 좋으니 팬티 바람으로 집까지 가는 것도 괜찮을 거야."

젠이 바지를 곱게 접어 팔에 걸쳤다. 가져가겠다는 제스처를 취하자 부루퉁하게 있던 닐이 바지를 채 갔다. 닐은 두 다리를 차례대로 바지통에 넣은 뒤 허리까지 끌어 올리고 단추를 채웠다. 열 살치고는 모든 동작이 느리고 어설펐다.

축축했지만 다시 깨끗해진 바지를 입은 닐은 눈에 띄게 밝아졌다. 닐이 상의에 붙은 주머니를 뒤져 둥글게 뭉친 휴지를 꺼냈다. 휴지를 가만히 펼치자 안에서 노란색 알약이 나왔다. 닐은 자연스럽게 알약을 입에 넣으려다가 젠을 보고는 머뭇거렸다.

"비타민이야. 오늘 아침에 먹었어야 했는데 배가 아파서 못 먹었거든. 내 실버한테는 말하지 마."

젠은 건성으로 고개를 끄덕였지만 눈만은 약에서 떼지 못했다. 모서리가 둥근 삼각형 모양의 알약은 클론을 위해 만들어진 전용 비타민D였다. 인간은 건강한 식사와 적당한 햇빛만 있으면 몸이 알아서 합성했지만, 클론은 인간과 달라서 고용량 약으로 꾸준히 섭취해야 했다. 정부에서는 자산인 이들을 위해 질 낮은 비타민을 보급품으로 풀었다. 그러나 클론이 인형으로 있는 동안에는 대부분 그것보다는 좋은 약을 먹었다. 실버들이 따로 마련했기 때문인데, 여기에는 자신의 인형에게 어떤 등급의 비타민을 먹이느냐는 경쟁이 붙었기 때문이었다. 일종의 과시욕이었다.

"이거 누가 준 거야?"

"누구겠어. 내 실버지."

닐이 가지고 있던 알약은 초창기에 나온 비타민 중 하나였다. 그건 도움이 아니라 간을 손상하는 부작용을 일으켰다. 매일 먹으면 결국에는 죽음에 이르게 돼서 독약과 다름없었다.

"언제부터 먹었어?"

"글쎄. 바꾼 지 얼마 안 됐어. 아주머니는 이게 더 좋은 거라던데?"

순진하게 말하는 닐을 보자 젠의 가슴이 서늘해졌다. 실버로부터 이게 좋은 약이라 들었을 때, 닐은 분명 그녀가 자신을 위해준다며 좋아했을 것이다. 사랑받고 싶은 꿈이 마침내 실현되고 있다며 기뻐했겠지. 제 몸에 쌓이는 독인 줄도 모르고.

아니다. 단순히 닐의 실버가 착각한 것일지도 모른다.

비타민이 비슷하게 생겨서 실수한 것이다. 사람은 누구나 실수를 하지 않는가. 그녀는 루비보다 고령으로 보였으니 더욱 쉽게 그럴 수 있었다. 아무리 그녀가 잔인한 사람일지라도 독살은 말이 되지 않았다.

"닐, 내 이야기 잘 들어. 앞으로는 이거 말고 학교에서 주는 것만 먹어. 그걸로도 충분하니까 걱정하지 말고. 그리고 실버가 주는 약은 실버 몰래 버려야 해. 알겠지?"

"왜 그래야 하는데?"

"이건 좋은 약이 아니거든. 너를 매일 조금씩 아프게 할 거야. 어쩌면 오늘 일도 이 약 때문에 일어난 걸 수도 있어. 아침부터 배가 아팠다며."

단정할 수 없었지만 닐을 빨리 이해시키기 위해서 그렇게 말했다. 다행히 효과가 있었다. 닐은 곧바로 겁을 먹었다.

"그럼 아주머니가 거짓말한 거야? 내가 미워서?"

"나도 그것까지는 모르겠어. 하지만 이 약은 진짜 너를 아프게 만들 거고, 네가 이 일에 대해서 알은척을 하면 당장 보호소로 돌려보내질 거라는 건 확실하게 알아. 그러니까 네가 똑똑하게 굴어야 해. 나를 믿고 내가 시키는 대로 해줬으면 좋겠어. 우린 친구잖아."

"알겠어. 근데 언제까지?"

그래. 언제까지.

젠의 바람대로 실수였다면 금방 수습되겠지만 반대일 경우에는 끝이 보이지 않았다. 어쩌면 닐의 실버가 도중에 마음을 바꿔 그만둘 수도 있다. 하지만 그게 아니라면 닐은 그 집에 있는 동안 계속 고통을 받아야 한다. 과연 닐은 어디까지 견딜 수 있을까. 젠은 닐에게 약을 버리지 말고 들키지 않게 모아서 가져오라고 했다. 그녀가 할 수 있을지 모르겠으나 방법을 찾아봐야겠다고 생각했다.

❦

젠은 하루를 둘로 쪼개 하나는 칼을 걱정하는 데 쓰고, 다른 하나는 닐을 걱정하는 데 썼다. 심지어 잘 때도 돌아가며 그들의 꿈을 꿨다. 꿈에서 칼은 마릿의 친구들에게 둘러싸여 괴롭힘을 당했다. 그러나 누구에게도 도와달라 손 내밀지 않았다. 혼자서 감당할 몫이라며 쉬쉬했다. 꿈에서는 닐도 안전하지 않았다. 닐은 두 손이 묶인 채로 위험한 알약을 계속 삼켜야만 했다. 반대편에는 닐의 실버가 앉아 있었는데, 닐이 다른 이들에게 고자질하지 못하도록 감시를 했다.

꿈은 매번 이런 식으로 찾아왔다. 그들이 행복해지는 꿈을 꾸고 싶어서 잠자리에 들기 전에 좋은 생각을 잔뜩 해보지만 이 범주에서 벗어나지 못했다. 칼과 닐에 대한 걱정이 생활화되자 젠은 본인에게 집중하지 못했다. 그래서 무엇이든(감정이나 생각. 밥 등) 흡수되지 못하고 허무하게 날아가 버렸다.

칼의 결석

새벽부터 내리던 비는 아침까지 계속됐다. 빗줄기가 굵은 데다 앞이 보이지 않을 정도로 쉬지 않고 내려서 스쿨버스가 몇 번이나 미끄러졌다. 그때마다 운전기사 폰이 잘 제어했기에 망정이지 자칫했으면 큰 사고로 이어질 뻔했다. 그래서 젠이 탄 스쿨버스는 등교 시간보다 늦게 도착했다. 곧바로 수업이 시작되니 칼과 대화하는 걸 뒤로 미뤄야 했다. 젠은 세 번째 외출에 대해 듣고 싶어서 모든 세포의 감각을 열고 어서 시간이 지나가길 기다렸다.

드디어 1교시가 끝났다. 수업과 수업 사이에는 오 분이란 쉬는 시간이 존재했다. 3교시 후에 긴 쉬는 시간이 있어서 그 이상은 주어지지 않았다. 젠은 교실 문까지 뛸 듯이 나갔다가 방향을 바꿔 제자리로 돌아왔다. 칼과 길이 엇갈리게 될까 봐 멋대로 움직일 수 없었다. 게다가 대화를 나누기에 오 분은 너무도 짧았다. 칼도 같은 생각을 했는지 젠을 찾아오지 않았다.

기다리다 보니 어느새 긴 쉬는 시간이 되었다. 아이들은 평소와 다름없이 낮잠을 자거나 멍하니 앉아 있었다. 젠은 칼을 만나러 가려고 외투로 자신의 분신을 만들었다. 오후에 합동 수업이 있었지만 그때까지 기다릴 수 없었다. 교실 문을 닫는 순간 수와 눈이 마주쳤다. 다행히 수는 못 말리겠다는 듯 고개만 저을 뿐 젠을 저지하지 않았다.

복도는 조용했다. 창문을 통해 들어오는 햇빛 말고는 존재를 드러내는 게 없었다. 간혹 화장실에 다녀오는 아이들이 있었지만 오로지 그 목적만 달성할 뿐 한눈팔지 않았다. 마릿에게 들었던 풍경과 많이 비교됐다.

'수업이 끝났다는 종소리가 나면 한바탕 난리가 나요. 아이들이 복도로 우르르 몰려 나가는데 각자 보내는 시간이 참 재밌어요. 어떨 땐 작은 축제 같다니까요.'

젠은 이곳에서 절대 일어나지 않을 일들을 상상하며 복도를 지나 계단을 올라갔다.

5층 세 번째 교실이 칼의 반이었다. 젠은 안을 살펴보려고 창문 쪽으로 다가갔다. 교실로 곧장 들어가지 않은 건 다른 반 아이의 방문을 예민하게 받아들이는 아이들이 있었기 때문이었다. 그중 하나가 화장실에 다녀오다 젠을 발견하고는 잔뜩 인상을 썼다.

"야, 넌 여기 있으면 안 돼. 빨리 너희 교실로 돌아가."

젠은 그가 학교 식당에서 칼과 같이 있는 걸 여러 번 목격했다. 매사 깐깐하게 구는 탓에 칼과는 성격이 맞지 않았는데 실버끼리 친해서 가깝게 지내야만 했다. 수와 젠의 관계와 비슷하다고 볼 수 있지만 그들 사이에는 애정이 없었다. 그는 재차 돌아가라며 눈을 흘겼다. 눈썹 산이 이마를 찌를 만큼 날카로워서 무척 신경질적으로 보였다.

"잠깐이면 돼. 칼 좀 불러줘."

"칼? 안 왔는데. 오늘 아침 스쿨버스에도 타지 않았어. 참 이상한 일이지."

그가 왼손으로 턱을 문지르며 허공을 쳐다봤다. 칼의 결석에 대해 생각하는 중인 듯했다. 그러나 젠은 속지 않았다. 자신이 마뜩잖아서 빨리 떼어내려고 거짓말을 하는 거라 믿었다.

"유치하게 정말 이럴래? 얼굴만 보고 돌아간다니까."

"내 말이 거짓말 같아? 아니, 왜? 내가 널 상대로 왜 거짓말을 하겠어? 못 믿겠으면 네 눈으로 직접 봐. 다른 애들한테도 물어보고."

그는 교실 문을 열고서 젠을 안으로 밀어 넣었다. 교실 안에 있던 아이들이 힘없이 떠밀려 들어온 젠에게 집중했다. 젠은 얼굴이 화끈 달아오르는 걸 느끼며 수줍게 칼을 찾았다. 칼은 없었다. 칼의 가방도 보이지 않았다. 그러나 젠은 믿지 않았다. 화장실에 갔거나 담임에게 불려 갔을지도 모르니까.

"칼은 결석했어."

"진짜 안 왔다니까."

"놀랍지 않니? 결석이라니."

교실 안의 모든 아이가 입을 모아 칼의 결석을 말했다. 예상하지 못한 현실에 젠은 울렁증이 일었다. 반드시 등교해야 한다는 교칙을 깬 사람이 나왔는데 학교는 또 왜 이리 조용한 것인지 모를 일이었다.

칼은 합동 수업에도 나타나지 않아서 기어이 늦게라도 오지 않을까 하는 젠의 희망을 산산조각 냈다. 이런 일이 벌어지려고 어젯밤 꿈자리가 사나웠던 것만 같았다. 젠은 칼이 결석할 수밖에 없었던 이유를 모조리 짐작해봤다. 그중에서 확률이 높은 건 다음 두 가지였다.

하나, 페리에게 심하게 맞아 움직일 수 없다. 둘, 마릿과 나간 외출에서 큰 문제가 생겼다.

젠은 두 번째 경우에 더 마음이 쏠렸다. 아무리 쓰레기처럼 구는 페리일지라도 학교에 나가지 못할 정도로 칼을 패지는 않을 테니까 말이다. 그렇다면 마릿과는 무슨 일이 있었던 걸까.

젠은 다른 사람과 고민을 나누고 싶었다. 혼자서 감당하기에는 너무 벅차고 외로웠다. 그래서 수를 붙잡고 이야기를 나눴다.

"수, 이게 무슨 일일까. 칼은 대체 어떻게 된 거지."

"어디가 많이 아픈가 보지."

"아파도 결석은 안 되잖아."

온종일 양호실에 누워 있더라도 학교에는 나와야 했다. 등교의 목적에는 실버의 개인 시간 확보도 포함되어 있었기 때문이었다. 그 시간만큼은 절대 방해해서는 안 됐다. 젠은 주변을 살펴 두 사람을 주시하는 다른 사람이 없는 걸 확인하고는 목소리를 최대한 낮췄다.

"내 생각에는 아무래도 마릿과 나간 외출에서 무슨 일이 생긴 것 같아."

"어째서?"

"그것밖에 없으니까. 다른 구역에 사는 실버의 손주들은 호기심이 많아서 우리에게 위험하댔어. 만약 그들의 눈에 띄었다면……."

갑자기 수의 얼굴이 하얗게 질려갔다. 젠은 그녀의 머릿속이 훤히 보였다. 폭력. 피. 죽음. 수가 머리를 흔들며 부정했다.

“그랬다면 네가 모를 리 없었겠지. 어젯밤에 마릿한테서 들었을 테니까.”

“아니. 걔는 그 일로 칼이 피해를 받아도 나한테 말하지 않을 거야. 외출에 대해선 루비에게조차 입도 뻥긋하지 않거든.”

‘불쌍한 친구를 만나러 병원에 간 게 아니니까.’

차마 그 부분까지는 밝힐 수 없어서 조용히 삼켰다.

“하지만 네가 의심하는 일이 일어났다면 그건 큰일이잖아. 아무리 마릿이래도 그런 걸 쉬쉬하려고 할까?”

수의 말은 다시 생각하게 했다. 젠은 성급하게 결론을 내지 않으려고 다른 이유들을 더듬어갔다. 그러나 한번 뿌리내린 생각은 단단하게 자리를 잡고 비켜서지 않았다. 젠의 머릿속에서 칼은 누군가에게 쫓기고, 누군가에 의해 다치고, 멀쩡했다가 피를 흘리고, 멀쩡했다가 쓰러지기를 반복했다. 아직 어떤 정보도 없으니 상황을 심각하게 해석하지 말자고 자신을 달래보지만 생각은 시간이 지날수록 잔인해져갔다. 실종. 사체유기.

‘그러고 보면 칼이 돌아온 것도 못 봤잖아.’

이번에도 칼은 차만 대놓고 집으로 돌아갔기 때문에 만나지 못했다. 잠깐 조는 사이에 일어난 일이라 젠은 창문을 통해 그의 뒷모습도 보지 못했다. 만약 칼이 마릿과 있다가 불미스러운 일을 당했고, 수습할 수 있는 단계를 지나 마릿이 혼자 돌아왔다면…….

'그만, 그만! 하하. 나 왜 이러니, 진짜.'

젠은 서둘러 머릿속을 깨끗하게 비웠다. 칼의 결석은 심각한 문제였지만, 그렇다고 이렇게까지 잔인하게 전개될 상황은 아니었다. 마릿이 리틀 달시가 되었더라도 같이 있던 사람에게 문제가 생겼는데 아무렇지 않게 돌아다닐 사이코는 아니었다. 그리고 페리도 가만히 있지 않았을 것이다. 칼이 돌아오지 않았다면 이른 아침부터, 아니 어젯밤에 찾아와 이유를 물었을 테다. 하니 이 모든 건 부질없는 망상에 불과했다. 젠은 자신을 파괴하기만 하는 이런 생각을 당장 멈췄다. 멍하게 있다 보면 자연스레 한 번씩 연결됐지만 그때마다 필사적으로 끊어냈다.

"얘들아, 오늘도 고생했어. 돌아가면 실버에게 감사 인사를 전하고 즐겁게 해드려야 한다, 알았지? 그리고 젠은 잠깐 교무실에 들렀다가 가. 따로 할 말이 있어."

모든 수업이 끝나자 긴이 젠을 호출했다. 평소였다면 바로 따라나섰겠지만 지금은 머릿속이 복잡해서 피하고 싶었다. 그러나 청소 당번까지 태워야 하굣길 버스가 출발했으므로 시간적 여유가 있었다. 그 말인즉, 어떤 핑계도 통하지 않는다는 말이었다.

교무실은 사시사철 서늘했다. 태양이 닿지 않는 지하에 있어서 학교 내에서 가장 습하고 어두웠다. 비라도 오는 날에는 곰팡내까지 더해져서 참혹했다. 선생들은 코를 찌르는 냄새라도 없애보려 노력했지만 결국에는 제자리였다. 최적의 환경에 놓인 교장실과 극과 극인 교무실은 교장의 위엄과 노동자인 선생들의 위치를 극명하게 보여줬다.

"젠, 오늘 무슨 일 있니? 종일 넋을 놓고 있던데. 혹시 칼이 결석해서 그래?"

긴이 조용히 물었다. 얼굴에는 수심이 가득했다.

"거기에 대해서 아는 게 있으세요?"

"나도 없어. 우리 학교에서 처음 있는 일인데 그 반 담임도 별말이 없더라고."

긴이 가까이 오라며 손가락을 까닥였다. 젠이 다가가자 긴은 귓속말하는 것처럼 속삭였다.

"칼의 실버가 교장하고 친척이란 소문을 들은 적 있니? 아마 그것 때문에 학교가 조용한 게 아닐까 싶어."

긴의 말은 일리가 있었다. 페리와 교장 데일에 관한 소문은 뜬소문이 아닌 사실이라 교장이 칼의 결석을 눈감아준 게 분명했다. 그렇다면 페리가 교장에게 직접 부탁했단 이야기가 되고, 페리 역시 이 일에 무관하지 않다는 건데.

젠의 상상력은 마릿에게서 페리에게로 초점을 바꿔 맞

쳤다. 페리가 새로운 고문 도구를 사용하다가 너무 흥분했던 것일까. 대체 얼마나 맞아야 학교에 나오지 못할 정도가 되는 것일까. 그래, 얼굴. 어쩌면 실수로 얼굴을 때렸을지도 모른다. 폭력은 과하지 않았으나 얼굴에 상처가 나서 학교에 보내지 못한 것이다. 페리는 고문 도구를 파는 사이트를 운영하고 있지만, 폭력은 행사하지 않는 실버로 남고 싶어 하니 아주 가능성이 없지는 않았다.

GPS를 조작한 사실도 마음에 걸렸다. 영악하게 머리를 굴린 건 마릿이지만 마릿을 어떻게 할 수는 없으니 만만한 칼을 잡았다고도 볼 수 있었다.

"선생님."

"응?"

"선생님께서 칼에게 다녀오시는 건 어렵겠죠?"

"그렇지. 칼의 담임이 아니니까. 그게 아니더라도 난 이 일에 나설 힘이 없어. 알잖니?"

"그냥 칼이 잘 있는지만 확인해주시면 되는데요."

어쨌든 긴은 자유롭게 움직일 수 있으니 칼의 집 근처까지 갈 수 있을 것이다. 페리가 한낱 선생에 불과한 그녀를 집 안으로 들여보내주지는 않겠지만, 그녀가 끈질기게 물고 늘어지면 확인을 시켜줄지도 모른다. 사실 이건 어디까지나 젠의 생각이고, 젠의 희망 사항이었다. 페리가 한때 인형이었던 긴을 무시하지 않고 말을 섞는 건 꽤 신사적이라고 할 수 있으니까. 그걸 잘 알기 때문인지 긴은 겁을 먹었다

"미안하다. 난 못 해."

젠은 과부하에 걸린 머릿속을 다시 비워야 했다. 그러지 않으면 진실을 알기도 전에 정신이 나가버릴 것만 같았다. 그때 학교 전체로 방송이 흘러나왔다.

"다들 잘 들으세요. 학교에서 일어난 일은 절대 밖으로 새어 나가선 안 됩니다. 실버에게도 알리지 마세요. 만약 외부로 누출되면 입을 놀린 자가 누군지 반드시 알아내 실버와 떨어뜨려놓을 겁니다. 그게 무엇을 뜻하는지 잘 알죠? 나에겐 그럴 힘이 있으니 명심하세요."

스피커를 뚫고 나온 건 교장의 목소리였다. 멘트에는 직접 거론하지 않았지만 교장이 비밀로 묻고 가려는 건 분명 칼에 대한 이야기였다. 구역 내에서 입지가 단단한 페리가 교칙을 어겼다는 게 알려지면 모두의 웃음거리가 될 테니 지켜주려는 모양이었다.

"자, 다들 방송 잘 들었죠? 우리도 입조심합시다."

누군가의 탁한 목소리가 선생들 사이를 지나다니며 경고했다. 얼굴을 확인하니 칼의 담임이었다. 그는 젠에게도 다시 한번 주의를 줬다. 젠은 그에게 묻고 싶었다. 이렇게

쉬쉬하기 전에 자세히 알아봤냐고, 칼이 걱정되지는 않느냐고. 분명 들으나 마나 한 소리를 지껄이겠지만 물어보고 싶었다. 질문을 받을 사람이 긴이었다면 고민 없이 내질렀을 텐데 하필이면 재수 없는 칼의 담임이라 젠은 입도 떼지 못했다.

✤

젠이 마지막으로 오르자 버스는 출발했다. 수는 창가 자리를 양보하더니 교무실에 다녀온 이유를 물어보지 않았다. 대충 눈치를 채고 기분을 맞춰주려는 것 같았다. 수다스럽고 촐싹거리긴 하지만 그녀에게도 생각이란 게 있었다. 그러고 보니 요 며칠 동안 얌전하게 굴었다. 헤어스타일도 갈색 머리를 유지했다. 타라에게 어떤 지시 사항을 들은 모양인데, 젠은 아직 그녀에게까지 나눠줄 마음이 없었다.

젠은 창문 틈으로 팔을 올려 턱을 괴고서 하염없이 밖만 쳐다봤다. 버스가 실버 옆을 지나갈 때면 페리가 아닌지 확인했다. 만약 길 위에서 페리를 만난다면 뛰어내려서 칼을 보게 해달라고 매달릴 생각이었다. 그러나 집에 도착할 때까지 그런 일은 일어나지 않았다.

"잘 가렴."

버스에서 내리려고 문 앞에 서자 폰이 인사를 건넸다. 젠은 자신이 맞게 들은 건가 싶어서 고개를 돌렸다. 눈이 마주치자 폰이 어설프지만 다정하게 눈길을 보냈다. 재촉하고 짜증을 내고 취한 폰만 보다가 인간적인 모습의 폰을 보니 젠은 너무 낯설어서 소름이 돋았다. 이쪽의 반응이 마음에 안 들었는지 폰은 무슨 말을 하려다 말고 다시 운전대를 잡았다. 찰나였지만 입술 모양을 보니 칼 혹은 가알이라 하는 것 같았다. 아무래도 학교에 있으면서 칼의 소식을 들은 모양이었다.

젠은 그가 어째서 자신한테 칼 이야기를 하려던 건지 의아했다. 각기 다른 버스를 타고 등하교하기 때문에 그는 두 사람이 친하다는 걸 알 리 없었다. 게다가 그가 사람들에게는 관심이 없으니 두 사람이 학교 내에서 같이 다녔다 해도 그의 눈에는 띄지 않았을 것이다. 그런데 왜. 그 의문은 버스에서 내린 뒤에도 풀리지 않았다. 그래도 칼을 걱정해줘서 폰에게 고마웠다.

버스가 지나가자 건너편에 있는 루비 집이 보였다. 2층으로 지어진 구조는 이 구역에서 특출나지 않았다. 크기도 다른 집들과 비슷했다. 그러나 이곳에는 누구도 흉내 낼 수 없는 게 있었다. 온기와 사랑, 약간의 의지와 자유가 존재하는 보금자리라는 사실이었다.

젠은 항상 집으로 돌아가는 발걸음이 가벼웠다. 인형의 몸이라 옆길로 샐 수도 없었지만 아쉽지 않았다. 그러나 이번에는 발이 움직이지 않았다. 뿌리 내린 나무처럼 보도블록에 발이 단단히 묶였다. 젠은 집에 가고 싶지 않았다. 가고 싶은 곳은 따로 있었다.

몸을 돌려 거리 끝을 봤다. 저 코너를 돌아 조금만 더 가면 칼이 있는 곳인데. 손만 뻗으면 닿는 거리는 아니었지만 걸어갈 수 있을 만큼 비교적 가까운 거리였다. 젠은 그런 곳을 갈 수 없어서 안타까웠다. GPS 때문에 학교에서 늦게 끝났다는 거짓말을 할 수도 없었다. 거짓말로 루비를 속상하게 만들고 싶지도 않았다. 무엇보다 인형인 그녀가 혼자 다니는 걸 누가 보기라도 한다면 곧바로 신고당할 것이다.

냅다 뛰면 누구의 눈에도 띄지 않고 칼에게 갈 수 있지 않을까. 그럴 리가 없다. 바람보다 빠르거나 몸이 투명하지 않은 이상. 젠은 그렇게 잠시 서서 칼에게로 날아갔다.

'칼, 대체 뭐 하고 있는 거야. 학교에는 왜 안 나왔어. 그냥 마릿처럼 결석해보고 싶었던 거지? 실버들의 자손들처럼 기분을 내보고 싶었던 거지? 그래. 제발 그런 거라 말해줘. 너는 괜찮다고 말해줘.'

루비의 부재를 미리 알고 있었던 젠은 초인종을 누르지 않고 직접 현관문을 열었다. 기름 냄새가 난다 했더니 마릿이 샌드위치를 만들고 있었다. 식사할 때 빼고는 주방에 들어오지 않던 아이가 주방에서 움직이는 걸 보면 배가 많이 고팠던 모양이었다. 젠은 건방지게 보이지 않기를 바라며 물었다.

"마릿, 내가 물어보고 싶은 게 있는데. 혹시 어제 나가서 무슨 일 있었어?"

칼에게 연락할 수 없는 지금으로서는 마릿에게 듣는 게 가장 빠른 길이었다. 그러나 마릿은 젠을 무시하고 냉장고만 뒤적거렸다. 뭘 찾나 했더니 치즈가 떨어졌다며 투덜댔다. 순순히 대답하지 않을 거라는 걸 예상했기에 젠은 재차 물은 뒤 기다렸다.

마릿은 또다시 무시하고 제 일에만 집중했다. 햄과 오이를 꺼내 빵 크기에 맞게 썰고 씻었다. 베이컨은 냄새만 맡고 도로 내려놨다. 침묵이 길어지자 젠은 인내심에 한계를 느꼈다. 그래서 마릿이 냉장고 손잡이를 붙잡자 열지 못하도록 몸으로 막아섰다.

"마릿, 내가 말하고 있잖아."

"그러게. 인형이 말을 다 하네. 와, 신기하다."

마릿이 썰어놓은 오이를 집어 들며 감정 없이 말했다.

젠의 눈을 똑바로 쳐다보고는 어깨를 으쓱 올렸는데 더 해 보라는, 이제 어쩔 거냐는 도발이었다. 한동안 조용했던 리틀 달시가 깨어났다.

그녀의 조롱에 젠은 얼굴로 올라오는 뜨거운 열을 느꼈다. 더러운 똥은 피하는 게 상책이라 이 자리에서 벗어나면 더 이상의 굴욕은 없을 터였다. 그러나 젠은 피하는 대신 머리를 조아렸다.

"마릿! 부탁이야. 어렸을 때 정을 생각해서 진지하게 임해줘. 나에겐 정말 심각한 일이야."

젠은 마릿의 도움이 절실하게 필요했다. 어제 있었던 일을 알 수만 있다면 칼이 결석한 이유에 대한 실마리를 찾을 수 있을 테니 마릿이 뭐라도 이야기해줬으면 했다.

마릿이 손에 든 오이 조각을 입에 넣었다. 맛있게 씹는가 했더니 금세 인상을 찌푸리며 싱크대에 뱉었다. 루비가 좋아하는 오이는 쓴맛이 두드러졌다. 일반적인 오이와 달라서 많은 이들의 사랑을 받지 못했는데 마릿의 입맛에도 맞지 않은 듯했다. 마릿은 수돗물을 받아 몇 번이나 입안을 헹궜다. 그래도 쓴맛이 가시지 않는지 건포도를 한 줌 먹어 응급 처방을 했다.

"아무 일 없었어."

"정말?"

“어.”

짧은 한마디에 젠은 맥이 풀렸다. 다행이었지만 내심 그곳에서 신변의 위험을 느껴 다음 외출부터는 칼이 갈 수 없게 되기를 바랐었기 때문에 실망스럽기도 했다. 한편으로는 마릿의 말을 믿지 못했다. 별장에 대해 숨기고 있는 만큼 이 또한 거짓일 확률이 높았다. 진실을 안다고 고백하면 마릿도 좀 더 솔직해지지 않을까.

‘아직은 아니야. 아직은 마릿에게 알려서는 안 돼.’

젠은 칼과 통화하고 싶었다. 모임이 있다던 루비는 밤이 돼야 귀가한다고 했다. 그때가 되면 시간상 통화할 수 없을 테니 지금이 적기였다. 젠은 칼이 결석한 사실을 털어놓으며 그와 통화할 수 있게 도와달라고 마릿을 설득했다.

마릿은 또다시 젠의 말을 흘려버렸다. 그녀는 샌드위치 빵을 버터에 구울지 아니면 그냥 구울지 고민했다. 젠은 포기하지 않았다.

“제발, 응? 괜찮은지 얼굴만 보고 끊을게.”

“그건 내가 해줄 수 있는 일이 아니야. 난 네 실버가 아닌걸.”

마릿은 토스트기에 빵을 넣었다. 가장 짧은 시간으로 타이머를 조절하고 전원 버튼을 눌렀다. 빵이 기계 안으로 빨려 들어가자 곧 희미하게 연기가 났다. 탁, 빵이 올라오고 고소한 냄새가 코를 자극했다. 어느새 젠의 입에도 침이 고이기 시작했다.

"그냥 전화해서 칼을 바꿔달라고 해. 네 말이라면 분명 페리가 들어줄 거야."

젠은 마릿이 응해주지 않을까 봐 초조했다. 그걸 즐기는지 마릿은 뜸을 들이며 다른 빵을 기계에 넣었다. 잘 구워진 빵 하나를 앞니로 베어 물고는 웅얼거렸다.

"근데 너, 나 없는 동안 내 방에 들어갔니?"

"뭐?"

"내 방에 들어갔냐고. 왠지 그런 것 같아서 말이야."

마릿의 눈빛이 꽤 도전적이라 젠은 저도 모르게 흠칫 놀랐다. 아니라고 고개를 젓자 마릿이 뒤편에 있는 땅콩버터를 달라며 손을 내밀었다. 그녀는 생각이 바뀌었는지 샌드위치 만드는 걸 포기하고 빵에 땅콩버터를 발랐다. 그러더니 완성된 빵을 접시에 담아 거실로 향했다. 젠이 쫓아가자 그녀는 전화기 앞에 앉았다.

"마릿, 고마워."

"너 때문이 아니야. 내 운전기사가 잘 있는지 확인하려는 것뿐이야."

전화가 연결되자 페리의 모습이 전송됐다. 페리는 전화 건 상대가 마릿인 걸 알고는 약간 실망한 눈치였다. 그가 무슨 일이냐고 묻자 마릿은 루비의 이름을 입에 올렸다. 루비가 요새 좋아하는 것, 관심 있어 하는 것, 끔찍하게 싫어하는 것 등 정보를 쏟아냈다. 덕분에 페리의 얼굴이 환해졌다. 루비의 이야기로 그를 현혹한 마릿은 자연스레 진짜 목적을 꺼냈다.

"잠깐 칼과 통화하게 해주세요. 비밀 이야기 할 거니까 엿들으시면 안 돼요."

페리는 숨기고 있는 둘만의 비밀이 뭐냐고 되묻지 않았다. 이미 달콤한 보상을 받은 그는 손녀의 말이라면 무조건 들어주는 다정한 할아버지가 되고 말았다. 그가 모니터 밖으로 사라지자 마릿이 재빨리 말했다.

"만약 할아버지가 중간에 끼어들면 내가 급히 다른 전화를 받느라 너에게 넘겼다고 말해. 그래야 내 거짓말도 들키지 않지."

모니터 뒤로 칼이 나타났다. 그는 눈앞에 앉아 있는 마릿을 보고 당황해했다. 페리에게 들었을 텐데도 통화 상대가 마릿인 걸 보고는 많이 놀란 눈치였다.

"할아버지는?"

"통화가 끝나면 불러달라고 하시면서 서재로 들어가셨어."

"그래? 잘됐네. 즐겁게 통화해. 내 은혜 잊지 말고."

마릿은 빵 접시를 들고 자리를 떠났다. 젠이 그녀가 앉았던 자리에 앉자 칼이 나직한 목소리로 인사했다. 그러나 젠은 아무 말도 할 수 없었다. 무사한 칼을 보니 목이 메었다. 젠은 심호흡을 한 뒤 칼을 찬찬히 살폈다. 시선을 바닥으로 떨어뜨린 칼은 후드를 뒤집어쓰고 있었다. 얼굴이 잘 보이지 않아서 상처가 있어도 이쪽에서는 알 수 없었다. 만약 다친 곳이 있다면 직접 보고 싶었다. 눈으로 확인한 뒤에 함께 분노하고 보듬어주고 싶었다.

후드를 벗어달란 말에 칼은 망설임 없이 벗었다. 다행히 멋진 얼굴에는 상처 하나 없었다. 하지만 다른 곳은 어떨지 몰라 마음이 놓이지 않았다.

"젠."

칼이 젠을 불렀다. 선한 눈동자가 그녀의 얼굴에 머무르며 끊임없이 애정을 쏟아냈다. 종일 그리워했던 따뜻함에 젠은 가슴속에 숨겨뒀던 서러움을 톡 터뜨려버렸다.

"네가 결석해서 얼마나 놀랐는지 몰라. 여태 없었던 일이라 혹시 어제 나간 일이 잘못된 게 아닌가 싶었어. 그 건방진 애들이 너를 어떻게 했을까 봐 무서웠다고."

내내 무겁게 안고 있었던 감정을 밖으로 배출하자 손이 마구 떨렸다. 이제 칼이 눈앞에 있으니 안심하려고 했으나 좀체 진정되지 않았다. 그 모습을 칼에게 보여주고 싶지 않았던 젠은 양손을 재빨리 무릎 뒤로 감췄다. 갑자기 칼이 목소리를 높였다.

"큰일 날 뻔하긴 했지. 걔들이 나를 어찌나 노려보는지 눈빛으로 사람 하나는 거뜬히 죽이겠더라. 장난 아니었어, 진짜."

칼은 마치 수처럼 오두방정을 떨었다. 수가 봤다면 자신을 우스꽝스럽게 흉내 냈다고 화를 낼 게 분명했다. 그러나 젠은 그의 이런 행동이 우습게 보이지 않았다. 그가 아무 일도 없는 듯, 일부러 요란하게 꾸민다는 걸 알았다.

"말해. 대체 무슨 일이 있었던 거야?"

"아무 일도 없었어. 정말이야."

"그럼 페리가 때렸니? 학교에도 나오지 못할 만큼 때리고 또 때렸니?"

"그냥 오늘은 학교에 가고 싶지 않았어. 누구나 그럴 때가 있잖아."

칼이 슬쩍 눈을 피하며 말했다. 젠은 그가 내놓은 대답이 우스워서 크게 코웃음을 쳤다.

"하하. 방금 되게 웃겼어. 너도 말하면서 우스웠지? 우리가 실버의 손주들도 아닌데 어떻게 마음 내키는 대로 학교에 오고 갈 수 있겠어. 안 그래?"

"페리가 교장선생님하고 친척이잖아. 그래서 그런 것쯤

은 아무것도 아니야. 외출 증명서를 손쉽게 발급받을 수 있었던 것처럼 말이야."

칼은 물러서지 않았다. 말속에서 거짓말 냄새가 났다. 그건 젠을 더욱 흥분하게 만들었다.

"페리가? 다른 사람도 아닌 페리가? 너를 위해서 그렇게 해줄 사람이 절대 아니라는 거……."

거침없이 말하던 젠은 입을 닫았다. 페리가 지켜보지 않더라고 조심하고 싶었다.

"아무튼 그게 아니라는 건 알아. 더 이상 거짓말하지 말고 빨리 말해봐. 뭐야? 뭔데 그래?"

젠이 다그쳤다. 칼이 자꾸 숨기려고만 해서 화가 났다. 칼은 젠의 성난 눈빛을 차단하려는 듯 후드를 썼다. 그의 얼굴에 다시 그늘이 지자 집과 집이 아닌 더 멀리 떨어져 있는 기분이 들었다. 붙잡지 않으면 칼은 영원히 곁으로 돌아오지 않을 것만 같았다. 아니, 돌아오지 못할 것 같았다.

젠은 마음을 가라앉히고 칼의 이름을 불렀다. 그 한마디 안에는 많은 말이 담겨 있었다. 칼이라면 알아들을 거라 믿었다. 그러나 칼은 젠이 보낸 말과 감정을 거부하며 읽지 않았다. 그는 아무 일 없었다는 걸 재차 강조하더니 이쯤에서 넘어가자고 했다.

"너라면 그럴 수 있어? 교칙까지 깨가며 학교에 안 나왔다는 건 사달이 나도 크게 났다는 건데, 정말 모른척 할 수 있겠어?”

“그래, 그런 일이 있었다고 치고. 넌 왜 모든 일을 알려고 들어? 우리가 친해도 상대가 몰랐으면 하는 부분도 있는 거야. 넌 안 그래?”

칼의 지적에 젠은 아무 말도 할 수 없었다. 그녀에게도 단짝이 모르는 비밀이 있었다. 그 사실을 칼이 눈치채서 묻는다면 있는 그대로 말해줄 수 있을까. 젠은 퍼뜩 정신이 들었다.

“이번 일이 그렇다는 거지?”

“응.”

“정말로 나는 몰랐으면 하는 거지?”

“응.”

“알겠어. 더는 묻지 않을게.”

선을 그어놓고 이 이상 넘어오지 말라는 칼에게 서운했지만 젠은 그가 원하는 대로 멈춰 섰다. 칼의 의견은 중요했다. 더군다나 이렇게 고집을 부릴 정도면 그녀가 이길 수 있는 일이 아니었다. 그렇다고 포기하는 건 아니었다.

‘말하지 않겠다면 내가 알아내지 뭐.’

페리가 폭력을 휘두른다는 사실을 처음 알게 됐을 때도 칼이 털어놓은 게 아니라 그녀가 찾아낸 것이다. 그녀는 칼에게서 나는 고통의 냄새를 잘 맡았다. 다른 사람은 몰라도 칼에 대해서라면 모든 감각이 열려 있었다.

이번에도 큰 고통이 느껴졌다. 칼의 입은 아니라고 했지만 두 눈은 끊임없이 고통을 말하고 토해냈다. 도와달라고 비명을 지르고 있었다. 그래서 젠은 그 이유를 알아내야 했다. 고통의 냄새를 맡고도 그냥 넘긴다면 단짝이라 부를 수 없을 테니까.

새벽 공기는 집 안까지 스며 들어와 서늘하게 만들었다. 잠이 오지 않아 뒤척이던 젠은 마침내 일어나 창문에 기대 섰다. 밖은 조용하고 깜깜했다. 무분별한 발달과 자연 훼손으로 밤이어도 낮과 크게 다르지 않았던 예전과 달리 현재의 밤은 온전히 밤의 세계였다.

깜깜한 이 밤에 돋보이는 건 자기들끼리만 빛을 내는 달과 별이었다. 옛날에는 온 힘을 다해 빛을 내도 눈에 띄지 않았다던데 지금은 설렁설렁 움직여도 제 몫을 톡톡히 해냈다. 가로등을 없애고 통금시간을 제한해 그 외의 빛을 차단한 덕분이었다. 젠은 다이아몬드 목걸이보다 영롱하게 빛나는 밤하늘을 바라볼 때마다 떠올리는 말이 있었다.

인간이 죽으면 별이 된다.

동화 같은 속설이지만 젠은 믿었다. 죽음과 함께 흔적도 없이 사라지는 것보다 하늘로 올라가서 다른 이들의 밤을 환히 밝혀주는 게 더 아름다운 결말이기 때문이었다. 그러나 인간의 범주에 자신과 다른 인형들은 속하지 않는다는 걸 알기 때문에 슬펐다.

'우리는 죽으면 어떻게 될까.'

클론은 살면서 가질 수 없는 게 너무 많다. 물질적인 것을 포함해 인간에게 부여되는 모든 것들이 인간들에 의해 제한되었다. 그들의 기술로 태어났다고 멋대로 휘두르는 것이다. 인간을 만든 신처럼 개입하지 않으면 좋으련만 신보다 더 신의 노릇을 하려고 들었다. 그렇다면 클론의 죽음에도 관여하려 들지 않을까. 풍문에 의하면 죽은 클론은 실험체가 되거나 연료로 쓰인다고 했다. 아직까지 확인된 바는 없었다. 아름다운 별이 되는 인간과 죽어서까지도 인간의 손아귀에서 벗어나지 못하는 클론.

젠은 답답하게 조여드는 가슴 때문에 생각의 문을 닫았다. 그러자 피부에 닿는 공기가 몹시 차다는 걸 느꼈다. 젠은 두 팔을 교차해서 몸을 감싸안았다. 아직 세상은 잠들어 있었다. 젠은 도미노처럼 서 있는 집들을 보며 그 아래에서 다른 꿈을 꾸고 있을 실버와 인형들을 생각했다.

이번에는 시선을 더 멀리 던져 다른 구역에 있는 노동자들을 떠올렸다. 오늘도 세상의 부품이 되어 몸을 혹사했을

노동자들은 과연 어떤 꿈을 꾸고 있을까. 하루가 너무 고돼
서 꿈조차 꾸지 못할지도 모른다. 머지않아 자신이 가야 할
길이라 젠은 기분이 착 가라앉았다.

용기를 낸 협박

칼을 잃을 뻔했다고 생각해서인지 젠은 이제 두려운 게 없었다. 칼에게서 고통의 냄새를 맡은 이상 모른 척 눈감을 수 없었다. 그가 끝까지 비밀로 하는 걸 보면 원인은 페리나 마릿에게 있었다. 두 사람을 공략하면 칼이 숨긴 이유를 알아낼 수 있겠지만 강적이라 쉽지 않았다. 특히 페리는 칼과 단둘이 있을 때만 모진 행동을 해서 파악하려면 많은 시간이 필요했다. 그래서 젠은 곁에 있는 마릿부터 공략하기로 했다. 만약 그녀가 칼에게 고통을 줬다면 페리까지 갈 필요가 없는 데다 이 사실을 루비에게 알리면 힘들이지 않고도 해결할 수 있으니 현명한 선택이었다.

젠은 그길로 루비에게 자신도 마릿을 따라가겠다고, 마릿을 지켜보겠다고 말했다. 루비는 어린아이처럼 기뻐하더니 협탁 서랍에서 서류 봉투를 꺼내 내밀었다. 안에 든 내용물은 인형인 젠이 혼자서도 움직일 수 있다는 증명서였다.

"혹시 몰라서 미리 발급해뒀어. 이번에도 페리가 힘 좀 써줬지. 마음을 바꿔줘서 고맙다, 젠."

증명서를 손에 쥔 젠은 루비를 똑바로 보기 힘들었다. 루비의 부탁이 아닌 다른 목표 때문이라 양심에 찔렸다.

루비는 저녁 식사 자리에서 이런 사실을 마릿에게도 알렸다. 젠은 식사로 나온 오믈렛을 입에 넣으며 마릿을 슬쩍 봤다. 기대와 달리 마릿은 평온한 표정으로 이야기를 들었다. 놀라고 불쾌감을 드러내야 고소했을 텐데 의외의 반응이라 젠은 속으로 당황했다.

"그곳은 젠에게 낯선 곳이니까 마릿 네가 잘 지켜봐야 해. 친구와 볼일이 끝나면 곧바로 돌아오고. 이 할미가 누누이 말하지만 너만큼 젠도 소중하단다. 그러니 나쁜 일에 절대로 엮여서는 안 돼. 알겠지?"

루비는 두 사람에게 단단히 일렀다. 특히 마릿에게는 젠의 안전에 대해 몇 번이나 강조했다. 내내 얌전히 듣기만 하던 마릿은 루비가 말을 마치자 입을 열었다. 너무 조용하게 말해서 집중할 수밖에 없었다.

"할머니, 제가 사는 구역의 아이들은 할머니가 생각하시는 것보다 훨씬 더 잔인해요. 인형을 보면 앞뒤 안 가리고 달려들 거예요. 칼은 모르겠지만 얘는 누가 봐도 딱 인형이 잖아요. 왜 붙여주시려는 건지는 알지만 저 때문에 얘를 희생시키고 싶으세요? 저만큼 소중하시다면서요."

마릿은 조곤조곤 말하며 루비에게 죄책감을 심어줬다. 루비의 낯빛이 점점 어두워지는 걸 보니 뒤늦게 일의 심각성을 깨닫고는 번복할 듯싶었다. 증명서를 빼앗기지 않으려면 젠도 방어를 해야만 했다.

"마릿, 걱정해주는 건 고마운데 난 괜찮아. 루비, 전 정말 괜찮아요. 저번에 루비가 말했던 것처럼 차에만 있으면 아무 문제 없을 거예요."

사실 젠은 괜찮지 않았다. 자손들의 구역에 사는 아이들의 인형에 대한 비뚤어진 관심을 마릿에게 직접 들으니 몹시 겁이 났다. 벌써 그 아이들에게 쫓기는 것처럼 온몸이 아팠다. 두려워하는 모습을 마릿에게 들키지 않으려고 필사적으로 힘을 줘서 그런 듯했다.

고개를 숙인 마릿이 흐릿한 미소를 지었다. 그녀가 한 말의 진위는 모르겠으나 성가신 존재를 떼어내려는 수작임은 확실했다. 젠은 마릿에게 지고 싶지 않았다. 무서웠지만 그녀에게 달라붙어 반드시 외출에 동참하고 싶었다. 젠은 칼을 떠올렸다. 무슨 일이 생긴다면 칼이 두고 보진 않을 것이다. 자신하고 칼이 서로를 의지하면 그곳에서 무사

할 수 있을 것이다. 결심을 굳히자 두려움이 눈 녹듯 사라
져갔다. 젠은 편안한 모습으로 환하게 웃었다.

"정말 괜찮으니 걱정하지 마세요."

젠은 턱을 약간 쳐들고 마릿을 쳐다봤다. 그녀의 당당함
에 미소를 머금고 있던 마릿의 입술이 눈에 띌 정도로 파르
르 떨렸다.

2층으로 올라가는 계단 아래서 마릿이 젠을 붙잡았다.
그녀는 단단히 화가 나 있었다.

"지금 당장 할머니한테 안 가겠다고 말해. 너까지 데리
고 다닐 순 없어. 이건 소풍이 아니란 말이야."

마릿은 성난 고릴라처럼 쿵쾅거리며 발을 굴렀다. 뺨을
긁을 것처럼 손톱을 세우고 위협했다. 그녀에게 우아한 품
위는 이제 옛말이었다. 단단하게 굳어진 용기 때문인지 젠
은 그녀의 패악에 별다른 타격을 받지 않았다. 그래서 그녀
가 어디까지 할 수 있는지 가만히 지켜보기만 했다. 이런
여유가 마릿의 심기를 더 불편하게 건드렸다.

"야, 빨리 가서 말해. 안 간다고 말하란 말이야."

"……."

"뭐야, 지금 내 말 씹는 거야?"

"……."

"야!"

빽 소리를 지르는 마릿의 얼굴이 웃기게 일그러졌다. 그녀가 칼이나 수였다면 젠은 그 얼굴을 지적하며 함께 웃었을 것이다. 그럼 자연스레 분위기도 풀어지며 싸움은 흐지부지된다. 애정이 없는 마릿과는 절대 행해지지 않을 화해법이었다.

기운이 다했는지 마릿이 더 이상 소리치지 않았다. 대신 먹이를 노리는 들짐승처럼 사납게 노려봤다. 시종일관 무표정으로 있었던 젠은 그 표정 그대로 마릿에게 다가갔다. 숨결이 느껴질 정도로 둘 사이가 좁혀져도 멈추지 않았다. 오히려 젠의 저돌적인 돌진에 당황한 마릿이 뒤로 조금씩 물러났다. 그러나 몇 발짝 못 가서 벽에 부딪히고 말았다.

"마릿. 나는 네가 병원에 가지 않는다는 거 다 알아. 칼의 GPS까지 조작하면서까지 다른 데로 새는 걸 안다고. 이걸 루비에게 말하면 어떻게 될까? 사랑하는 할머니의 신뢰를 저버리고 싶은 거 아니겠지? 그러니 잔말 말고 나도 데려가."

젠은 말하면서도 몹시 놀랐다. 한없이 겁쟁이였던 자신에게 이런 모습이 있는 줄 몰랐고, 동시에 어쩌면 이게 진짜 자신일지도 모른다고 잠깐 생각했다. 마릿은 젠의 의기양양한 태도에 한 번, 그녀가 자신의 비밀을 알고 있다는 사실에 또 한 번 충격을 받았다. 그녀는 쓰러질 듯 휘청거리다가 허리에 양손을 올리고 단단하게 섰다.

"네가 감히 나를 협박해?"

다시 날카롭게 살아난 마릿은 눈빛에 톱날을 장착했다. 스치는 것만으로도 지독한 상처를 만들어내는 톱날이었다. 문득 젠은 어린 시절의 마릿이 그리웠다. 솜사탕처럼 달콤하고 부드러운 눈빛만 보낼 줄 알았던 그때의 마릿이 간절히 보고 싶었다.

"인형이 주제 파악 안 하지? 어?"

마릿이 손가락으로 젠의 어깨를 밀었다. 작은 동작이었지만 상대를 열받게 하기에는 충분했다.

"그만해. 계속 이러면 나도 가만있지 않을 거야. 네까짓 게 어쩔 건데?"

"말했잖아. 다 알고 있다고. 그 별장에 너 말고 다른 애들도 있었다며?"

세부 사항까지 잘 알고 있다는 듯이 말하자 마릿의 눈동자가 심하게 흔들렸다. 동요하는 모습을 보이지 않으려고 했지만 실패했다.

"그렇게 안 봤는데 네 남자 친구 진짜 입 싸다. 실망이야. 페리에게 말하면 고쳐주시려나."

마릿이 칼을 입에 올리며 잘근잘근 씹었다. 눈앞에 칼이 있다면 목을 졸라 분풀이할 것 같았다. 젠은 아래로 내린 손을 꽉 쥐며 목소리를 짓눌렀다.

"마릿. 그만하지 그래."

마릿이 입술을 깨물었다. 어떻게 해도 자신이 손해라는 걸 깨달았는지 승복했다.

"알았어. 이 판에선 내가 졌어. 너도 함께 가. 대신 입 다물고 얌전히 있어야 할 거야."

"한 가지 더 있어. 내가 네 비밀을 가지고 외출을 강요한 걸 칼이 알게 해선 안 돼. 그렇게 되면 루비도 알게 될 거야. 무슨 말인지 이해했지?"

마릿은 떨떠름한 표정으로 고개를 짧게 끄덕였다. 그녀가 지나갈 수 있도록 젠이 옆으로 비켜서자 그녀는 곧장 계단에 발을 디뎠다. 아직 분이 안 풀리는지 2층으로 올라가는 동안 주먹 쥔 손으로 계단 난간을 마구 쳤다. 계단을 끝까지 오른 그녀가 흘깃 돌아봤다. 그러나 젠이 표정을 읽기도 전에 다시 얼굴을 돌렸다. 곧 그녀의 방문이 쾅 소리를 내며 닫혔다. 그 소리가 마법을 푸는 신호라는 된다는 듯이 젠은 바닥에 주저앉았다.

젠은 갑자기 참을 수 없는 한기를 느꼈다. 그와 동시에 조금 전 일이 주마등처럼 스쳐 지나갔다. 살면서 처음 해보는 반항이었다. 가끔 루비에게 반찬 투정을 하지만 이건 결이 달랐다. 사실 칼에 대한 우정과 거기에서 비롯된 용기를 제외한 나머지 마음은 그녀가 마릿에게 맞서지 못할 거라 여겼다. 그녀는 여태껏 실버가 시키는 대로만 해왔고, 거지 같은 수칙을 잘 지키며 착실히 인형처럼 살아왔다. 가슴속에 뜨거운 것이 있었지만 철저히 무시하고 귀 기울이지 않았다. 그러니 이번 일은 대단한 변화라 할 수 있었다.

'앞으로 마릿은 더욱 나를 싫어하게 될 거야.'

그녀의 거짓말을 아는 데다 협박까지 했으니 당연한 결과였다. 그녀가 조금이라도 예전 모습을 보였다면 이런 상황이 아쉬웠겠지만 그게 아니라 다행이었다. 젠은 앞으로 마릿에게 기죽지 않기로 결심했다. 다시 겁을 먹고 저자세로 나가면 비웃음만 살게 뻔하니 조금 전과 같은 태도를 유지해야 했다.

❦

"너는 가면 안 돼."

칼은 예상했던 것보다 더 심하게 반대했다. 이미 증명서까지 발급받았다고 해도 요지부동이었다. 젠은 뜨겁게 내리쬐는 태양을 올려다봤다. 눈이 부시다 못해 따가웠지만 고개를 돌리지 않았다. 태양을 보려면 그에 따르는 고통도 감수해야 했다.

"그곳이 얼마나 위험한 곳인지 넌 몰라."

두 사람을 비롯한 전교생이 거리로 나와 있었다. 한 달에 한 번 하는 '거리 치우기'라는 행사 때문이었다. 아이들은 두 줄로 서서 걸어 다니며 거리를 청소했다. 사실 법적인 이유로 거리에 쓰레기를 투기하는 사람은 없으니 따로 청소할 건 없었다. 그런데도 학교에서 이 행사를 진행하는 건 진짜 목적이 따로 있었기 때문이었다. 행사의 목적은 실버들을 위해서라면 기꺼이 봉사한다는 인형들의 모습을 보여주는 데 있었다.

이들이 집 앞을 지나갈 때마다 바라보는 실버들의 풍경은 각양각색이었다. 커튼 뒤에서 훔쳐보는 이, 마당에 나와 대놓고 간섭하는 이, 큰 소리로 욕설을 날리는 이 등등. 태도는 달랐지만 인형들을 괄시하며 자존감을 깎아내린다는 공통점이 있었다.

간혹 다른 양상을 띠는 실버들도 있었다. 그들은 자신의 인형이 지나가길 기다렸다가 반갑게 인사를 건넸다. 인형에 대해 루비와 비슷한 생각을 지닌 이들이었는데 그다지 많은 숫자는 아니었다. 그래도 젠은 그들을 만날 때마다 다행으로 여겼다. 자신을 제외한 또 다른 누군가가 실버에게 고통받지 않고 행복하게 지낸다는 사실이 힘이 되었다.

"젠, 내 말 듣고 있는 거야?"

젠이 대답하지 않자 칼이 그녀의 팔을 붙잡았다. 힘이 들어 있지는 않았지만 그가 내는 성난 기운 때문에 아픈 것처럼 느껴졌다. 젠은 다른 손으로 그의 팔을 살짝 쳐냈다. 그러고는 평온하게 말했다.

"아무 일도 없었다며. 그럼 나도 괜찮을 거야."

찰나였지만 칼의 눈동자가 커졌다가 원상태로 돌아왔다. 또다시 고통의 냄새가 젠의 코를 자극했다.

'칼. 대체 네가 숨기고 있는 게 뭐야.'

"절대 안 돼. 넌 못 가."

"루비도 허락한 일이야. 내 실버가 허락한 일을 네가 왜 된다, 안 된다 그러는 건데? 어차피 막을 힘도 없잖아. 그냥 좋게 받아들여."

젠은 강하게 밀고 나갔다. 이렇게 하지 않으면 칼은 계속 반대하고 나설 터였다. 그가 반대한대도 일은 진행되겠지만 쓸데없는 감정 소모는 피하고 싶었다. 금세 칼의 얼굴이 딱딱하고 무섭게 굳어져갔다. 자기 말에 상처받은 그를 보고 있으려니 젠은 마음이 아팠다. 그가 원하는 대로 해줄 수 없어서 미안했다.

말없이 젠을 쳐다보던 칼이 갑자기 아이들을 밀치며 앞으로 나갔다. 가만히 있다가 봉변당한 아이들은 외마디 비명을 지르거나 칼을 흘겨봤다. 젠은 그를 붙잡지 않았다.

마음은 따라갔지만 몸은 제자리에 있었다. 그녀와 함께 있는 게 괴롭다면 그에게 따로 시간을 줘야만 했다.

젠은 시선의 범위를 넓혀 수를 찾았다. 수는 도로 건너편에 있었다. 행사 때는 반마다 한 명씩 돌아가며 어린 반을 통솔했는데 이번에는 그녀 차례였다. 하얀색 투피스 차림의 그녀는 단정하고 차분하게 아이들을 이끌었다. 몇 달 전과 비교해보면 완전히 다른 사람이었다. 그때 수는 무서운 얼굴로 아이들을 울리고, 정신없는 옷차림과 행동으로 아이들의 혼을 쏙 빼놓았다. 지금 모습에서는 도무지 상상할 수 없는 모습이었다. 수는 머리를 갈색으로 염색한 뒤부터 차분함을 유지했다. 보기에는 좋았지만 왠지 그녀가 아닌 것 같아서 불편했다.

'수하고 얘길 나눠봐야겠어. 대체 타라가 무슨 말을 했기에 저렇게 변한 거야.'

수를 바라보던 시선 안으로 닐이 들어왔다. 수가 맡은 반이 닐이 속한 반이었다. 닐은 허리를 굽혀 뭔가를 관찰하고 있었다. 걸으면서 관찰하느라 약간 위태롭게 보였는데 위기가 있을 때마다 잘 대처해나갔다. 그의 관심을 빼앗은 게 뭔지 궁금했던 젠은 닐을 계속 주시했다. 시선을 느꼈는지 그가 고개를 들었다. 자신을 봤다고 확신한 젠은 손을 살짝 흔들어줬다. 인사를 받은 닐이 환하게 웃었다. 젠이 있는 쪽으로 넘어오고 싶어 했지만 어린 반은 자신의 자리를 이탈하면 안 돼서 두 팔을 위로 뻗어 강하게 흔들기만 했다.

'씩씩해 보여서 다행이네.'

안심하는 마음과 달리 젠의 표정은 점차 어두워져갔다. 젠은 매트리스 밑에 숨겨둔 알약을 떠올렸다. 마릿과 충돌이 있기 전날에 닐이 가져온 거였다. 닐은 아침저녁으로 두 번 비타민을 먹는다고 했다. 그가 가져와야 하는 건 일주일 치 분량이었으니 총 열네 알이어야 했는데 열 알밖에 되지 않았다. 닐은 약을 먹을 때마다 실버가 지켜보기 때문에 매번 들키지 않고 챙기는 게 힘들다고 칭얼거렸다.

열 알 중 세 알이 부작용을 일으키는 약이었다. 나머지 일곱 알은 현재 판매되고 있는 비타민 중에서 가장 인기 있는 제품이었다. 챙기지 못한 네 알은 모두 저녁 약이라고 했다. 만약 실버가 독약과 양약의 비율을 절반으로 잡았다면 그 네 알은 독약일 확률이 높았다. 그리고 이건 죽이려는 목적보다는 아프게 할 목적을 가지고 행한 행동 같았다.

아침은 양약, 저녁은 독약. 이 순서를 바꾸지 않는다면 아침 약은 계속 양약일 테니 닐이 먹어도 문제 되지 않았다. 하지만 100퍼센트 확실한 게 아니라 조심해야 했다. 그래서 일주일간 더 지켜보다가 이런 패턴에 변화가 없으면 아침 약은 닐에게 먹일 생각이었다.

‘그나마 섞어 먹이는 걸 다행이라고 해야 하나.’

독약을 먹이는 실버의 실체를 확인한 그날, 젠은 닐이 가엾어서 얼마나 울었는지 모른다. 저 어린아이가 대체 무엇을 잘못했다고 그러는 건지. 가까운 시일에 닐의 실버 머리 위로 벼락이 떨어졌으면 좋겠다고 생각했다.

자손들의 구역

늦잠을 잘 수 있는 일요일이었지만 젠은 일찍부터 일어나 부지런히 움직였다. 그녀는 평소에 입던 옷은 제쳐놓고 옷장 맨 끝에 걸려 있는 하얀색 티셔츠와 편하게 움직일 수 있는 바지를 입었다. 바지 역시 하얀색이었는데 이번만큼은 그녀도 눈사람이 돼야 했다.

"꼭 그렇게 입을 필요는 없는데. 인형이라고 광고하는 것 같아서 싫다."

젠의 옷차림을 본 루비는 못 볼 꼴을 봤다는 듯 미간을 찌푸렸다. 그러나 페리가 조언해준 사항이라 적극적으로 말리지는 못했다. 대신 발목까지 가려지는 검은색 롱 카디건을 따로 챙겨줬다.

"구역의 경계를 넘어가면 걸치고 있어. 눈에 띄지 않을 거야."

루비는 자신의 욕심 때문에 젠을 위험 속으로 몰아넣는 것 같다며 한숨을 내쉬었다. 근심 어린 표정을 보니 막판에 마음을 바꿀 수도 있을 듯해서 젠은 그녀의 두 손을 꼭 잡고 계속 안심시켰다. 마릿에게도 도움을 요청했지만 그녀는 못 본 체했다.

곧 페리와 칼이 도착했다. 두 사람 다 표정이 어두웠다. 젠의 합류가 마음에 들지 않는 것이다. 젠은 페리가 루비와 대화를 나누는 틈을 타 칼에게 다가갔다.

"저기, 칼."

그러나 칼은 로봇처럼 앞만 쳐다봤다. 몇 번을 불러도 똑같은 반응이었다. 젠은 그의 얼굴을 붙잡고서 자신 쪽으로 돌려놓고 싶었다. 눈을 마주 보고 진심으로 대화하고 싶었다.

'전부 너를 위해서 이러는 거야. 그러니 기분 풀고 서로 좋은 얼굴로 출발하자. 응?'

그때 페리가 볼륨을 높인 것처럼 한 단계 큰 목소리로 말했다.

"루비가 하도 부탁해서 도와줬지만 아무래도 셋이면 더 시선을 끌지 않을까요. 증명서가 있어도 인형이 실버 없이 돌아다니는 건 영 불안하네요. 그것도 둘씩이나."

루비를 지나 젠에게 넘어온 페리의 눈길이 모두 네 탓이라 말하고 있었다. 눈빛이 꽤 섬뜩했는데, 갑자기 칼이 상체를 앞으로 기울여서 젠에게 오는 시선을 막아줬다. 칼은 양말 때문이라는 걸 보여주려는 듯 한참 동안 양말을 매만졌다. 그러나 젠은 그가 자신을 위해 일부러 그랬다는 걸 알았다.

"눈에 띄지 않게 행동할 테니 걱정하지 마세요. 제가 애네들 잘 다스릴게요."

어느새 1층으로 내려온 마릿이 환한 미소로 페리의 불안감을 잠재웠다. 금세 헤벌쭉 입을 벌리고 웃는 그가 폭력적인 실버가 맞는지 의심이 들었다.

'이보세요. 그만 정신 차려요. 저 애는 당신은 물론 자기 할머니까지 속이고 있다고요. 무슨 짓을 저지르고 다니는지 아무도 모르는데, 그래도 잘 보이고 싶나요?'

❧

칼이 운전석에, 마릿은 조수석, 젠은 뒷좌석에 앉았다. 자동차 유리에 두꺼운 선팅지를 발라서 밖에서는 안이 거의 보이지 않았지만 젠은 뒷좌석에 완전히 누워서 가야만 했다. 마릿의 지시였다.

"내 말대로 한다고 했으니 불만 없지? 손 내밀어봐."

마릿은 출발하기 직전 젠의 왼쪽 손목에 은색 팔찌를 채 웠다. 가는 금속 끈에 직사각형 모양의 칩처럼 생긴 참이 달려 있었는데 이게 GPS 신호를 바꿔주는 장치 같았다.

"방수기능이 없어서 물에 약하니까 조심해야 해. 그리고 이거 되게 비싼 거다? 칼, 이제 가자."

말이 떨어지기가 무섭게 칼이 부드럽게 차를 몰았다. 몸 소 체험한 칼의 운전 솜씨는 눈으로 봤을 때보다 몇 배는 더 안정적이었다. 그래서 머지않아 잠이 몰려왔다.

젠은 자꾸만 감기는 눈꺼풀과 필사적으로 싸웠다. 누워 있느라 바깥 풍경은 볼 수 없었지만 깨어 있고 싶었다. 처 음으로 실버의 구역 밖으로 나가는 길이었다. 그토록 가보 고 싶었던 자손들의 구역으로 달리는 중이었다. 그만큼 초 단위로 귀한 시간이었다. 그 순간을 잠에 빠져서 허우적대 고 싶지 않았다. 가는 동안만큼은 다른 구역에 도사리고 있 을 위험이나 마릿의 거짓말, 여기에 합류한 목적 등은 잊어 버리고 가슴 뛰게 만드는 설렘에 집중하고 싶었다. 비록 신 나는 여행은 아니었지만 여행이라 부르고 싶었다.

그러나 잠의 위력은 강했다. 젠이 떨쳐내고 눈을 뜨면 어느새 꿈속으로 끌고 갔다. 화들짝 놀라 정신을 차리면 금 세 다시 데려갔다. 결국 젠은 꿈과 현실에 한 발씩 걸쳐놓 고 오락가락했다. 그사이 차는 두 번인가 세 번 섰다. 그때마다 마릿이 밖에 있는 누군가와 대화를 했다. 대화 속에 얼핏 자신의 이름도 나온 것 같았는데 젠은 그게 꿈인지 현실인지 헛갈렸다.

'……젠.'

'……젠.'

뭐지. 누가 나를 부르는 거지. 아, 칼이구나……. 응…… 응? 어째서 칼이 내 방에 있는 거지……. 맞다. 여기는 차 안이지. 우리는…… 어디로…… 어디로…… 가는…….

"젠. 일어나봐."

뒤척이던 젠은 겨우 눈을 떴다. 희미한 시야로 들어온 세상은 익숙한 듯 익숙하지 않았다. 그녀의 기척에 칼이 가만히 말했다.

"그만 정신 차리고 밖을 봐."

"뭐?"

"일어나서 창밖을 보라고."

젠은 아직 남아 있는 잠기운을 털어내려고 눈을 비볐다. 시야가 뚜렷해지자 가장 먼저 조수석에 웅크리고 있는 마릿이 보였다. 움직임이 없는 걸 보니 깊이 잠든 듯했다. 지금이 기회였다. 재빨리 창가로 다가간 젠은 누운 자세에서 고개만 슬쩍 들고 창밖을 내다봤다.

"와."

젠의 입에서 숨과 함께 탄성이 흘러나왔다. 눈앞의 세상은 그녀가 매일 만나는 세상과 달랐다. 젠은 자세히 보려고 몸을 세우고 똑바로 앉았다.

"여기서부터 자손들의 구역이야."

젠을 웃음 짓게 만든 건 나무였다. 이곳에는 나무가 많았다. 나무를 처음 보는 것은 아니었다. 그녀가 사는 구역에도 나무는 있었다. 다만 이곳의 나무처럼 키가 크고 몸통이 거대한 것이 아니라 집 안에서 키울 수 있을 만큼 작았다. 게다가 이렇게 거리마다 줄 서 있지도 않았다. 그곳에서 나무는 밖이 아니라 집 안 화분에 있었고, 그것마저도 집마다 하나씩밖에 두지 못했다. 인형들이 녹색에 많이 노출되지 않도록 하려는 정부의 지침 때문이었다.

"저 멀리 숲도 있어. 정말 장관이지? 나도 처음 봤을 때 얼마나 놀랐는지 몰라."

칼의 말대로 시야를 넓게 트니 나무들이 빽빽하게 우거진 숲이 보였다. 젠은 숲으로 들어가는 자신을 상상했다. 나무에 둘러싸여 나무가 부르는 노래를 듣고, 나무의 숨결을 들이마시고, 나무와 대화하는 자신은 어느 때보다 행복해 보였다. 그러나 안타깝게도 달리는 차의 속도에 맞춰 숲은 점점 멀어져갔다. 젠은 아쉬운 마음에 숲을 한 손 가득 잡아 가슴속에 넣었다.

신호에 걸려 차가 섰다. 때맞춰 부는 바람이 나무 사이를 떠다니며 나무들을 간질였다. 나무들은 웃음을 참지 못했고, 웃을 때마다 잎을 떨어뜨렸다. 잎은 바닥으로 바로 떨어지지 않고 바람을 따라 이리저리 떠다녔다. 젠은 도시를 자유롭게 유영하는 잎을 눈으로 좇았다.

'저 애가 나보다 처지가 나은 것 같아.'

언젠가 바닥에 떨어져 사람들의 발에 치이다가 썩어가겠지만 그 전까지는 자유로울 수 있다는 게 매력적이었다. 떠다니는 나뭇잎 사이로 엄마 손을 붙잡고 지나가는 아이들이 보였다. 닐의 또래처럼 보이는 아이들은 서로 똑같은 얼굴을 한 쌍둥이였다. 그들은 앞만 보고 얌전히 걸어가다가 난데없이 뒤엉켜 장난을 쳤다. 걸음을 멈춰 선 엄마의 얼굴이 무서워서 이제 혼나겠구나 싶었는데, 생각과 달리 엄마는 아이들의 장난에 동참하며 자신이 더 좋아했다.

세 모자 옆으로 자전거를 탄 소녀가 지나갔다. 헤드폰을 쓰고 있던 소녀는 노래를 따라 부르는 중인지 고개를 까딱이며 입술을 쉬지 않고 오물거렸다. 그들 외에도 거리에는 사람들이 많았고, 차가 지나치는 상점마다 머무르거나 오가는 사람들로 붐볐다. 실버들의 자손으로 태어나 풍족한 삶을 누리고 있는 사람들.

그 풍족함에는 자유도 포함되어 있었다. 젠은 다른 것보다 그게 가장 부러웠다. 실버가 자신이 가진 것 중 한 가지를 준다고 한다면 그녀는 망설임 없이 자유를 달라고 할 것이다. 원하는 때에 외출할 수 있는 자유, 편하게 전화할 수 있는 자유, 글자를 배울 수 있는 자유, 하얀색을 거부할 자유, 무엇이든 본인 의지로 선택할 수 있는 자유. 자유는 루비의 사랑으로도 적실 수 없는 갈망이었다.

"차 세워. 화장실에 가야겠어."

어느새 일어난 마릿이 기지개를 켜며 말했다. 그녀의 지시에 따라 칼은 어느 5층 건물 앞에다 차를 세웠다.

"아직 더 가야 하니까 너희도 가고 싶으면 다녀와. 더 이상 차를 세우는 일은 없을 테니 명심하고. 그리고 딴 데로 새면 절대 안 돼. 경고했다."

마릿은 차 밖으로 먼저 나갔다. 화장실이란 단어를 들어서인지 젠도 갑자기 요의를 느꼈다. 젠은 차 문을 열기 전에 루비가 챙겨준 롱 카디건을 입었다. 이곳에서 어린 소녀가 하얀색 옷을 입고 돌아다니는 건 위험했다.

건물의 1층 화장실은 외부에서도 바로 들어갈 수 있게 따로 출입문을 열어놓았다. 젠은 그곳을 통해 화장실로 들어갔다. 볼일을 보고 세면대에서 손을 씻는 동안 한 무리의 소녀들이 들어왔다. 스커트를 노란색으로 통일해서 입은 그들은 마릿만큼 예쁘지는 않았지만 나름 미인인 데다 풋 사과처럼 상큼하고 생기가 돌았다. 젠은 그들 옆을 지나갈 때 카디건을 좀 더 단단히 여몄다. 혹시라도 하얀색이 보일까 봐 조마조마했다.

무사히 밖으로 나와 차로 향하던 젠의 눈에 벽면이 온통 화려한 색으로 칠해진 상점이 들어왔다. 아직 마릿이 나오지 않은 데다 상점은 바로 옆에 있어서 잠깐 구경하는 것쯤은 괜찮을 듯싶었다. 그곳에서는 아이스크림을 팔았다. 상점은 정문 옆에 쪽문이 뚫려 있는 구조였는데, 그 앞에 주인이 앉아 있어서 손님은 안으로 들어가지 않고도 아이스크림을 살 수 있었다.

방금 화장실에서 본 소녀들이 아이스크림을 사 먹으려고 다가왔다. 단골 메뉴가 있는지 쪽문 앞에 서서 주문했다. 그들은 스커트처럼 아이스크림도 같은 거로 통일했다. 똑같은 옷을 입고 똑같은 맛의 아이스크림을 고른 그들은 세상에서 서로가 전부인 듯 보였다.

"애, 너도 먹을 거니?"

상점 앞에 계속 서 있는 젠에게 주인이 물었다. 젠은 당연히 아이스크림을 먹고 싶었다. 그러나 한 푼도 없었다. 돈 쓸 일이 뭐가 있을까 싶어서 가져오지 않았다. 젠은 아쉬운 얼굴로 돌아서며 카디건 주머니에 양손을 찔러 넣었다. 오른손 끝에 종이 같은 게 걸렸다. 살며시 꺼내보니 지

폐와 쪽지였다.

루비에게는 선견지명이 있는 게 분명했다. 젠은 기쁜 마음으로 아이스크림 콘 세 개를 샀다. 칼만 사주고 싶었지만 둘만 먹기에는 치사해 보여서 하나 더 추가했다. 다행히 돈은 아이스크림을 사고도 넉넉히 남았다.

"날이 이렇게 좋은데 넌 꽁꽁 싸맸구나."

주인이 친근감 있게 보이려고 말을 걸었다. 껄껄 웃을 때마다 늘어진 턱살이 흔들렸다. 젠은 자신이 인형인 것을 주인 남자에게 들킬까 봐 위축됐다. 그러나 남자는 전혀 의심하지 않았다. 그의 눈에 젠은 실버들의 손주들과 별반 다르지 않았다. 그래서 젠은 어깨를 펴고 당당히 아이스크림을 받았다.

"지금 뭐 하는 거야?"

젠이 차에 도착하기 전에 마릿이 먼저 젠을 따라잡았다. 마릿은 손에 들린 아이스크림을 보고 경악했다. 그러나 젠은 동요하지 않으며 아이스크림을 내밀었다.

"네 것도 샀어. 골라봐."

"이 상황에서 아이스크림이 잘도 넘어가겠다."

마릿이 화를 내며 젠의 손을 쳤다. 비켜 맞았지만 아이스크림은 모두 길바닥에 떨어지고 말았다. 젠은 벌써 길 위에서 녹고 있는 아이스크림을 물끄러미 내려다봤다.

"마릿, 꼭 이렇게까지 심술맞게 굴어야겠어?"

"우린 놀러 온 게 아니야. 착각하지 마."

"그냥 아이스크림이잖아."

"그래, 네 말대로 그냥 아이스크림이야. 그러니까 참았다가 집에 돌아가면 실컷 사 먹어."

말은 그렇게 했지만, 사실 그건 단순한 아이스크림이 아니었다. 거기에는 루비의 따뜻한 마음과 자신에 대한 배려가 함께 들어 있었다. 마릿이 냉랭하게 무시한 것은 바로 그것이었다. 그래서 젠은 씁쓸함을 감출 수가 없었다.

차는 첫 번째 자손들의 구역을 지나 두 번째 구역의 초입에서 외곽으로 빠졌다. 길이 점점 험해진다 했더니 얼마 안 가 숲이 나왔다. 그러나 녹음이 가득한 숲은 아니었다. 숲에는 생명이 존재하지 않았다. 저주에라도 걸렸는지 전부 시들고 썩고 죽은 상태였다.

차는 속력을 줄이며 좀 더 안쪽으로 들어갔다. 근처에

별장이 있었다. 별장도 숲과 마찬가지로 상태가 좋지 않았다. 그러나 집의 형태는 무너지지 않아서 사람이 드나드는 데 문제는 없어 보였다.

칼은 별장과 거리를 두고 주차했다. 그곳에는 이미 다른 차들이 있었다. 세어보니 모두 여섯 대였다. 마릿이 안전벨트를 풀고 젠을 돌아봤다.

"내가 다녀올 동안 제발 얌전히 있어. 그래도 너희는 둘이라 기다리는 시간이 지루하지는 않겠다."

밖으로 나간 마릿은 엇비슷하게 들어온 차 옆으로 다가갔다. 곧 그 안에서도 또래의 소년이 내렸다. 캡을 푹 눌러 쓰고 있어서 얼굴은 보이지 않았다. 두 사람은 오랜만에 만난 것처럼 서로를 무척 반가워하며 별장 안으로 사라졌다.

칼이 몸을 편하게 누이려고 운전석 의자를 뒤로 젖혔다. 그는 젠에게도 앞으로 몇 시간 동안은 차에 있어야 하니 가장 편한 자세를 취해야 한다고 조언했다. 마릿은 오는 내내 그랬던 것처럼 뒷좌석에 길게 누웠다.

"근데 여긴 왜 이래?"

"몇 달 전에 불이 크게 났었대. 정부에서 복원해야 하는데 외진 데다가 사는 사람도 없어서 그냥 내버려두고 있다나 봐. 돈 쓰기 싫다는 거지. 원래도 이곳은 사람들이 잘 찾지 않는 곳이었는데 불 난 뒤로 발길이 아예 끊겼다고 해.

그래서 이렇게 일탈하기 딱 좋은 장소가 됐지.”

칼의 말투에서는 숲을 복원하지 않은 정부에 대한 비난을 느낄 수 있었다. 정부가 일을 제대로 했더라면 일탈을 원하는 이들이 이곳으로 몰려들지 않았을 거라고 생각하는 듯했다. 여기에는 버림받은 숲에 대한 안타까움도 들어 있었다.

죽은 숲의 의문은 풀렸지만 젠에게는 아직 다른 궁금증이 남아 있었다. 젠은 별장 안에서 무슨 일이 벌어지고 있는지, 마릿을 포함한 일행이 뭣 때문에 몰려든 건지 알고 싶었다. 칼의 대답은 간단했다. ‘모른다’는 것이었다.

“궁금하지 않아?”

아무리 기다려도 칼의 대답은 넘어오지 않았다. 젠은 몸을 일으켜 세운 뒤, 두 팔로 조수석을 끌어안으며 얼굴을 내밀었다.

“살며시 가서 보고 오면 안 되겠지?”

두 눈을 감은 칼의 입술 사이로 한숨이 흘러나왔다. 너는 오면 안 됐다고 말하는 그의 기분이 다시 안 좋아지는 것 같아서 젠은 조용히 뒷자리로 물러났다.

얼마나 지났을까. 젠은 몸이 근질근질했다. 이대로 아무것도 알아내지 못하고 돌아간다면 여기까지 따라온 의미가 없었다. 별장 이야기에 유독 예민하게 구는 걸 보니 칼을 힘들게 한 일은 별장과 관련된 게 틀림없었다. 어떻게든 방법을 찾아서 접근해봐야 했다.

"칼, 화장실은 어떻게 해?"

젠은 난감하단 표정을 지어 보이며 물었다. 눈을 뜬 그는 배를 부여잡고 있는 젠을 보고 그녀보다 더 난감해했다.

"따로 없어. 그냥 눈에 띄지 않는 곳으로 가서 해결해야 해."

칼이 망을 봐주겠다며 따라 나오려고 했다. 젠은 부끄럽다는 말로 그를 말리고는 문손잡이를 당겼다. 딸깍. 밖으로 나가자 매캐한 냄새가 젠을 덮쳤다. 무섭게 타버린 나무와 땅, 생명이 남긴 지독한 냄새는 불이 났던 그날의 기억을 상기시키려는 듯 공기에 들러붙어 사방으로 떠다녔다. 젠은 숨을 들이쉴 때마다 숲의 고통이 느껴져서 괴로웠다. 그래서 카디건 소매를 잡아당겨 코를 꽉 막았다.

젠은 차를 중심으로 놓고 봤을 때 별장과 반대편에 있는 나무 사이로 걸어 나왔다. 화마가 쓸어 간 바람에 온전하게 뻗은 나무가 없어서 몸을 숨기는 데 애를 먹었다. 적당한 나무를 겨우 찾은 그녀는 나무 밑에 얼굴을 내민 작은 바위에 걸터앉았다.

'칼에게 들키지 않고 별장에 접근해야 하는데.'

젠은 움직임을 최소화하며 주변을 살폈다. 별장은 숲이

둥글게 에워싸고 있었다. 그래서 지금 있는 곳에서 원을 그린다는 생각으로 크게 돌아가면 별장의 출입구 반대편에 닿을 수 있었다. 일직선으로 가는 것보다 시간은 걸리겠지만 칼의 눈은 속일 수 있을 것 같았다.

지체하지 않고 계획을 실행하려는데 가까이 다가오는 발소리가 들렸다. 젠은 놀랐지만 침착하게 마음을 다스렸다. 수상하게 보이지 않으려고 바지춤을 추스르며 일어났다. 갑작스러운 움직임에 상대방도 놀랐는지 더 이상 다가오지 않았다.

나무 뒤에 서서 이쪽을 바라보고 있는 건 짧은 머리의 소녀였다. 키는 젠보다 작았고, 몸은 수만큼 말랐다. 높은 콧대 때문에 코가 정말 예뻤는데 안타깝게도 콧대를 따라 흉터가 있었다. 생긴 지 얼마 안 됐는지 새살이 붉게 올라오는 중이었다. 그 결점을 채워주려는 듯 꽉 다운 입매가 꽤 야무졌다.

“안녕, 난 젠이야.”

젠이 먼저 인사했다. 다정한 모습으로 다가가 경계심을 없애고 싶었다. 소녀도 인사하며 자신의 이름을 란이라 밝혔다. 젠은 우선 그녀가 볼일을 볼 수 있도록 떨어져서 기다렸다. 별장을 염탐하는 건 잠시 미뤄두고 이 아이와 대화를 나눠보기로 했다. 지금으로서는 대화가 염탐보다 쉬울 것 같았다.

란은 금세 모습을 드러냈다. 달라붙는 검은색 바지를 입고 있었지만 상의는 역시나 하얀색 티셔츠였다. 그때까지 카디건을 입고 있었던 젠은 서둘러 벗은 뒤 팔에 걸쳤다. 아무래도 공통점을 내보이는 게 좋을 듯싶었다. 란은 온통 하얀색인 젠의 모습을 보고 빠르게 입가를 올렸다가 내렸다. 비웃음인 걸 모르지 않았지만 젠은 얼굴에 철판을 깔고 그녀와 같이 걸었다.

"나는 이곳에 온 게 처음이야. 너는?"

란은 대답하지 않았다. 죽은 나무를 헤치며 묵묵히 앞으로만 나아갔다. 그녀의 실버나 여기까지 함께 온 실버의 손주가 다른 인형과의 대화를 금지했을까 봐 걱정했다. 다행히 그건 아니었다.

"난 다섯 번째야."

그렇다는 건 칼보다 두 번 더 왔고, 최소 다섯 번 이상은 모임이 있었다는 이야기였다.

"너보다 더 많이 온 애도 있니?"

"있었는데 오늘은 안 왔어. 지금 온 애들 중에는…… 내가 제일 많이 왔네."

"혹시 이 모임이 언제 시작됐는지 알아?"

란이 돌멩이를 잘못 밟아 앞으로 고꾸라지려 했다. 다행히 젠이 잽싸게 팔을 붙들어서 다치지 않았다. 란은 자신을 방해한 돌을 주워서 저 멀리 던졌다. 그 뒤 젠을 바라보는 눈길이 매섭고도 슬펐다.

"그건 모르지만 궁금한 게 많은 인형이 어떻게 됐는지는 잘 알지."

이 이상 물어보지 말라는 경고. 젠은 갑자기 한기가 들어 카디건을 꼭 쥐었다.

"하나만 더 물어볼게. 안에서 뭘 하는지 아니?"

"아니."

그녀의 대답과 동시에 세찬 바람이 한차례 불었다. 두 사람의 머리카락이 날리고 흙먼지가 낮게 떠다녔다. 란은 왼손을 들어 바람이 훑고 간 머리카락을 정리했다. 젠은 그제야 이상한 것을 눈치챘다. 란이 장갑을 끼고 있었다. 장갑이 필요한 날씨도 아니었지만 한쪽에만 끼고 있어서 더 수상쩍었다. 장갑 안에 감춰둔 왼손에 어떤 비밀이라도 있는 것일까.

"정말 몰라? 아는 게 있으면 공유하는 게……."

"처음 왔다니까 하는 말인데 다신 오지 마. 식중독에라도 일부러 걸려서 오지 않는 게 너한테도 좋을 거야."

"왜? 자세히 이야기해주면 안 돼?"

란이 입을 봉하는 제스처를 취하며 웃었다. 그녀의 입이 수의 입처럼 가벼웠다면 벌써 많은 걸 알아냈을 텐데 아쉬웠다. 자동차마다 인형들이 있는 것 같았는데 그중에 입이 가벼운 아이가 없으려나.

"그럼 너는 왜 그렇게 하지 않는 건데? 왜 다섯 번이나 따라온 건데?"

"다음에는 보지 말자, 젠."

란은 그 말만 남기고 자기가 타고 온 차로 돌아갔다. 젠은 따라가서 차창을 두드려볼까 하다가 그만뒀다. 말하지 않겠다는 아이에게 미친 여자처럼 들러붙을 수 없었다. 그렇게까지 해서 앞으로 있을지도 모를 기회마저 망쳐버리고 싶지 않았다.

젠은 다른 차 사이를 지나다니며 곁눈질로 안에 누가 타고 있는지를 살폈다. 여섯 대 모두 차종과 색깔이 같아서 번호판을 보지 않으면 헷갈렸으므로 젠은 어수룩한 얼굴을 하고서 타고 온 차를 찾는 척하며 돌아다녔다.

칼을 포함해서 차에 타고 있는 인형은 소년 넷에 소녀 둘이었다. 모두 나이대가 비슷하거나 한두 살 정도 차이가 있어 보였다. 그들은 놀러 온 게 아니라 운전기사로 왔을 테니 면허가 있는 열여섯 살이거나, 운전기사로 일하는 열일곱 살 혹은 그 이상일 것이다.

하지만 운전기사로 일하는 노동자였다면 다른 일 때문

에 이렇게 마냥 기다리고 있지는 못한다. 그들이었다면 차에 탄 아이를 내려주고 돌아갔다가 시간 맞춰 다시 오거나 같은 구역의 다른 기사를 보낼 것이다. 그래서 모두 면허가 있는 열여섯 살이라는 데 무게가 실렸다.

'인형 여섯 명. 대체 얼마나 흥미로운 일을 하기에 이 많은 인원이 증명서를 받아 돌아다니게 하는 거지.'

그로부터 두 시간이 더 흘렀다. 젠은 끝내 계획을 실행하지 못했다. 중간에 한 번 더 화장실에 가는 척하며 별장을 염탐하려고 했지만, 가장 어른처럼 보이는 소년 하나가 배탈이 났는지 자꾸만 숲을 왔다 갔다 하는 바람에 기회를 잡지 못했다.

별장에서 마릿과 일행이 나왔다. 그들 역시 남녀 비율이 4 대 2였다. 대부분 표정이 밝았으나 다소 불만이 있어 보이는 소년도 있었다. 그는 일행에게 인사도 하지 않고 휙 가버렸다. 그가 탄 차가 가장 먼저 숲을 떠났다.

마릿은 나머지 아이들과 다정히 인사를 나누고는 처음 도착했을 때 만났던 소년과 다정히 포옹했다. 그들의 포옹은 다른 차들이 숲을 떠날 때까지 계속됐다. 흙먼지를 일으키며 지나가는 차들 속에서 서로에게 꼭 붙어 있는 두 사람은 굉장히 애틋해 보였다. 마릿이 남자와 뺨을 맞대고 있는 장면은 상상으로도 하지 못했던 일이라 젠은 머릿속이 멍했다.

"쟨 누구야?"

젠은 말하면서도 확실한 답을 기대하지 않았다. 마릿이 친절히 알려줬을 리 없으니 단어만 낭비하는 질문이었다.

"한스. 마릿의 남자 친구야."

"뭐? 남자…… 친구……. 아니, 그보다 어떻게 알았어?"

캡을 쓴 소년이 마릿의 특별한 친구라는 사실보다 칼이 진실을 알고 있다는 게 더 믿기지 않았다. 칼은 마릿이 알려줬다고 말했다. 그것도 처음 외출한 날에.

"묻지도 않았는데 알아서 말해주더라. 그땐 평소와 달라 보였어. 사람 같더라."

마릿 스스로 밝힌 사항이라니. 어째서 칼에게 말했을까. 비밀을 공유한 사이라 경계심이 풀어졌던 걸까. 좁은 차에 단둘이 있다 보니 잠깐은 인형이 아니라 친구라는 생각이 들어서는 무슨. 리틀 달시에겐 잠깐도 없는데.

젠은 앞 유리창 너머에 있는 소년을 자세히 보려고 조수석 쪽으로 몸을 기울였다. 그러나 쓰고 있는 캡 때문에 눈코 입 어느 것 하나 제대로 보이지 않았다. 젠은 애가 탔다.

'모자 좀 벗어봐. 그 잘난 얼굴을 내게도 보여달라고.'

마음의 소리를 들었는지 한스가 모자를 벗었다. 큰 눈에 동글동글 유해 보이는 인상이 토끼를 연상시켰다. 한스 자체로는 충분히 매력적이었지만 마릿의 남자 친구로는 실망스러웠다. 마릿이라면 날카롭고 가죽 냄새가 나는 남자를 고를 것 같았기 때문이었다. 그녀가 유일하게 좋아하는 배우 이미지가 그래서 은연중에 그런 생각을 해왔었다. 그 순간 난데없이 조수석 창문이 열렸다. 마릿이 키 리모컨을 사용해 창문을 열었다. 무방비로 있었던 젠은 화들짝 놀라며 조수석에서 떨어졌다.

"네가 젠이구나, 맞지? 이야기 많이 들었어."

한스가 알은체하며 젠에게 손을 흔들었다. 방긋 웃으니 더 토끼 같았다. 젠은 머릿속이 복잡했다. 그가 반갑게 구는 의도를 모르겠고, 자신에 대해 무슨 이야기를 들었는지 알 수 없어서 어떻게 반응해야 좋을지 판단이 서지 않았다. 그래서 젠은 경계하는 눈빛을 보내며 고개를 까딱였다.

한스는 다음에 또 보자는 말을 남기고 자신의 차로 향했다. 이대로 헤어지기 아쉬운지 마릿이 따라갔다. 두 사람은 그의 차 앞에서도 양손을 마주 잡고 한참 동안 시시덕거렸다. 말리지 않으면 저대로 날을 지새울 것 같았다.

"매번 저랬니?"

젠의 빈정거림에 칼이 고개를 끄덕였다. 붉게 상기된 마릿의 얼굴을 보면 한스와의 만남이 여기까지 온 진짜 목적인 듯했다. 루비가 알면 뒤로 넘어갈 일이었다. 루비는 이른 이성 교제를 반대했다. 그녀의 기준에서 이성을 만날 수 있는 시기는 이십대부터였다. 그녀는 적어도 이십대는 되어야 좋은 남자를 고를 수 있는 눈이 생긴다고 믿었다. 그래서 사랑하는 손녀가 그 전에는 남자를 몰랐으면 했다. 이렇게 빨리 눈을 뜰 줄 모르고 말이다.

❧

집으로 돌아온 젠은 욕조에 뜨거운 물을 받아 몸을 담갔다. 루비 없이 처음 하는 외출로 잔뜩 긴장한 근육에 훈김을 쐬자 부드럽게 풀어졌다. 뇌도 쉬어야 해서 처음 이십 분 동안에는 샴푸 통만 바라보며 멍하니 있었다. 덕분에 약간씩 어긋나 있던 뇌세포들이 제자리를 찾아갔다.

젠은 두 손을 오목하게 모아 물을 담은 뒤 얼굴에 끼얹었다. 한 번. 두 번. 세 번. 그다음 오늘 일을 되짚었다. 밖에 나가 있는 동안 칼에게는 아무 일도 일어나지 않았다. 계속 운전석만 지키고 있었던 걸 보면 진짜로 운전할 사람이 필요해서 데려간 것이다. 그렇다면 그에게 피해를 주는 건 아니니 별장에서 무슨 일을 하든지 간에 신경 쓰지 않아도 될 것 같았다. 물론 관찰 한 번으로 섣부르게 결론을 내리지는 않을 거다.

'처음 왔다니까 하는 말인데 다신 오지 마. 식중독에라
도 일부러 걸려서 오지 않는 게 너한테도 좋을 거야.'

란에게서 들은 말도 심상치 않았으니 신중해야 했다.

"나쁜 자식. 무슨 일이 있었는지 말해주면 좀 좋아."

젠은 입 다물고 있는 칼에게 부아가 났다. 칼을 힘들게
한 일이 별장과 관계가 없다면 시간만 낭비하는(나무를 본
건 좋았지만) 꼴이 된다. 이제라도 화살 끝을 다시 페리에게
로 돌려야 하는 건 아닐까. 칼을 폭행한 이력으로 보면 아
무래도 그게 맞는 것 같은데.

그녀의 머릿속은 금세 목욕하기 전과 똑같아졌다. 엉망
으로 뒤엉킨 실뭉치처럼 많은 의문이 답을 찾지 못한 채로
엉켜 있었다. 젠은 이 순간만이라도 거기에서 벗어나고 싶
었다. 그녀는 몸에서 힘을 빼고 머리끝까지 물속으로 미끄
러져 들어갔다.

목욕을 끝내고 방으로 돌아온 젠은 단번에 달라진 점을
찾았다. 목욕하는 사이에 루비가 다녀간 것이다. 침대 옆
협탁에 손바닥보다 작은 접시가 놓여 있었다. 주로 사탕을
담아 내오는 접시였는데 때로는 이렇게 알약을 담기도 했
다.

젠은 루비에게 고마운 마음을 전하며 알약을 입에 넣고
삼켰다. 비타민제를 보니 닐이 걱정됐다. 오늘 닐은 무사했

을까. 들키지 않고 약을 숨겼을지 아니면 또 겁을 먹고서 독이 든 약을 삼켰을지 너무 궁금했다. 젠은 무릎을 꿇고서 인간들이 믿는 신에게 빌었다.

“알아요. 당신은 우리 기도를 들어주지 않는다는 거. 그래도 해야겠어요. 하다 보면 언젠가 들어주겠죠. 닐이 더는 아프지 않게 해주세요. 제발, 닐의 실버가 마음을 바꿀 수 있게 해주세요. 닐은, 우리는 잘못한 게 없잖아요.”

드러난 비밀

또다시 일주일이 흘렀다. 젠은 별 무리 없이 죽은 숲에 도착했다. 저번처럼 젠을 포함한 인형들은 차에 남아 기다렸고, 마릿과 친구들은 별장으로 들어갔다. 이번에는 차가 일곱 대였다. 칼이 말하길 이 일곱 대가 최대였고, 때마다 다르지만 평균적으로 다섯 대는 온다고 했다.

젠은 얌전히 뒷좌석에 앉아서 기회가 오기를 기다렸다. 이번에는 반드시 별장 안을 훔쳐봐야 했다. 기회는 생각보다 빨리 왔다. 전날 페리를 따라서 파티에 다녀왔다던 칼은 피곤한지 운전대에 얼굴을 묻고 졸았다. 화장실에 가는 척하며 돌아다녀보니 나머지 애들도 다양한 자세로 잠을 청하고 있었다.

젠은 이때다 싶어 망설이지 않고 별장 근처로 다가갔다. 그러나 창문마다 검은 천으로 막혀 있어서 안을 들여다볼 수 없었다.

젠은 발소리를 죽여가며 반대편으로 돌아갔다. 반대편에는 화재가 만들어낸 잔해가 곳곳에 남아 있어서 장애물을 피해야 하는 게임 속 주인공처럼 조심조심 움직여야 했다. 실망스럽게도 첫 번째 창문은 다른 곳과 같았다. 어떻게든 안을 보려 했으나 창문의 수비가 막강했다.

다음 창은 유리가 반 이상 깨져 있었다. 역시나 검은색 천으로 막혀 있었는데, 다행히 바람이 불 때마다 천이 펄럭이며 좁은 틈을 만들어냈다. 젠은 그 틈을 통해 안쪽을 보려고 눈을 가늘게 떴다. 그러나 너무 좁은 데다 실내 또한 어두워서 뭐가 뭔지 구분되지 않았다.

'바람이 지금보다 세게 불면 좋을 텐데.'

젠은 아쉬운 마음에 입술을 잔뜩 오므리고 천에다 입바람을 불어넣었다. 그러나 검은 천은 미동도 하지 않았다. 포기하고 다른 곳을 살펴보려는데 천 너머에서 어떤 소리가 들렸다. 젠은 숨을 죽이고 귀를 쫑긋 세워 소리에 집중했다. 희미하지만 분명 뭔가가 낑낑대고 있었다.

'동물인가.'

눈을 감고 들어보니 동물이 맞는 듯했다. 마릿과 친구들이 어디선가 야생동물을 주워 와 공동으로 육아하는 것 같았다. 잠시 후 낑낑대는 소리가 커졌다. 이어 플라스틱 같은 게 달그락대는 소리가 요란하게 나더니 입이 막힌 사람에게서나 들을 수 있는 기분 나쁜 신음이 흘러나왔다.

'설마 안에 있는 게 사람이야?'

더는 바람이 불지 않았다. 입으로 만든 바람은 소용이 없으니 소리의 정체를 확인할 수 있는 길은 하나뿐이었다. 젠은 검은 천을 향해 손을 뻗었다. 아주 살짝만 열어볼 생각이었다.

그때 뻑뻑하게 열리는 문소리와 발소리가 들렸다. 소리만으로 유추해보자면 동물인지 사람인지가 따로 방에 묶여 있었고, 방금 마릿 일행 중 한 명이 들어왔다. 발소리가 내는 무게감으로 봤을 때 여자보다 남자에 가까웠다. 그걸 증명하려는 듯 상대방이 외쳤다.

"얘들아, 어서 이리 와. 깼다."

남자가 일행을 부르자 다양한 발소리가 앞다투어 몰려들었다. 동시에 서로 다른 높낮이로 키득대는 웃음소리가 공간을 채웠다. 사람으로 짐작되는 것이 겁을 먹었는지 비명을 내질렀다.

"안 잡아먹으니까 조용히 해. 부탁이야."

귀에 편안하게 꽂히는 목소리는 어디선가 들어본 목소리였다. 최근에 들어본 것 같은데 생각날 듯 생각나지 않았다.

"여긴 너무 좁아. 거실로 나가자."

이번에는 여자가 가늘고 쉰 목소리로 말했다. 확실히 마릿은 아니었다. 그녀 말대로 하려는지 안에서 부산스럽게 움직이더니 입이 막힌 어떤 것의 비명을 끝으로 조용해졌다.

'거실이 보이는 창문은 어디지.'

내부 구조를 몰라 갑갑했다. 그래도 소리를 통해 찾을 수 있을 것 같아서 창문마다 귀를 기울였다. 젠은 오른쪽 측면에 있는 창문을 통해 그들의 소리를 감지했다. 이번에는 깨진 곳이 없어서 엿들으려면 초인적인 힘을 발휘해야만 했다.

탁한 목소리가 답답하다며 창문에 걸린 천을 걷자고 말했다. 딱히 반대하는 사람이 없어서 누군가 창문 쪽으로 걸어왔다. 젠은 재빨리 별장 뒤편과 연결된 모퉁이를 돌아 몸을 숨겼다.

속으로 삼십 초를 센 뒤 낮은 걸음으로 다시 모퉁이를 돌았다. 고맙게도 창문은 시원하게 열려 있었다. 젠은 몸을 낮춘 엉거주춤한 자세로 별장 안을 살폈다. 꽤 넓은 거실 중앙에 손이 묶인 아이가 있었고, 주변에 마릿 일행이 있었다. 마릿은 남자 친구인 한스 옆에 달라붙어 있었다. 똥 머리를 한 소녀가 가늘고 쉰 목소리로 말했다.

"윽. 냄새가 심하다. 좀 씻기지 그랬어."

194

그녀는 손이 묶인 아이 곁에서 물러나며 코를 잡았다. 그 말에 자세히 보니 아이는 외관이 더러웠다. 어깨까지 기른 머리는 땀과 기름으로 심하게 엉겨 붙어 있었고, 얼굴에는 때 구정물이 흘렀다. 옷도 세탁한 지 오래됐는지 여러 가지 얼룩으로 오염되어 있었다. 나이대는 닐보다 한두 살 많아 보였는데 영락없이 거리에 사는 부랑자의 모습이었다.

'저 애는 버림받은 인형이 분명해. 대체 뭘 하려는 거지.'

손을 묶고 입에 재갈을 물린 것을 보니 단순히 돌봐주거나 선한 의도로 데려온 건 아니었다. 그럼 뭘까. 설마. 설마.

'에이. 아니야, 아닐 거야.'

젠은 머릿속에 스치듯 지나간 생각을 부정했다. 모인 아이들이 불량해 보여도 마릿의 친구들이었다. 그들이 나쁜 짓을 한다면 남의 아이스크림을 바닥에 떨어뜨리거나 노골적으로 무시하거나 눈빛으로 자존감을 깎아내리는 정도일 것이다. 그래. 그 정도가 어울리는 아이들이었다. 마릿과 마릿의 친구들이었으니까.

"먼저 하나씩 가져가. 설명은 그다음에 할게."

오늘 처음 본 소녀가 아이들에게 뭔가를 나눠 줬다. 소녀는 가냘픈 몸매에 맑은 인상을 지녔다. 젠이 상상했던 숲 속 요정과 상당히 흡사한 외모였다. 그런 소녀가 나눠 준 건 천으로 만든 주머니였다. 제법 묵직해 보여서 젠의 가슴이 불안하게 두근거렸다.

"에이, 공? 딱딱하지도 않네?"

탁한 목소리의 소년이 공을 꺼내 살펴보는 동안 소녀는 묶인 아이를 반대편 벽 앞으로 데려갔다. 소녀가 귀에 대고 속삭이자 아이가 알아들었다는 듯이 천천히 고개를 끄덕였다. 그러자 소녀가 아이의 묶인 손을 풀어줬고, 히죽거리며 친구들 곁으로 돌아왔다.

"공놀이는 저번에도 했잖아. 이미 해본 것은 시시하다고 누가 그랬더라?"

"맞아. 똑같은 걸 가져오는 사람은 상상력이 없는 단세포에다가 생각하기 싫어하는 게으름뱅이라고 욕했잖아."

"바로 네가 그랬다고요, 공주님아!"

공이 마음에 안 드는지 아이들이 저마다 한마디씩 했다. 소녀는 즉각 반응하지 않고 원성이 잦아들 때까지 기다렸다가 입을 열었다.

"단순한 공일 때야 그렇지. 이건 염료 공이야. 던지면 터져. 그러니까 이걸 던져서 저 애를 맞히면 되는 거야. 많이 맞히는 쪽이 오늘의 승리자인 거지. 누가 맞혔는지 구분하기 쉽도록 각자 다른 색을 넣었어."

"그래도 별로인데?"

"정말 그럴까? 안 지워지는 염료인데도?"

"와, 잔인하다. 부랑자한테 색이라니."

이제 만족스러운지 계속 시비를 걸던 탁한 목소리의 소년이 휘파람을 불었다. 표정이 한결 밝아진 아이들이 앞다투어 서로의 공 색깔을 확인했다. 그중 두 사람에게 시선이 쏠렸다. 그들의 공은 파란색과 붉은색이었다. 가장 강력하고 위험한 색. 그래서 다른 색을 뽑은 나머지 아이들이 몹시 아쉬워했다.

"세기의 라이벌이 또 붙었네. 어떻게 둘이서 파란색과 붉은색을 사이좋게 나눠 갖냐? 로진느, 네가 설계한 거지? 승부욕에 불타 죽으라고?"

키가 큰 소년이 한 말에 소녀가 미소를 띠었다.

"만약 저 애가 가여우면 얼굴은 피해서 던져. 다른 곳은 옷으로 가릴 수 있지만 얼굴은 아니잖아? 순서는 지난번에 꼴찌 한 사람부터 하자. 나는 참석 못 했으니까 마지막에 할게. 불만 없지?"

"하. 공 던지기라면 나인데. 이건 쉬워도 너무 쉽다."

첫 번째로 공을 잡은 건 가장 키가 크고 덩치가 다부진 소년이었다. 그는 공을 위로 높이 던졌다가 받으면서 보는 사람까지 긴장하게 했다.

"얘들아, 잘 봐둬. 공은 이렇게 던지는 거야."

그가 가운데로 오자 아이들이 양옆으로 갈라섰다. 그는

거들먹거리면서 팔과 어깨를 돌렸다. 스트레칭을 충분히 한 뒤 두 손을 얼굴 높이에서 모았다. 뭘 하려나 싶은 순간, 왼발을 들었다가 앞으로 뻗었다. 동시에 뒤로 뺀 손도 다시 앞으로 뻗으며 공을 던졌다. 젠은 소년이 흉내 내는 동작이 낯설지 않았다. 지금은 사라진 옛 놀이에 대해서 배운 적이 있었는데 그때 본 것 같았다. 그의 동작은 그럴듯했지만 실력은 아니었다. 힘을 제대로 싣지 않았는지 공은 부랑자 아이에게 가 닿지 못했다. 아슬아슬하게 발밑에 떨어져서 저리로 또르르 굴러갔다. 당연히 염료가 터지지도 않았다.

"봐준 거다. 다들 알지? 첫판부터 제대로 맞히면 재미없잖아."

"뭐래, 진짜. 넌 저번에도 그랬거든? 말만 번드르르하고. 덩칫값 좀 해라."

두 번째 순서인 똥 머리 소녀가 나서며 빈정거렸다. 몸집이 가장 작아서 가장 큰 소년과 충돌하면 위험할 것 같은데 개의치 않고 계속 놀려댔다. 다들 아이들은 낄낄대며 웃었다. 그 속에서 부랑자 아이는 동요하지 않고 가만히 공만 바라봤다. 여기에 왜 와 있는지, 그들이 나한테 왜 이러는지 곱씹어보는 얼굴이었다.

"잠깐, 내가 이 말을 안 했구나? 애, 거기 그려놓은 선 안에서 자유롭게 움직여. 공을 피해서 말이야. 마지막까지 하나도 안 맞으면 큰 상을 줄게. 너희, 이것도 내 게임의 룰이니 토 달지 마."

상이란 단어가 부랑자 아이에게 생기를 불어넣었다. 이제는 아이에게도 게임에 적극적으로 임해야 할 이유가 생겼다. 입에는 여전히 재갈이 물려 있는 데다 여기로 끌려온 게 억울하겠지만 뭔지 모를 상이 달콤해서 당장은 아이들이 시키는 대로 해야 했다. 젠이라도 그랬을 것이다.

"그래. 움직이지 않는 표적보다 움직이는 표적을 맞히는 게 훨씬 재밌지."

똥 머리 소녀가 힘껏 팔을 휘둘렀다. 소녀는 첫판부터 최선을 다할 모양이었다. 그러나 공은 하늘 높이 떴다가 그대로 툭 떨어졌다. 공 하나 제대로 못 던지냐며 아이들이 한 목소리로 비웃었다. 소녀가 온몸으로 신경질을 내면서 부랑자 아이가 있는 곳까지 다가갔다가 되돌아왔다. 거리를 가늠해보는 듯했다.

"치사한 놈들. 나는 앞에서 던지게 해줘야지. 그게 공평하잖아."

"맞네. 우리가 잘못했네. 팔다리가 짧은 너를 배려하지 못했으니까. 그럼 다음 판부터는 세 발자국 정도 앞에서 던져. 알겠지, 말로리나?"

"뭐, 짧? 야!"

똥 머리 소녀는 자신을 놀리는 키 큰 소년에게 화를 내며 매달렸다. 시종일관 으르렁대는 걸 보니 둘은 무리 내에서 원수인 듯했다.

"저쪽 가서 싸워. 내 차례니까 방해하지 말라고."

머리에 젤을 듬뿍 바른 소년이 소파에서 일어났다. 생김새와 껄렁껄렁한 태도 때문에 상당히 불량해 보였다. 소년은 준비 운동을 생략하고 빠르게 공을 던졌다. 부랑자 아이는 나중에 받을 상을 생각하며 몸을 움직였지만 굼떠서 공에 맞았다. 그러나 터지지 않았다. 아이한테는 잘된 일이었지만 소년에게는 아니라 탁한 목소리로 툴툴거렸다. 그 순간 게임을 준비한 소녀의 표정이 싸늘해졌다. 소녀가 내는 냉기는 마릿과 비교도 안 됐다. 소녀는 가녀린 요정이자 사악한 요정이었다.

"테드. 네가 못한 걸 공 탓으로 돌리지 마. 다음에는 지금보다 더 세게 던져. 그래도 안 터지면 그땐 공 탓을 해도 돼. 알겠지? 자, 다음은 지난번에 공동 우승자였던 케일럽하고 한스지? 둘 중 누가 먼저 할래?"

"공동 우승이었으니 같이 해야지. 역순으로 하기로 한 상황에서 먼저 하면 왠지 진 것 같잖아."

질문에 먼저 반응한 건 안경을 쓴 소년이었다. 요새는 안경이 필수 소비재가 아니었다. 태어나자마자 시력 교정

술을 받으니 따로 필요가 없었다. 그렇다고 소비가 아예 안 되는 것은 아니었는데, 구하기 힘들고 비싸서 돈 많은 사람들이 과시용으로 이용했다.

"너도 그렇게 생각해, 한스?"

대답이 마음에 안 들었는지 아니면 단순히 의견을 묻는 건지 소녀가 한스에게 되물었다.

"난 상관없어. 동시에 던지면 서로 방해만 될 테니 내가 먼저 할게."

결과적으로 두 사람 모두 실패했다. 마지막 소녀의 공까지 빗나가자 부랑자 아이는 어떤 색깔도 입지 않았다. 색이 없는 아이는 그들의 승부욕을 더 자극했다. 허공에서 얽히는 눈빛들이 심상치 않았다.

'제발. 제발. 제발.'

젠은 기도했다. 이번에도 아이가 무사하기를. 아무 색도 입지 않기를.

두 번째 게임이 시작됐다. 첫 번째 주자는 더 이상 장난치지 않겠다는 듯이 공에 제대로 힘을 실었다. 머리 위로 곧장 날아간 공이, 퍽. 굉음을 내며 벽에 부딪혔다. 동시에 안에 든 염료가 터졌다. 노란색 염료는 벽을 타고 주르륵 흘러내렸지만 희한하게도 아이에게는 묻지 않았다.

소년의 실패에 다른 아이들이 좋아하며 박수를 쳤다. 키 큰 소년은 황당해하며 노란색 벽을 쳐다보다가 똥 머리 소녀에 의해 물러났다. 실패의 기운은 다음, 그다음 순서까지 뻗어나갔다.

한스가 시작점에 섰다. 허무하게 기회를 날린 아이들은 한스를 포함한 남은 아이들도 실패하기를 바라며 두 손을 모았다. 젠도 그들과 같은 마음이었으니, 한스의 성공을 바라는 이는 마릿뿐이었다. 한스가 던진 공은 빠르고 정확하게 반대편으로 날아갔다. 이번에는 틀림없이 맞겠다 싶었는데 아이가 순발력을 발휘해서 주저앉았다. 노란색 기둥 옆에 붉은색 기둥이 생겼다.

"운이 좋네."

"피하는 실력이 좋은 거겠지. 아니면 네 팔근육이 형편없거나."

한스가 혼잣말처럼 내뱉은 말에 안경 소년이 비난하듯 쏘아붙였다. 평소에도 감정이 좋지 않은 건지, 지난번에 공동 우승을 해서 그런 건지 몰라도 한스에게 유독 까칠하게 굴었다.

어느새 두 번째 게임에 이어 세 번째 게임까지 끝났다. 노란색과 오렌지색 공이 각각 한 번씩 아이를 맞혔다. 요정 소녀가 성공한 것을 소년들이 못하고 있으니 다들 자존심이 제대로 상했다. 부랑자 아이는 영리했다. 공을 피할 수 없을 것 같으면 몸을 틀어서 맨살을 최소화했다. 그래서 노란색과 오렌지색은 아이의 등과 엉덩이 부분에만 묻었다. 그 옷을 벗으면 아이는 색깔이 없었다.

"야, 내 공에 맞으면 일주일 치 식량을 줄게. 손해 보는 장사는 아니지?"

갑자기 네 번째 게임에서 탁한 목소리가 제안했다. 그가 총 일곱 번 진행하는 게임에서 우승하려면 남은 기회를 모두 성공해야 했다. 물론 이미 한 번씩 성공한 두 명이 있어서 그들 역시 모두 성공하면 우승할 수 없지만, 모두 성공한다는 보장이 없으니 그가 우승할 수도 있었다. 남은 네 번을 모두 성공했을 때 말이다. 그러니 어떡해서든 기회를 붙잡아야 했다. 그리고 회유는 룰에 어긋나지 않았다.

"잠깐. 그거 반칙인데? 맞지, 로진느?"

똥 머리 소녀가 따졌다. 게임을 준비한 소녀를 자신의 편으로 끌어들여서 탁한 목소리의 소년을 뭉개버리려고 했다. 그러나 요정 소녀는 조용히 관망했다. 원하는 대로 되지 않자 똥 머리 소녀는 다른 사람을 붙잡았다.

"니알, 네가 말해봐. 넌 어떻게 생각해?"

"나? 난…… 난쟁이 똥자루 네 말에 손. 둘 다 싫지만 테드가 더 싫거든. 테드, 넌 반칙했으니까 저쪽으로 찌그러져 있어.”

“뭐야?”

세 사람이 뒤엉켰다. 몸싸움은 크게 일어나지 않았지만 유치하게 서로를 비방했다. 젠은 이들을 보며 이름을 되짚어봤다. 키가 가장 큰 소년이 니알, 탁한 목소리는 테드, 똥머리가 말로리나, 안경 소년이 케일럽, 요정 미모는 로진느 그리고 마릿의 남자 친구 한스.

“테드가 게임을 더 재밌게 만들었네. 우리, 룰을 추가하자. 저 애가 공에 맞을 수 있게 모두 상을 하나씩 거는 거야. 난 염료를 지울 수 있는 리무버를 걸 거야. 단, 공을 모두 피해야 해. 애, 너도 들었지? 리무버를 받고 싶다면 이제부터는 무조건 피해. 거기, 목 뒤에 묻은 색깔을 지워야 하잖아, 길바닥에서 처맞기 싫으면.”

이대로라면 부랑자 아이는 식량과 리무버를 놓고 고민해야 했다. 굶주림과 폭력 중 어느 것이 더 끔찍할까. 젠은 자신이라면 고민 없이 리무버를 택하겠다고 생각했다. 루비의 보살핌으로 굶어본 적이 없으니 그 고통을 몰라서 쉽게 생각한 것일 수도 있었다. 구석에 웅크린 채로 눈만 깜빡이고 있는 아이는 며칠을 굶었는지 삐쩍 말랐다. 그런 아이라면 식량 쪽이 더 유혹적일 것이다. 하지만 몸에 색깔이 있으면 거리에서 버티는 게 힘들 텐데…… 괜찮을까.

"로진느, 이건 네 게임이잖아. 네가 주도해야지 왜 한스가 멋대로 하게 내버려두는 거야?"

모두가 찬성하는 게임 룰을 케일럽은 반대했다. 말하는 투로 봐서는 그걸 제안한 사람이 한스라서 내키지 않은 듯했다.

"됐어. 어쨌든 게임이 더 재밌어졌잖아? 테드, 너부터 다시 해."

로진느가 괜찮다고 하자 케일럽은 순순히 물러났다. 젠은 내심 그들이 크게 싸워서 게임이 중단되기를 바랐지만 안타깝게도 그런 일은 일어나지 않았다.

보라색 염료가 든 공이 아이에게 날아갔다. 모두 숨을 죽이고 아이의 선택을 기다렸다.

식량 – 리무버

식량 – 리무버

식량 – 리무버

퍼억. 공이 아이의 얼굴을 때리고 터졌다. 다행히 아이가 두 팔로 얼굴을 감싸서 보라색은 머리카락과 손만 물들였다. 아이는 식량을 선택해서 테드를 기쁘게 했다. 당연히 달갑지 않아 하는 사람도 있었다.

"맞았네. 염료 리무버는 필요 없다 이거지? 게임이 다시 시시해져버렸어."

"나도 리무버를 걸게. 조건은 한스하고 똑같아."

로진느는 우승보다 게임의 재미에 중점을 뒀다. 나머지는 우승자가 되려고 더 많은 식량을 걸었다. 그래서 게임은 자연스레 4 대 2로 편이 나뉘어서 진행됐다.

부랑자 아이는 이미 확보한 식량만으로도 충분했는지 몸을 움직였다. 공을 맞지 않아야 리무버를 얻을 수 있고, 그 리무버로 몸에 묻은 색을 지울 수 있으니 필사적이었다. 코너에 몰린 쥐라면 고양이를 뜯어 먹을 수 있다는 옛말처럼 아이는 못된 손주들을 차례대로 무너뜨렸다.

'잘한다. 계속 그렇게만 해. 이제 세 개밖에 안 남았어.'

젠은 조용히 아이를 응원했다. 마음으로 아이의 기운이 떨어지지 않게 환호성을 내질렀다.

"잠깐만. 마릿, 이리 와."

한스는 자신의 마지막 공을 마릿에게 넘겼다. 그때까지 마릿은 한쪽에 서서 한스를 응원할 뿐, 게임에 참여하지 않았다. 젠과 같은 구경꾼이었다.

"이건 네가 던져. 언제까지 구경만 하고 있을 순 없잖아?"

"한스 말이 맞아. 한번 던져봐. 재밌어."

말로리나가 마릿에게 애교 담긴 눈짓을 보냈다. 어서 던지라고, 너도 이 구렁텅이로 들어오라고 재촉했다. 그러나 마릿은 공을 잡은 채 주저했다. 아이들 말대로 그냥 공일 뿐인데 던지지 못했다.

"어차피 쟤가 알아서 잘 피할 텐데 뭐가 문제야?"

마릿은 색깔이 부랑자를 어떤 고통 속으로 밀어 넣을지 알고 있었다. 물론 다른 아이들도 알았다. 그러나 그것은 부랑자의 사정이지 자신들의 책임이 아니었다. 그들과 달리 마릿은 책임감을 느꼈고, 자신까지 보태고 싶지 않았다. 그런 마음이 젠에게는 읽혔다. 마릿은 나쁜 아이가 아니었으니까. 제멋대로에다 인형을 무시하지만 남을 해할 만큼 잔혹하지는 않았으니까.

"마릿? 정말 안 할 거야? 다들 기다리잖아."

모두가 한마음으로 떠미는 분위기에 압도당한 마릿이 시작점에 섰다. 그러자 로진느가 웃음을 참으며 마릿을 앞으로 끌고 갔다. 마릿과 부랑자 아이의 거리가 가까워졌다. 거기서라면 아이가 아무리 피해도 맞힐 수 있을 것 같았다. 마릿은 공을 한 번 보고, 아이를 한 번 쳐다봤다. 한스 대신이니 일부러 안 맞혀도 상관없을 것 같았다. 마침내 결심이 선 마릿이 공을 던지려는데 갑자기 한스가 끼어들었다. 한스는 마릿에게 속삭였다. 둘만의 은밀한 대화는 들리지 않았다. 그러나 좋은 이야기는 아닌 듯했다. 한스가 비켜서자 마릿은 얼굴이 하얗게 질린 채로 공에 온 힘을 실었으니까.

'마릿!'

하마터면 젠은 소리를 지를 뻔했다. 루비의 똑똑하고 잘난 마릿이 멍청한 아이들의 부추김에 넘어가다니 한심해서 참을 수가 없었다. 젠은 이 감정을 어딘가로 발산하지 않으면 마릿의 이름을 부를 것 같아서 창틀 옆을 붙잡은 손에 힘을 꽉 줬다.

"오호, 뭐지? 여태 이런 재능을 숨기고 있었던 거야? 대단해."

아이의 오른쪽 볼이 붉어지는 것을 보며 니알이 발을 굴렀다. 이것으로 아이는 리무버를 받을 수 없게 됐다. 아이는 자신의 볼과 귀에서 뚝뚝 떨어지는 붉은 염료를 보고 넋을 놓았다. 다른 색도 아닌 붉은색이, 저항과 투쟁을 상징하는 색이 자신의 얼굴을 덮쳤으니 그대로 숨이 멎어도 이상할 게 없었다. 그리고 그건 피처럼 보이기도 해서 보는 이의 가슴까지 놀라게 했다.

"야, 너 이제 큰일 났다. 그 꼴로 거리 생활을 어떻게 할래? 거리에서 괴롭힘을 당하느니 그냥 앞으로도 쭉 우리랑 노는 게 더 낫지 않겠어? 적어도 우리는 대가를 지불하잖아."

"난 찬성. 쟤 마음에 들어. 앙상한 다리가 마음에 들어. 작은 발이 귀엽기도 하고."

"말로리나, 너는 변태 기질이 있어. 알지?"

아이들은 자기들끼리 신나서 이러쿵저러쿵 떠들었다. 부랑자 아이의 의견은 고려 대상이 아니었다. 마릿은 불편한지 뚱한 얼굴로 있다가 한스가 어깨에 팔을 두르자 서서히 풀어졌다.

'놀고들 있다, 진짜.'

젠은 분노가 솟구쳤다. 할 수만 있다면 흰색 염료를 저들에게 던지고 싶었다. 머리부터 발끝까지 흰색으로 뒤덮인 저 아이들을 그들의 학교에 몰아놓고 비웃음거리로 만들고 싶었다.

"근데 얘들아. 우리, 다른 게임을 하나 더 해야 할 것 같은데? 이대로 끝내면 우승자가 너무 많아. 재미없게."

잠깐이었지만 로진느의 눈빛이 사나워졌다. 로진느의 말처럼 부랑자 아이가 노란색, 오렌지색, 보라색, 붉은색을 입었으니 게임의 우승자는 네 명이나 됐다. 공동 우승자로 두 명은 괜찮지만 네 명은 많았다. 젠이 보기에도 그랬다. 그러나 젠은 다른 아이들이 동의하지 않기를 바랐다. 한 사람이라도 동의하는 순간, 게임은 원점으로 돌아갈 테니까.

"그래? 잘됐다. 쟤 귀여워서 더 놀고 싶었는데. 뭔데? 이번에는 뭐 하고 놀 건데? 또 준비해 온 게임이 있어?"

끝나지 않은 게임에 가장 신나 보이는 건 말로리나였다. 다른 아이들은 조용히 고개만 끄덕거렸지만, 곧바로 몸을 풀며 다음 게임을 준비했다.

로진느는 염료 공 주머니가 들어 있었던 가방을 뒤져 작은 상자를 꺼냈다. 손바닥보다 약간 큰 상자라 젠은 안에 든 게 무엇인지 짐작도 할 수 없었다. 몸을 숨긴 자리에서는 보이지도 않으니 로진느가 꺼내 보일 때까지 기다려야 했다. 젠은 기도했다. 부디 별것 아니기를. 염료 공보다 약한 것이기를. 겁에 질린 저 불쌍한 아이를 구원해줄 물건이기를. 제발. 제발. 제발.

"이번 건 아주 쉬워. 그냥 이걸로 찌르면 돼. 단, 저 애 입에서 비명이 터져서는 안 돼. 비명이 나오는 순간, 그 사람이 지는 거야. 찌르는 횟수는 한 번을 시작으로 한 바퀴를 돌 때마다 한 번씩 늘어날 거야. 질문 있는 사람?"

아이들은 조용했다. 이미 로진느가 나눠 준 것에 정신이 팔려 있었다.

"얘, 이번에도 잘 부탁해. 아까처럼 재미있게 해줘. 할 수 있지?"

로진느가 부랑자 아이를 의자에 앉히며 싱긋 웃었다. 다른 상황에서 봤다면 누구든지 한눈에 반할 만한 모습이었다. 문득 젠은 그런 생각이 들었다. 저 모습으로 불쌍한 아이를 유혹했을까. 저런 모습을 보고서 아이가 마음을 놓고 여기까지 따라온 게 아니었을까.

'로진느, 넌 정말 최악이야.'

"자, 순서는 아까하고 똑같아. 니알 먼저."

로진느가 이름을 부르자 니알이 자신만만한 표정으로 아이 앞에 섰다.

"이 게임이 비명 지르기라면 지금 끝낼 수 있는데 아깝다. 내가 살살할게. 그러니 너도 최선을 다해서 쉿! 조용히 해야 해. 믿는다?"

니알이 부랑자 아이 얼굴 쪽으로 손을 뻗었다. 그러자 손에 든 것이 반짝거렸다. 젠은 니알의 큰 손에 가려진 게 무엇인지 보려고 눈을 떼지 않았다.

뾰족하고 긴, 금속성 물체.

'저거 바늘이야? 에이, 설마.'

젠은 재빨리 다른 아이들 손을 살폈다. 그러나 아이들은 자신의 무기를 감추고 있었다.

'그래, 내가 잘못본 걸 거야. 아무리 그래도 바늘을…….
바늘로 찔러?'

바로 그 순간, 니알이 바늘로 아이의 손끝을 찔렀다. 아이는 몸을 움찔거렸지만 소리를 내지는 않았다. 참는다기보다는 너무 겁을 먹어서 얼어붙은 것 같았다. 염료 공에 이어서 바늘 공격까지 받게 되었으니 무서운 게 당연했다.

다음 순서인 말로리나는 한 손으로는 바늘을, 다른 한 손으로는 자신의 코를 붙잡았다. 아이의 손등에 바늘을 찔러 넣으며 소리 지르지 말라고 외쳤는데, 코를 붙잡고 있어서 그런지 목소리가 이상했다.

"에이, 손끝하고 손등? 시시해. 모두 내가 어디에 놓는지 잘 보고 배우도록."

테드는 미리 생각해둔 곳으로 거침 없이 바늘을 찔러 넣었다. 그곳은 다름 아닌 인중이었다. 다른 곳보다 예민한 곳인지 아이는 눈물 맺힌 눈동자를 이리저리 굴리며 소리를 지르려고 했다. 당황한 테드가 두툼한 손으로 아이의 입을 막았다.

"테드, 뭐 하는 거야?"

"그건 반칙이지. 빨리 손 안 떼?"

"아니야, 아니야. 애는 소리를 지르려던 게 아니야. 그렇지?"

말로리나와 니알이 거칠게 항의하자 테드가 아이를 다그쳤다.

"야, 빨리 그렇다고 말 안 해? 아직은 소리를 지르지 않을 거라고 말하라고.”

“와, 테드. 반칙에 이어 협박까지 하는 거야? 대단하다, 진짜.”

“너 자꾸 더럽게 게임할 거야?”

“너희야 말로 자꾸 편 먹고 나 공격하지 마.”

세 사람은 아까처럼 또 뒤엉켰다. 이를 누구도 말리지 않았다. 외면하거나 흥미롭게 지켜볼 뿐, 섣불리 끼어들지 않았다. 그러나 쓸데없는 다툼이 길어지면서 본 게임이 지체되자 한스가 나섰다.

“그만해. 거기서 더 나가면 셋 다 빼버릴 거야.”

한스의 카리스마에 짓눌린 세 사람은 동시에 입을 다물었다. 그뿐만 아니라 부랑자 아이도 영향을 받아서 그 애는 옅은 숨소리조차 내지 않으려고 애썼다. 그러나 연속 네 번의 공격은 아이의 참을성을 무너뜨렸고, 이제는 바늘이 아닌 것에도 예민하게 반응할 것처럼 보였다. 다음 차례는 불리했다. 위기감을 느꼈는지 케일럽은 아이의 붉게 물든 한쪽 뺨을 부드러운 손길로 쓸어내렸다.

“쯧. 이거 내가 지워줄게. 그러니 내 차례는 조용히 지나가줘.”

아이는 리무버가 필요했다. 첫 번째 게임에서 리무버를 받지 못했으니 이번에는 반드시 받아야 했다. 어리고 약한 아이는 이미 몸과 마음이 너덜너덜해졌지만 자신이 살아나갈 수 있는 길을 필사적으로 붙잡았다. 케일럽에 이어 로진느, 그리고 다시 한 바퀴를 도는 동안 아이는 거친 호흡만 내뱉을 뿐 참으로 고요했다. 덕분에 아이는 많은 것을 챙겨 갈 수 있게 되었다. 리무버는 물론 식량과 옷, 심지어 돈까지 생겼다. 게임을 진행할수록 손해를 보는 건 부랑자 아이가 아니라 손주들이었다. 그건 게임의 목적에서 크게 벗어난 데다 즐거움마저 반감시켰다.

"이번 게임은 아예 보상을 못 걸게 해야 했어. 이게 뭐야, 재미없게."

테드가 가장 먼저 보상을 건 케일럽을 향해 눈을 흘겼다. 그 상대가 니알이나 말로리나였다면 날카롭게 받아쳤을 텐데, 케일럽은 가볍게 웃어넘겼다.

"그럼 다시 뺏자. 없었던 일로 치면 되지."

그 말을 듣자마자 부랑자 아이의 얼굴이 일그러졌다. 뾰족한 바늘이 온몸 구석구석을 찌를 때도 흐트러지지 않던 모습이 절망감에 무너져내렸다. 젠 역시 아이와 함께 절망했다. 고통과 맞바꾼 것들마저 손에 쥘 수 없다면 아이의 희생이 무의미했다.

"그건 안 돼. 애가 너무 불쌍해지잖아."

한스가 나서서 아이가 따낸 것들을 지켜줬다. 다른 아

214

이들은 게임이 시시해져버린 것만 신경 썼는데, 한스는 아이의 노력을 인정해줬다. 어쩌면 한스는 다르지 않을까. 젠은 첫 만남에서 다정히 자신의 이름을 불러주던 한스의 모습을 떠올렸다. 게다가 마릿이 좋아하는 사람이니 어쩌면…….

'정신 차려. 그새 잊었어? 저 자식은 마릿에게 염료 공을 쥐여줬다고.'

젠은 하마터면 무뎌질 뻔한 경계심을 다시 바짝 세우고 한스를 지켜봤다. 그새 한스는 걱정하지 말라면서 아이를 다독거렸다.

"근데 말이야. 네가 너무 잘해서 게임 룰을 바꿀 거야. 이제부턴 너의 그 귀여운 입에서 비명이 나오도록 하는 사람이 우승을 하게 될 거야. 사실 지금까지는 네가 비명을 지를까 봐 몸을 사렸어. 근데 룰이 바뀌면 그럴 필요가 없잖아. 안 그래, 애들아?"

그의 제안에 순식간에 분위기가 바뀌었다. 피비린내의 생기가 별장 안에서 꿈틀거리며 다시 몸집을 불렸다.

"애, 지금까지 너무 잘했어. 내가 본 애 중에 네가 최고야. 그리고 바뀐 룰은 너한테도 좋은 거야. 소리를 지르면 게임이 끝나니까. 근데 난 네가 조금 더 버텼으면 좋겠어. 그만큼 선물이 많아지니까. 어때, 욕심나지 않니? 내가 좋

은 거 많이 줄게. 버틸 수 있을 만큼 최대한 버텨봐. 알겠
지?”

젠틀한 말투와 젠틀한 미소. 그 속에 똬리를 틀고 앉아 있는 사악한 본 모습. 젠은 한스에게 잠깐이나마 호감을 느낀 자신을 꼬집었다. 그리고 그런 녀석에게 눈이 먼 마릿도 힘껏 꼬집어주고 싶었다.

결국 아이는 한스의 마수에 걸려들었다. 아이는 자신의 연약한 피부에 바늘이 닿을 때마다 몸부림치면서도 소리 내는 법을 잊은 사람처럼 굴었다. 실핏줄이 터진 눈에서는 눈물이 흘러내리지만 입은 끝까지 침묵했다. 아이들은 그 모습이 우습다며 낄낄거렸고, 젠은 더 이상 지켜볼 수 없어서 눈을 감았다. 그때였다.

“마릿, 너는 안 할 거야?”

로진느가 갑자기 마릿을 물고 늘어졌다. 염료 공을 던진 이후로 내내 한마디도 하지 않았던 마릿은 자신에게 집중되는 시선이 싫은지 뚱한 표정을 지었다.

“어서 해. 난 이번에도 네가 성공할 것 같은데?”

니알이 부추겼다. 다른 아이들도 내심 기대하는 눈치였다. 마릿이 머뭇거리자 로진느가 비꼬며 말했다.

“아아. 공은 되고 바늘은 안 되는 거야? 왜? 저 애를 괴롭히는 건 똑같은데 어째서 이건 하기 싫다는 거야, 응? 말해

봐.”

마릿은 상대방이 자신을 벼랑 끝으로 몰아세우는데도 빠져나오려고 하지 않았다. 젠이나 수에게 했던 것처럼 앙칼지게 받아치면 좋으련만 그저 한스만 쳐다봤다. 그에게 도움을 청하는 것 같았는데, 한스 역시 마릿을 쳐다만 볼 뿐 나서지 않았다. 두 사람은 대화를 하듯이 한동안 눈을 맞췄다. 마침내 한스가 한쪽 입꼬리를 살며시 올리며 대화가 끝났음을 모두에게 알렸다.

‘야, 너 뭐 하는 거야?’

젠은 믿을 수가 없었다. 마릿이 바늘을 들고 아이 앞에 섰다. 마릿은 중요한 물건을 고르듯 신중하게 바늘로 찌를 부위를 골랐다. 그녀가 바늘로 찌르자 아이의 어깨가 바르르 떨렸다. 비명을 지르지 않으려고 버티다가 혀를 깨물었는지 입술 사이로 선홍빛 피가 흘러내렸다.

젠은 뒷걸음질 쳤다. 빈속은 울렁거리고, 뜨거운 태양 아래에 오래 서 있었던 사람처럼 눈앞이 어지러웠다. 젠은 별장 벽에 의지해가며 걸음을 옮겼다. 차로 돌아온 젠은 차 밖으로 나와 서성이고 있던 칼과 만났다. 칼을 보자 마음이 놓여선지 겨우 붙들고 있던 정신이 빠져나갔다. 쓰러지려는 그녀를 칼이 달려와 품에 안았다.

힘없이 감겨 있던 젠의 눈꺼풀이 스르륵 열렸다. 오래 기절해 있었다고 생각했는데 현실의 시간은 십 분밖에 흐르지 않았다.

"젠, 어디 아픈 거야?"

시야가 뚜렷해지기도 전에 칼이 불쑥 나타났다. 그새 많이 걱정했는지 얼굴에는 수심이 가득했다. 남의 고통을 보고 즐거워하던 흉측한 얼굴들만 보다가 남의 고통을 걱정하고 제 것으로 받아들이는 그를 보니 모든 게 꿈처럼 느껴졌다. 젠은 문에 기대앉아 다리를 접고서 두 팔로 꼭 안았다.

"칼, 지금 별장 안에서 거리 생활을 하는 듯한 아이가 괴롭힘을 당하고 있어. 사람이 어떻게 저리 잔인할 수 있지?"

슬픔과 끔찍함에 목소리가 심하게 떨렸다. 이야기를 들은 칼이 놀라거나 분노할 줄 알았는데 그는 그저 태연한 표정으로 생수병 뚜껑을 따 건넸다. 젠은 물로 목만 살짝 축일 생각이었지만 가슴에 생긴 불덩이 때문인지 끊임없이 들어갔다. 생수 한 병을 다 비운 후에야 물어볼 수 있었다.

"너는 알고 있었니?"

어렴풋이 느낌이 왔다. 절대로 따라와선 안 된다고 했던 단호한 말투. 마릿 일행에게 관심을 보일 때마다 싸늘하게 쳐다보던 눈빛. 별장 쪽으로는 돌아보지도 않던 몸짓.

"너도 알고 있었던 거지?"

“목소리 낮춰. 애들 나올 때 됐으니까 모른 척하고 있으
라고.”

“하지만 칼.”

“이따 이야기해.”

칼의 잠작대로 마릿 일행은 금방 나왔다. 웃으며 떠드는
모습에는 조금 전에 봤던 잔혹성이 묻어 있지 않았다. 그들
을 보자 젠은 안전에 빨간불이 들어오면서 몸이 떨렸다. 그
들이 염료 공을 자신에게도 던질까 봐 두려웠다. 그들이 바
늘을 손에 쥐고 덤벼들까 봐 무서웠다. 그러나 아이가 무사
한지에 대한 궁금증이 무서움을 이겨서 숨지 않고 지켜봤다.

부랑자 아이는 마지막에 나오는 로진느 옆에 있었다. 담
요를 머리끝까지 뒤집어쓰고 있어서 상태가 어떤지는 확
인할 수 없었다. 아이는 다리를 절며 걸었는데 원래 그랬는
지 아니면 이번 일로 다친 건지 알 수 없었다.

‘로진느가 아이에게 상처를 치료할 연고를 주지는 않겠
지.’

친구들과 작별 인사를 마친 마릿이 차로 다가왔다. 젠은
그녀를 마주하는 게 고통스러워서 등받이 쪽에 얼굴을 묻
고 누웠다. 곧 차에 마릿의 무게가 실렸다.

“출발해.”

마릿의 목소리는 나른하게 풀려 있었다. 피곤한지 금세

고른 숨을 내쉬며 잠에 들었다. 젠은 머릿속에서 몇 번이나 마릿에게 따졌다. 그리고 그녀의 목을 졸랐다.

'대체 왜 그랬어! 그 애가 뭘 잘못했다고 그런 거야!'

집으로 돌아가는 동안 죽은 물고기의 동공처럼 텅 비어 있던 아이의 눈동자가 계속 따라왔다. 젠은 울분을 토해내지 않으려고 어금니를 꽉 깨물었다. 비명을 지르지 않으려고 필사적이었던 아이의 심정과 비슷했다.

"칼에게 차 키 받아서 와. 난 피곤해서 먼저 올라갈게."

마릿은 차가 차고로 들어가기 전에 내렸다. 젠은 이 틈에 칼과 대화하고 싶었다. 그러나 칼은 차 키만 넘겨주고 돌아가려고 했다.

"오늘은 쉬어. 힘들겠지만 오늘 본 건 다 지워버리고 푹 자. 이야기는 내일 하자."

"나는 지금 듣고 싶어."

내일까지 기다릴 수 없었다. 진실이든 거짓이든 당장 듣지 않으면 미쳐버릴 것만 같았다. 그러나 칼은 단호하게 그녀를 집 안으로 들여보냈다.

혼란스러운 감정으로 겨우 방에 도착한 젠은 옷도 갈아입지 않고 그대로 침대에 엎어졌다. 가슴이 터져버릴 것 같았다. 별장에서 일어난 일은 정말 상상 이상이었다. 비로소 그곳에서 만난 란의 말이 이해됐다.

눈만 감으면 겁을 먹은 아이의 얼굴이, 못된 짓을 하면서도 표정 하나 바뀌지 않던 마릿과 그 일행이 순서대로 나타났다가 사라졌다. 끝없이 반복되는 장면은 밤새 젠을 괴롭혔다. 젠은 마릿에게 물어보고 싶었다. 아이를 괴롭힌 이유가 무엇이었느냐고. 그런 짓을 하고도 아무렇지 않으냐고. 한편으로는 모든 것을 부정했다. 마릿을 미워한 자신이 상상한 거라 믿고 싶었다.

❖

칼과는 점심시간이 돼서야 만날 수 있었다. 입맛이 없어서 식사는 생략하고 학교 뒤편으로 나갔다. 두 사람은 다른 사람 눈에 띄지 않도록 넓은 그림자 밑으로 들어가서 나란히 앉았다. 젠은 하룻밤 사이에 심하게 앓은 사람처럼 보였다. 눈은 퀭했고 입술 각질은 심하게 일어났으며, 무엇보다 눈동자에 생기가 없었다.

"어제 많이 놀랐지?"

칼이 젠의 손을 붙잡았다. 따뜻했지만 온기가 마음까지는 스며들지 못했다. 젠은 지금 누구의 위로도 받아들일 수 없는 상태였다. 젠은 싸늘하게 식은 눈으로 어서 말하라고 다그쳤다.

칼에게 들은 내용은 젠이 목격한 것보다 더 잔인했다. 별장에 모인 실버의 손주들은 언제나 게임을 한다고 했다. 게임의 진행 방식은 때마다 달라 모르지만 게임에서 승리한 사람이 벌을 받는다는 건 알았다. 그리고 그 벌은 그들이 데리고 온 인형이 대신 받는다고 했다.

"어째서 벌을 받는 거야? 우승했다면 포상이 주어져야지."

"걔네한텐 그게 포상인 거야. 다 가진 애들인데 필요한 게 뭐가 있겠어."

칼의 목소리가 쓸쓸하게 느껴졌다.

"거리 생활을 하는 아이를 게임에 이용하는 건 나도 이번에 처음 알았어. 내가 있는 동안에는 인형들을 이용했으니까. 그 전에는 어땠는지 모르지."

부랑자 아이건 인형이건 대체 몇 명이나 그 별장에 끌려갔을지, 앞으로는 또 얼마나 많은 이들이 끌려갈지 몰라 참담했다.

"혹시 너도 당했어?"

사실 붉게 물들어가는 아이를 보면서 그런 생각을 했다. 저 자리에 칼도 있었을까. 저 못된 놈들이 칼에게도 똑같은 짓을 하면서 깔깔 웃어댔을까. 왠지 결석한 이유와도 관련되어 있을 것 같았다.

칼에게 곧바로 묻지 않았던 건 두려워서였다. 그들 속에 있는 마릿이 발목을 잡았다. 젠은 그녀가 다른 이들이 칼을 괴롭히도록 방관하지는 않았을 거라 믿고 싶었다. 자신과 인형을 혐오하는 그녀지만, 마음속 깊은 곳에는 아직도 자신을 사랑해줬던 꼬마가 있다고 믿었기에 칼을 외면하지 않았을 거라 기대했다. 조금 더 솔직히 말하자면 어제 본 아이는 낯선 아이였지만 칼은 친분이 있으니 방패막이 되어주지 않았을까 생각했다. 젠은 진실을 들어서 그 기대를 무너뜨리고 싶지 않았다. 그러나 더는 외면이란 흙으로 덮어둘 수 없었다. 마릿이 칼을, 한때 소중했던 사람이 지금의 소중한 사람을 짓밟았다면 외면할 게 아니라 똑바로 봐야 할 문제였다.

"결석한 날. 그래서 그런 거였어? 맞아?"

칼은 아니라고 말하며 땅바닥으로 시선을 내리깔았다. 태연한 척했지만 그의 눈동자만큼은 불안하게 흔들렸다. 그건 그렇다고 대답하는 것과 다름없었다. 젠은 진실의 무게에 짓눌려 눈앞이 아득했다. 그러나 여기에서 쓰러질 수 없었다. 아직 듣고 싶은 이야기가 많았다.

"어서 말해. 이번에는 꼭 들어야겠어."

칼의 시선은 여전히 땅에 고정되어 있었다. 그가 보고 있는 건 가지런히 늘어서서 이동하고 있는 개미 떼였다. 어딘가에 빵 부스러기가 떨어져 있는지 개미들은 모두 빵을 갖고 있었다. 양을 보니 오늘 저녁에는 다들 포식할 수 있을 것 같았다. 눈앞에 떨어진 식량을 봤을 때 저들은 얼마나 기뻤을까. 만약 그것을 얻기 위해 한두 마리가 희생해야 했다면 기꺼이 했겠지. 어느 세계든 마찬가지일 터. 마지막 개미까지 담벼락 틈으로 사라지자 칼이 고개를 들었다. 눈동자에 있던 불안감은 사라졌지만 대신 물기가 서려 있었다.

"젠, 네가 들어서 좋을 건 없어. 지나간 일은 잊어버려."

"네 마음을 모르는 거 아니야. 하지만 어제 일을 봐버려서 그럴 수가 없어. 나는 걔네가 널 어떻게 괴롭혔는지, 그래서 네 마음이 얼마나 다쳤는지 알고 싶어. 부탁이니까 하나도 빼놓지 말고 전부 말해줘, 응?"

칼은 머뭇거리다가 왼쪽 운동화와 양말을 벗었다. 가운데 발톱부터 시작해서 새끼발톱까지 세 개가 없었다. 마취 없이 생으로 뽑힌 것이다. 새 발톱이 차오르는 중이었지만 전처럼 예쁘게 회복되기는 힘들어 보였다. 그게 다가 아니었다. 이어서 칼이 조심스럽게 오른쪽 바짓단을 걷어 올렸다. 양말의 경계선 위로 흐릿한 녹색이 살짝 보였다. 젠은 그게 멍인 줄 알았다. 맞아서 생긴 멍. 그것은 칼이 양말을 끌어 내리자 온전한 모습을 드러냈다. 동그란 틀 안에 있는 네 잎을 가진 녹색 식물. 그 주변 피부는 붉게 일어났는데 감염됐을 때 나타나는 현상과 비슷했다.

"걔들이 나한테는 도장도 찍었어. 네잎클로버라는 건데, 희망과 행운을 상징한대. 거기다 녹색이야. 끝내주지? 그나마 다행인 건 시간이 지날수록 사라진다는 거야. 근데 그게 너무 천천히라 페리에게 들킬까 봐 하루에도 몇 번씩 토할 것 같아."

칼은 분위기가 무거워지지 않게 하려고 짓궂게 입에 손가락을 넣는 시늉을 하며 가슴을 쓸어내렸다. 그러나 마릿은 웃음이 나오지 않았다. 그런 그의 노력 때문에 가슴이 더 아렸다.

"마릿의 벌을 네가 대신 받은 거구나. 처음부터 그럴 목적으로 널 데려간 거였어."

젠은 소리 없는 비명을 질렀다. 그건 명백한 고문이자 윤리에 어긋나는 범죄였다.

"아니야, 마릿은."

마릿은 게임에 참여하지 않았다. 언제나 구경하는 쪽이었다. 짐작대로 한스를 보려고 모임에 나간 것이라 게임 따위는 안중에도 없었다. 칼에게 그림자가 덮쳤던 그날, 게임의 우승자는 한스였다. 한스는 벌을 대신 받을 사람으로 자신이 데려온 인형이 아니라 칼을 지목했다. 게임의 룰은 각자가 데려온 인형이 벌을 받는 것으로 되어 있었지만, 마릿과 한스는 커플인 데다 마침 그들은 새로운 얼굴이 일그러지는 걸 보고 싶었던 참이라 공유를 허락했다.

"마릿이 그걸 보고만 있었다고?"

젠은 문득 마릿에게 이젠 참여할 때가 됐다고 말하던 다른 이들의 말이 떠올랐다. 그렇다고 잔혹성의 무게가 줄어드는 건 아니었다. 구경하며 같이 즐긴 건 사실이었으니까.

"내키지 않아 했지만 한스를 거역하진 못했지. 사랑에 빠진 소녀잖아."

칼은 마릿을 두둔했다. 그런 상황으로 몰아넣은 게 그녀인데 왜 이리 너그럽게 구는지 이해되지 않았다. 칼이 덧붙였다. 그날 돌아오는 길에 마릿이 미안해했다고, 도장 때문에 감염이 된 자신에게 약을 전해줬다고.

"미안하다 사과했다고? 그럼 다 되는 거야? 네 발톱이 뽑히도록 방치한 걔의 그 알량한 한마디와 약에 넘어간 거야? 인형인 네 몸에 녹색을 새겨 넣었는데 용서가 돼? 들켰다가는 죽은 목숨인데도?"

"용서했다고는 안 했는데. 난 그냥 상황을 말해주는 거야. 마릿도 어쩔 수 없었다는……."

"하지만 걔도 누군가의 고통을 구경하고 즐긴 건 맞잖아. 사랑에 눈이 멀어 판단력이 흐려졌다고 하기에는 엄청난 일을 저지른 거야. 그리고 어제 그 애는."

어떤 표정을 짓고 있었더라. 생각나지 않았다. 바늘을 들고 머뭇거리는 것까지는 또렷하게 기억하는데 찌르는 동안과 후에는 어떤 얼굴이었는지 기억에 남아 있지 않았다. 테드처럼 좋아했었나. 니알과 케일럽처럼 만족스러워했었나. 말로리나처럼 짜증 난다고 인상을 썼었나. 한스와 로진느처럼 섬뜩하게 미소를 지었었나. 마릿은. 대체 마릿은…….

"불쌍한 아이에게 바늘을 찔러 넣던 마릿은, 염료 공을 던지던 마릿은 죄의식이 없는 악마였어. 그 표정을 네가 직접 봤어야 했는데. 그랬다면 걔가 한 사과가 거짓이라는 걸 알 수 있었을 거야."

젠은 두 주먹을 불끈 쥐었다. 어찌나 힘을 줬는지 손등 위로 푸른 핏줄이 솟아올랐다. 젠에게는 아직 풀리지 않은 궁금증이 남아 있었다.

"근데 페리도 이 사실을 아는 거야?"

"그는 몰라. 내가 결석할 수 있었던 건 마릿이 부탁했기 때문이었어."

그날 칼의 상태는 말이 아니었다. 충격과 통증 때문에 몸과 마음이 매우 아팠다. 녹색 염료도 문제를 일으켰다. 칼에게 맞지 않는 성분이 있었는지 찍자마자 감염이 됐다. 열이 났고, 발진이 심했다. 숨 쉬는 것도 힘들어지자 한스가 자신의 차에 있던 약물을 주사했다. 그러나 그것은 숨통을 트이게 할 뿐, 열과 발진은 그대로였다. 한스가 붙여준 운전기사와 집으로 돌아온 마릿은 페리에게 칼이 못된 애들에게 붙잡혀서 괴롭힘을 당했다고 둘러댔다. 그러니 하루 쉴 수 있게 해주면 좋을 것 같다고, 그렇게 안 되면 자신이 너무 미안할 것 같다고 간절히 부탁했다.

"그런다고 학교를 쉬게 했다고? 다른 사람도 아닌 페리가?"

"당연히 아니지. 그때 나는 제대로 서 있지도 못했어. 눈이 먼 것처럼 앞도 보이지 않았어. 그런 모습으로 학교에 가면 어떻게 됐을까? 페리는 자신의 부적절한 행동까지 드러날까 봐 걱정했어. 오로지 그것만 걱정했다고. 덕분에 나는 늦잠이란 걸 경험해봤지."

칼이 텅 빈 미소를 지으며 양말을 신고 운동화를 꿰신었다. 마무리로 바지단을 매만졌다. 젠은 그의 아픈 발과 도장이 찍힌 발목을 차례대로 바라보다가 가슴을 부여잡았다. 묵직하게 얹힌 슬픔이 도통 내려가지 않아 답답했다. 칼이 운동화 머리로 바닥을 차며 말했다.

"젠. 네가 그곳에 가지 못하도록 막은 건 너도 이런 고통을 겪게 될까 봐 두려웠기 때문이었어. 하나 고백하자면 루비에게 사랑받는 너를 볼 때마다 내가 다 행복했어. 그래서 나는 너를 양지에 있는 또 다른 나라고 생각하면서 살아왔어. 진짜 나는 음지에서 살고 있으니까 그렇게 해서라도 양지에 있고 싶었던 거야. 너만은 계속 빛이 있는 곳에 서 있기를 바랐어. 근데 페리가 내게 폭력을 행사하는 것부터 시작해서 이젠 너무 많은 걸 알게 됐네. 그렇다고 망가지면 안 돼. 나를 위해서, 사랑 한 번 받아보지 못한 이 불쌍한 놈을 위해서 밝은 곳으로만 걸어가줘. 부탁이야.”

젠은 눈물이 났다. 울지 않으려고 눈에 힘을 줬지만 소용없었다. 맺히고 맺힌 눈물은 결국 중력을 이기지 못하고 흘러내렸다. 젠은 칼 모르게 손등으로 눈물을 훔쳤다. 겪은 고통을 뒤로한 채 담담하게 말하는 칼이 안타깝고 애틋해서 흘리는 눈물이었지만 그 속에는 분노가 더 많이 들어 있었다. 젠은 내내 분노했다. 남은 수업 시간에도, 집으로 돌아오는 버스 안에서도 페리와 마릿, 인간이길 포기한 것 같은 한스 일행에게 분노를 쏟아냈다. 특히 마릿에게 많은 감정을 느꼈는데, 그녀만 아니었다면 칼이 그런 잔인한 상황에 노출되지 않았을 테니 원망하는 게 당연했다.

마릿의 방을 지나가던 젠은 안에서 새어 나오는 웃음소

리를 들었다. 그녀는 누구와 통화하는지 잔뜩 신이 나서 목소리를 높였다. 타인을 고문하고 멀쩡하게 지내는 그녀가 끔찍해 도저히 참을 수가 없었다. 젠은 마릿의 방문을 활짝 열었다. 침대에 엎드려 통화하고 있던 마릿이 고개를 돌렸다. 치아가 드러나도록 환하게 웃고 있던 그녀의 얼굴이 순식간에 일그러졌다.

“뭐야? 나가.”

“나랑 이야기 좀 해. 어제 별장에서 무슨 짓을 했어?”

“뭐라는 거야. 당장 안 나가?”

대답을 기대한 건 아니었다. 할 거라고 생각하지도 않았다. 다만 자기 말을 듣고 어제 일을 떠올리길 원했다. 붉은 염료를 피처럼 뒤집어쓴 아이의 얼굴을 기억 저편에서 현실로 끌고 와 조금이라도 흔들리는 모습을 보여주길 바랐다. 그러나 마릿은 평소의 그녀였고, 그걸 본 젠은 내키는 대로 행동하지 않도록 제어하고 있던 이성의 끈을 놓치고 말았다.

젠은 날을 세우고 그녀에게 달려들었다. 뺨을 한 대 갈긴 것을 시작으로 머리카락을 잡아 뜯고, 손끝에 닿는 대로 꼬집고 할퀴었다. 원치 않은 감염으로 아팠던 칼에 대한 복수, 평생을 붉은 얼굴로 살아야 하는 아이에 대한 복수, 그 복수에 대한 일념이 젠을 사납게 만들었다.

230

"야, 너 미쳤어?"

이성을 잃은 젠의 힘을 마릿은 당해내지 못했다. 쉬지 않고 들어오는 공격에 그녀는 실에 매달린 마리오네트 인형처럼 이리저리 끌려다녔다. 긴 팔을 이용해 젠을 밀어내려고 애썼지만 그럴수록 오히려 젠에게 감겨들어갔다.

"왜 이러는 건데. 좀 진정해봐, 어? 진정하라고."

마릿은 벗어나려고 작전을 바꿨다. 욕하고 소리치는 대신 살살 달랬다. 그러나 젠에게는 그녀의 목소리가 닿지 않았다. 젠이 물러나지 않자 마릿은 계속 할머니를 찾았다. 자신을 구제해줄 사람은 루비밖에 없다고 생각했는지 간절하게 불렀다.

"할머니! 할머니! 아악!"

루비를 부르는 소리에 젠은 잠시 정신이 돌아왔다.

'이 장면을 루비에게 들켜선 안 돼. 상황이 걷잡을 수 없게 될 거야.'

그러나 몸은 말을 듣지 않았다. 오히려 점점 더 난폭해져갔다.

"이게 무슨 짓들이니!"

소란을 듣고 달려온 루비가 끼어들어 두 사람을 떼어놨다. 루비는 두 사람이 다시 붙지 못하도록 가운데 버티고 섰다. 이 싸움에서 젠은 몇 군데 살짝 상처 입은 정도였지만 마릿의 꼴은 엉망이었다. 얼굴 대부분이 손톱에 긁혔고, 휘두른 주먹에 정통으로 맞은 이마가 벌써 불룩하게 솟아 있었다. 이 밖에도 상의 목 부분이 찢기고, 단추가 떨어졌으며, 머리가 심한 정전기에 당한 것처럼 산발이었다. 마릿은 터진 입술에서 흘러내리는 피를 손바닥으로 닦아내며 살기 어린 눈으로 쏘아봤다.

"할머니, 쟤 당장 내보내세요. 머리가 어떻게 됐나 봐요. 아주 위험해요."

"우선 아래층으로 가서 치료부터 하자구나."

루비가 마릿을 데리고 1층으로 내려갔다. 혼자 남겨진 젠은 아직 손에 남아 있는 기분 나쁜 감각을 느끼며 제 방으로 돌아왔다. 침대에 걸터앉아 조금 전에 일어난 일을 곱씹었다.

'루비가 말리지 않았더라면 나는 어디까지 했을까.'

뒤늦게 턱 아래로 쓰린 통증이 올라왔다. 거울을 보니 왼쪽 턱선을 따라서 붉게 긁힌 자국이 있었다. 그 위로 핏방울이 맺혀 있어서 젠은 휴지를 대고 살며시 눌렀다.

'이제 나는 쫓겨나겠지.'

그동안 아무리 루비에게 잘했어도 그녀의 소중한 보물에 손을 댔으니 용서받지 못할 것이다. 루비도 결국에는 실버니 팔은 안으로 굽겠지.

'아니야. 내가 그런 이유를 알고 나면 다 이해해주실 거야.'

쫓겨날 때 나더라도 전부 밝히고 싶었다. 루비에게는 미안한 말이지만 루비가 상처받는 건 이제 두렵지 않았다. 밖에서는 인형들이 고통 받고 있었다. 인형들을 괴롭히는 것을 오락으로 삼으며 희열을 느끼는 사이코들에게 붙잡혀서 공포 속에 끝없이 내던져졌다. 그 무리에 자기 손녀가 있다는 걸 알아야 루비도 단속할 테니 마냥 쉬쉬할 건 아니었다.

"젠, 들어가도 되겠니?"

차분한 발소리가 문 앞을 서성인다 했더니 루비 목소리가 문을 타고 넘어왔다. 젠은 대답하지 않았다. 대답할 기운마저 다 써서 루비가 그냥 돌아갔으면 했다. 그러나 루비는 한 번 더 문을 두드렸고, 젠은 할 수 없이 문을 열었다.

루비는 손에 약상자를 들고 있었다. 정말 필요한 것만 간단히 들어 있는 응급 상자였다. 표정에 감정이 실리지 않아서 무슨 생각을 하는지 읽을 수가 없었다. 분명 마릿이 모든 걸 말했을 테니 싸움을 건 게 자신인 걸 알 텐데.

"너도 다쳤는지 보자."

루비가 젠을 살펴보려고 얼굴 쪽으로 손을 내밀었다. 그러자 젠은 거부하며 고개를 돌렸다. 자신의 상처까지 그녀에게 맡기고 싶지 않았다.

"저는 잘못했다고 빌지 않을 거니까 그냥 혼내세요."

"네가 잘못한 게 아닌데 빌긴 뭘 빌어."

뜻밖의 말에 젠은 루비를 쳐다봤다. 그녀의 표정은 여전했으나 눈을 보니 빈말이 아니라는 걸 알 수 있었다. 차근히 얼굴을 더듬어가던 루비의 눈길이 턱에서 멈췄다. 길게 긁힌 상처를 보고 눈썹 끝을 살짝 모았다가 폈다. 그녀는 응급 상자를 뒤져 소독약 거즈를 꺼낸 뒤 상처 부위를 닦아냈다. 거즈가 닿을 때마다 쓰라려서 젠은 절로 어깨춤이 나왔다. 다음으로는 한 번만 발라도 상처가 싹 낫는 값비싼 연고를 듬뿍 발랐다. 그러고는 매의 눈으로 다른 상처가 없는지 살폈다. 젠은 루비에게 정말 자신이 잘못한 게 없다고 생각하는지 물었다.

"마릿이 일방적으로 당하고 있는 거 아까 다 보셨잖아요. 그런데도 정말 잘못한 게 없다고요?"

"마릿에게 들었어. 별일 아닌 걸로 서로 시비가 붙었다며. 그럼 어느 한쪽에 책임을 물을 게 아니라 쌍방과실이 되는 거지."

보나 마나 별장에 간 일을 이야기할까 봐 선수 친 것일 테지. 루비가 알게 되는 게 무서운 모양이었다. 그럼 더더욱 알려서 못 하게 막아야 하는데.

"마릿이 저를 내보내라고, 위험하다고 했는데도 정말 괜찮으세요?"

"너무 놀라서 한 소리니 신경 쓰지 말라더구나. 그리고 나는 애들이란 싸우면서 크는 거란 이야기에 동의한단다."

루비는 끝까지 싸운 이유를 묻지 않았다. 그저 마릿이 철이 없다면서 조금만 봐달라고 부탁했다. 그늘진 루비의 얼굴을 보자 젠은 또다시 마음이 약해졌다. 손녀에 대한 진실을 알고 절망할 그녀를 상상하자 가슴이 저렸다. 그녀가 상처받는 게 두렵지 않다고 한 건 거짓말이었다.

"달콤한 간식 만들어줄 테니 부르면 내려와. 그 전까진 쉬고 있으렴."

다시 혼자가 된 젠은 그대로 침대에 뻗었다. 기다렸다는 듯 온몸의 근육이 느슨해져 갔다. 한동안 멍하니 천장만을 올려다보던 그녀는 아랫배가 보내오는 묵직한 신호를 느꼈다. 움직이기 싫어서 참아보지만 시간이 지날수록 신호의 간격이 짧아져갔다.

아슬아슬하게 골인에 성공한 그녀는 화장실 앞에서 마릿과 만났다. 마릿은 벽에 기댄 채로 서 있었는데 자신이 나오기를 기다린 것 같았다. 마릿의 얼굴에는 여기저기 피딱지가 앉아 있었다. 망가진 얼굴을 보니 조금 미안했다.

"너, 힘 정말 세더라. 그간 어떻게 숨기고 살았니?"

마릿이 빈정대며 말했다. 그러나 젠은 참을성을 발휘해 그녀를 무시했다. 루비의 부탁을 받아서 2차전을 벌일 수 없었다.

스파이 작전

며칠째 하늘은 먹구름에 덮여 있었다. 비를 뿌리는 것도 아니면서 구름은 고집스레 빗물을 머금은 채로 움직이지 않았다. 날씨가 좋지 않으니 많은 이들이 외출을 자제했다. 루비도 집 안에만 틀어박혀 도통 움직이지 않았다. 그래서 젠 또한 학교에서 돌아오면 집에만 있어야 했다. 다행히 날씨에 영향을 받지 않는 타라가 수를 데리고 자주 방문해줘서 심심하지는 않았다. 두 사람은 오늘도 찾아왔다.

"케이크 가져올게. 마실 거로는 레몬에이드 괜찮지?"

젠은 얌전히 의자에 앉아 있는 수를 보고는 방문을 닫았다. 그녀는 계단을 내려갈 때도, 간식을 챙기는 동안에도 서두르지 않았다. 예전의 수였다면 제집처럼 휘젓고 다니는 통에 혼자 두기가 불안해서 무엇을 하든 서둘러야 했지만 이젠 그럴 필요가 없었다. 수는 너무나 얌전해졌다. 두 손은 무릎에 부착한 채로 유지했고, 말소리는 너무 크지도 작지도 않았으며, 상대방이 묻기 전에는 입을 열지 않았다. 게다가 마릿에게도 더는 관심을 보이지 않았다. 마주치면 가볍게 눈인사만 건넬 뿐 자신을 알아달라고 애걸복걸 매달리지 않았다. 평소 그녀를 보면서 약간 변화할 필요는 있다고 생각했지만 이렇게 급작스럽게 변하니 어딘지 모르게 서운했다.

"이게 뭐야?"

젠이 방으로 돌아오자 수가 무언가를 내밀었다. 그녀의 손바닥 위에는 겹겹이 쌓인 휴지가 있었는데 젠은 그것이 무엇인지 한눈에 알아보지 못했다. 살짝 열린 틈으로 노란 알약이 보였다. 닐의 약. 닐에게서 받은 그 독약. 젠은 서둘러 빼앗은 뒤 수의 눈길이 닿지 않도록 서랍에 넣었다. 침대 뒤에 숨겨놓은 걸 어떻게 찾은 건지는 뻔했지만 몰아세우지 않았다. 이쪽에서 화를 내면 더욱 궁금해져서 캐물을 테니 그냥 조용히 넘어가고 싶었다. 수의 눈동자가 오래간만에 호기심으로 반짝거렸다.

"얼핏 보니까 비타민 같던데 왜 안 먹고 그렇게 쌓아둔 거야?"

"나, 나중에 먹으려고."

젠은 당황한 모습을 들키지 않으려고 부산스럽게 움직

이며 앞접시와 포크 등을 세팅했다. 골똘히 생각하던 수가 레몬에이드로 목을 축이고 가만히 물었다.

"혹시 벌써 이 집에서 나갈 때를 대비하는 거야? 우리가 노동자가 되면 이런 수준의 약은 먹을 수 없으니까?"

"뭐……."

"역시 현명해."

젠은 그녀가 멋대로 생각하게 내버려뒀다. 요새 많이 달라졌지만 그녀의 가벼운 입만은 믿을 수가 없었다.

"머리에 색 들이는 건 이제 안 하는 것 같다? 타라의 취향이 바뀌었어?"

"응."

"정말?"

"그렇다니까. 마릿의 환영식을 한 이후부터 180도 바뀌었어. 차라리 잘됐어. 노동자가 되면 어차피 가질 수 있는 색깔이 한정적인데 미리 적응하는 셈 치면 돼. 근데 요조숙녀처럼 행동하라는 건 좀 그래. 내가 환영식에서 정신없이 구는 바람에 미치도록 창피했다나 뭐라나. 나를 이렇게 만든 건 자기면서 전부 내 탓으로 돌리는 거 있지? 웃기는 할망구야. 안 그래?"

수는 양 볼이 미어터지도록 케이크를 밀어 넣으며 말했다. 그 말을 듣고 젠은 몹시 놀라고 말았는데, 그녀가 타라를 향해 그런 식의 발언을 내뱉은 적이 단 한 번도 없었기 때문이었다. 그녀는 언제나 입이 닳도록 실버를 받들었고, 복종했었다. 그렇다면 혹시 그동안 보인 행동은 인형으로 살아남기 위한 연기가 아니었을까.

수는 갑자기 침묵했다. 케이크가 든 입을 움직이지도 않고 가만히 허공만을 응시했다. 젠이 팔을 건드리자 수의 정신이 돌아왔다. 빤히 쳐다보는 눈에는 뭔가 할 말이 들어 있었다.

"근데 젠."

"어?"

"있지……. 아니, 아니야. 레몬에이드나 한 잔 더 줄래? 맛있다."

수가 빈 컵을 눈높이만큼 들고 흔들었다. 채 녹지 않은 얼음이 컵에 부딪히면서 투명하고 맑은 소리를 냈다. 차가운 음료수를 먹을 때마다 보이는 그녀만의 습관이었는데, 그것만은 변하지 않아서 수를 수답게 했다.

❧

등교하는 젠의 얼굴은 평소보다 비장했다. 마치 큰 전쟁을 앞둔 사람 같아서 아무도 쉽게 말을 걸지 못했다. 실제로도 그녀는 한바탕 전쟁을 일으킬 생각을 하고 있었다. 지난 며칠 동안 별장에서 본 아이의 얼굴이 학교 친구들의 얼굴로 차례대로 바뀌어가며 그녀를 따라다녔다. 그건 누구든지 될 수 있다는 의미였다. 그 아이는 재수가 없어서 그물에 걸려들었을 뿐이니 누구라도 재수 없다면 그 꼴을 당할 수 있었다. 그리고 그녀를 움직이게 한 데는 마릿의 통화가 결정적이었다.

'거리에서 또 데려오겠다고? 위험하지 않을까? 그냥 하던 대로 하자. 그것도 충분히 재밌었잖아.'

젠은 우연히 엿들은 통화에서 또 다른 아이가 희생될 거라는 걸 알았다. 실버에게 버림받아 힘겹게 거리를 전전하는 아이를 단순히 장난감으로 여기는 마릿과 그녀의 친구들이 원망스러웠다. 이런 사실을 알고도 모른 척한다면 평생 죄책감에 시달릴 것 같았다.

현실적으로 봤을 때 젠의 힘으로는 희생되는 이들을 구할 수 없었다. 그러나 모임이라면 와해시킬 수 있을 것 같았다. 희망 사항을 이루려면 우선 칼을 설득해야 했다. 결코 혼자서는 할 수 없는 싸움이라 그가 있어야 했다. 젠은 자신의 마음이 전해지길 바라며 한 자 한 자 진중하게 내뱉었다.

"네가 한 말 곰곰이 생각해봤어. 내가 양지의 너라면, 그런 나를 보며 너도 행복하다면 나는 언제까지나 이곳에 있을 거야. 하지만 지금 마음으로는 양지에 있어도 있는 게 아니야. 내가 온전히 양지에서만 걸어가려면 앞으로 그 별장에 가게 될 아이들을 구하려는 시도는 해봐야 할 것 같아. 이대로 가슴에 묻고만 있으면 진짜 망가져버릴지도 모르니까.”

칼은 심각하게 이 일을 재고했다. 그도 속으로는 자신이 당한 일에 대한 반감과 비슷한 일을 겪고, 겪게 될 아이들을 걱정하고 있었다. 그러나 한낱 인형에 불과한 자신이 나설 일이 아니라고 생각해서 침묵했다.

“어떻게 하려고? 그보다 우리가 할 수 있는 게 있을까.”

“내가 생각해둔 게 있어. 칼, 너는 이번에 한스나 마릿이 우승자가 되지 않기를 기도해줘.”

그러나 젠의 계획은 시작부터 막혔다. 막아선 것은 다름 아닌 마릿이었다.

“오늘은 칼하고 둘만 갈 거야. 너는 남아. 할머니께는 배탈 나서 같이 못 간다고 말씀드렸어.”

별장으로 출발하기 직전에 마릿이 변덕을 부렸다. 싫다고 했더니 광대뼈 쪽에 있는 쏠린 상처를 가리켰다.

“잊었나 본데. 이 상처, 네가 만든 거잖아? 그거에 대한 벌이야. 넌 집에 틀어박혀서 반성하고 있어.”

다른 상처는 다 치료했으면서 그거 하나는 내버려뒀다. 아마 이렇게 쓰려고 단번에 낫는 약을 바르지 않은 것 같았다. 그러나 젠은 포기하지 않았다. 이미 결심한 일을 마릿 때문에 놓고 싶지 않았다. 놓아야 한다면 자신의 의지와 선택으로 하고 싶었다.

젠은 마음을 차분히 가라앉히고 기회를 엿봤다. 마릿이 살 게 있다며 잠시 외출한 사이에 마릿 방에 발을 들였다. 주인이 없을 때 몰래 들어온 건 처음이라 가슴이 울렁거렸다. 젠은 마릿이 비밀 상자를 어디에 숨겨뒀는지 알고 있었다. 그래서 곧바로 상자를 찾아냈고, 거기서 GPS를 무력화시키는 팔찌와 마릿의 손목시계를 꺼내 주머니에 넣었다.

그사이 루비는 타라의 호출을 받고서 급히 나갔다. 타이밍이 좋았다. 젠은 이제 괜찮아졌으니 마릿을 따라갔다 오겠다고 쪽지를 남겼다. 처음 해보는 거짓말과 무모한 행동에 신경이 곤두섰고 마음이 불편했지만 계속해야만 했다.

젠은 보는 눈이 없는 틈에 재빨리 차 트렁크에 숨었다. 좁고 어두운 곳을 싫어하지 않아서 다행이었다. 차가 출발하자 시간을 확인했다. 구역과 구역 사이에서 증명서를 확인받을 때와 화장실에 갈 때 빼고는 멈추지 않으니 옆길로 새지 않는 이상 도착 시각을 예상할 수 있었다.

처음에는 불편한 게 없었다. 칼의 운전 솜씨가 좋아서

차가 크게 흔들리지 않는 데다 트렁크 안이 생각보다 넓어서 한 번씩 뒤척일 수 있었다. 누워 있어야만 하는 자세가 답답하기는 했지만 목표를 위해서라면 참을 수 있었다. 그러나 차가 섰을 때, 아마도 화장실에 가려고 섰을 때에는 밖으로 나가고 싶었다. 신선한 공기와 밝은 빛을 못 본 지 몇 년은 된 것 같은 느낌이라 힘들었다.

'괜찮아. 아무것도 아니야.'

'루비를 속이면서까지 왔는데 이깟 것을 못 참다니. 한심하게 굴지 마, 젠.'

'숨을 크게 들이마셔. 너는 할 수 있어.'

젠은 자기 자신을 달랬다가 다그쳤다가 달래기를 반복했다. 누가 떠민 게 아니고 자신이 선택한 일이니 버텨야 했다. 녹색, 파란색, 붉은색. 루비, 칼, 수, 닐. 나무, 햇살, 바람. 아이스크림, 타르트, 캐러멜. 젠은 자신에게 긍정적인 신호를 주는 것들을 반복적으로 떠올리며 힘을 냈다.

그러다 보니 어느새 차가 멈췄다. 시계를 보자 예상한 시간에 근접했다. 별장에 도착한 모양이었다. 혹시 모를 일이라 십 분 후에 문을 열었는데, 다행히 기대했던 풍경이 젠을 맞아줬다. 그러나 젠은 트렁크에서 나갈 수가 없었다. 오랜 시간 갇혀 있었더니 몸이 굳어버린 것 같았다. 계속 이러면 아무것도 못 하고 돌아갈 수도 있었다. 그 순간 바라던 구세주가 등장했다.

"젠?"

트렁크가 열린 것을 보고 다가온 칼은 눈앞의 상황을 얼른 이해하지 못했다.

"제에엔?"

"어, 나야. 안녕?"

"트렁크에서 뭐 하는 거야? 대체 언제 숨은 거야?"

"너는 화장실에 가고 마릿은 통화할 때?"

칼이 한 팔로 목을 감쌌다. 화가 났을 때 자주 하는 동작이었다.

"혼나는 건 이따 할 테니까 지금은 나 좀 꺼내줘. 온몸이 저려서 일어날 수가 없어."

젠은 남은 힘을 쥐어짜서 팔을 뻗었다. 어리광을 부리듯이 허공에 대고 팔을 휘젓자 칼이 젠을 일으켜 세웠다. 그러고는 누가 볼세라 재빨리 뒷자리로 밀어 넣었다.

젠은 넓고 폭신한 의자에 누워 기지개를 켰다. 트렁크와 비교하면 침대와 다름없었다. 몸이 풀리자 눈꺼풀이 조금씩 내려앉았다. 적진에서 졸음이 쏟아지다니 어이가 없었다. 게다가 중요한 임무까지 있지 않은가.

젠은 집에서 나올 때 챙겨온 캐러멜을 꺼내 입에 넣었다. 상큼한 레몬필링에 다시 기운이 났다.

“이게 네가 말한 방법이야?”

칼은 캐러멜을 거들떠보지도 않았다. 오히려 그걸로 자신을 회유하려고 했다며 더 화를 냈다.

“알아. 웃기지도 않은 방법이지?”

“마릿한테 들켰다가는 집에서도 쫓겨날 거야. 아무리 루비라도 네 편을 들어주지 않을 거라고. 그렇게까지 깊이 생각해본 거야?”

“그러니까 성공해야지. 지금부터 나는 운전자 애들을 만나서 설득해볼 거야. 손주들이 괴롭혔다는 증언을 받아내서 익명으로 고발할 거거든. 내 목적은 거창한 게 아니야. 그저 저 애들을 찢어놓고 싶어. 원래 나쁜 짓은 무리로 있을 때 거침없이 하잖아. 혼자서는 아무것도 못 하는 것들이 말이야. 너는 차에 남아서 주변 상황을 체크해줘. 뭔가 변화가 있으면 클랙슨을 두 번 울려.”

젠은 가장 먼저 란을 만났다. 앞서 대화를 한 번 해봤으니 다시 말 트기가 쉬웠고, 이곳에 자주 와본 란이라면 다른 아이들을 설득하기 쉬울 것 같았다. 그러나 란은 당연하게도 협조하지 않았다.

“쟤네들을 고발하겠다니, 미쳤구나! 넌 처음 봤을 때도 일반적이지 않았어. 그래서 이러는 거야? 뭐, 대단한 인형이라도 돼? 아니면 되고 싶은 거야?”

“아니야, 나도 너희하고 똑같아. 그냥 인형이야. 앞으로
도 그럴 거고. 그래서 이러는 거야. 여기 올 때마다 우리 인
형들이 다치니까.”

“요샌 안 그래. 거리에서 애들을 데려와. 걔들이 우리 대
신이야.”

“그것도 문제지. 우리한테 당할 이유가 없듯이 부랑자
아이들도 그렇잖아. 우리 같이 해보자. 내 계획은 아무도
다치게 하지 않아. 심지어 쟤네들도 말이야. 그저 서로 관
계를 끊게 할 뿐이야.”

젠은 침착하게 란을 설득하려고 노력했다. 그러는 동안
란의 생각을 부정하지 않았고, 자신의 생각을 무모하게 강
요하지도 않았다. 이 일에 인형들은 자발적으로 참여해야
했다. 압박과 폭력이 들어가면 젠이 비난한 손주들과 다를
바 없었다.

란은 잠깐 입을 다물었다. 무엇을 생각하는지 눈빛이 살
아났다. 그것은 그녀가 잘 숨겨둔 어떤 불씨처럼 보였고,
틀림없이 다른 아이들에게도 닿을 것 같았다. 그러나 불씨
는 금세 꺼져버렸다. 란은 한숨을 내쉬더니 갑자기 장갑을
벗었다. 지난번부터 궁금했던 비밀이 드러나는 순간이었
다. 네 번째와 다섯 번째 손톱에 각각 녹색과 파란색 매니
큐어가 발라져 있었다. 손톱이 많이 자라서 색깔은 삼 분의

일 정도만 차지하고 있었지만 그 정도도 꽤 큰 비율이었다. 절대 지녀서는 안 되는 색. 위험한 색.

"학교에서 복장 검사를 할 때마다 쫄려. 어떨 땐 뽑아내고 싶다니까. 그래도 잘 버텼어. 이제 색깔과 이별을 고할 날도 머지않았다. 근데 이렇게 예쁜 색을 자기들만 갖겠다는 게 치사하지 않니?"

젠은 예전에 본 녹색 매니큐어가 떠올랐다. 혹시 그때 그 아이도 손주들에게 괴롭힘을 당했던 것일까. 이런 끔찍한 장소가 어딘가에 또 있단 말인가. 시름이 또 하나 생겼다. 해결되는 것은 없고 늘기만 하니 무기력했다.

'정신 차려. 아직 시작도 안 했어.'

젠은 복잡한 생각을 접어두고 란에게 집중했다. 끝까지 해내려면 욕심을 내려놓고 한 번에 하나씩 방법을 찾아야 했다.

"이게 뭔지 알아?"

란이 콧대의 흉터를 가리키며 계속 말했다. 젠은 끼어들지 않고 듣기만 했다. 그편이 더 많은 이야기를 끄집어낼 수 있을 것 같았다. 뭣 때문인지 란은 자신을 드러냈고, 젠이 알아주기를 바랐다. 그 용기의 끝이 어쩌면 자신과 함께서는 것일 수도 있어서 젠은 성의 있게 귀 기울였다.

"처음에 난 호락호락하지 않았어. 다른 사람에게 자주

내보이는 손에다가 색칠 공부를 하겠다니. 미쳤잖아. 상이라면 지들이나 받을 것이지, 왜 애꿎은 우리까지 끌어들이는 건지 욕이 튀어나왔다니까. 거기다 이게 상이야? 우리한테 죽으라는 거지. 그래서 싫다고 바락바락 대들었더니 로진느가, 아. 그 눈 동그랗고 허여멀겋게 생긴 애 있잖아, 걔. 걔가 내 실버의 손주인데 겉보기와 다르게 성질머리가 장난 아니거든. 다른 애들이 인형 교육을 저따위로 시켰냐 어쨌냐 하니까 열받아서 글쎄……."

당한 일은 말로 뱉고 싶지 않았는지 손가락으로 콧등을 베는 시늉을 했다. 흉터에 깃든 사연에 젠은 충격을 받아서 위로의 말을 건네지 못했다.

"그 후로 나는 로진느하고 눈도 못 마주쳐. 예전에는 그냥 성질 더러운 손주라고만 생각했는데 이제는 진짜 나를 어떻게 할 수도 있겠다 싶으니 겁이 나는 거야. 다른 애들도 마찬가지일 테니 괜히 힘 빼지 마. 부랑자 아이들은 안타깝지만 우리도 살아야지. 걔들 일은 걔들한테 맡겨. 너처럼 용기 있는 애가 있을지도 모르잖아?"

젠은 손주들 발밑으로 들어가려는 란을 자신의 옆으로 끌어오고 싶었다. 그러나 싫다는 사람을 붙잡을 수는 없었다. 상대의 의견을 무시하고 강요하는 것은 그들과 다름없으니 중심을 잘 잡아야 했다.

란의 말대로 다른 운전자들도 비협조적이었다. 어차피 몇 달 뒷면 노동자로 역할이 바뀌니 나서고 싶지 않아 했다. 그렇다면 직접 현장을 녹음할 수밖에 없었다. 여기까지 와서 빈손으로 돌아가기에는 너무 억울했다.

젠은 지난번처럼 별장 반대편에서 접근했다. 창문 너머에서 여러 웃음소리가 들렸다. 다른 상황에서 만났다면 따라 웃게 되는 기분 좋은 웃음이었다. 세상 무해한 웃음들. 아니다. 잔인한 웃음이라고 해야 그들과 어울린다. 이번에는 또 어떤 아이를 괴롭히기에, 어떤 식으로 괴롭히기에 저리도 신이 났을까.

그러나 살짝 들여다본 별장 안에서는 전혀 다른 일이 벌어지고 있었다. 알록달록 꾸며진 실내와 케이크 등으로 거하게 만들어진 생일상. 한쪽에 쌓아둔 선물. 즐거운 기운.

"선물이 이게 다야? 난 더 특별한 걸 원했는데."

"원래 생일 때는 예쁘고 좋은 것만 보는 거야. 냄새나고 지저분하고 빽빽 울어대는 것을 보면 재수 없어서 안 돼."

"그래도 내 생일이잖아."

"그럼 밖에 있는 애들 중 하나 골라서 데려와?"

"됐어. 오늘은 웃기만 하자. 처음부터 약속했잖아."

"우리는 여기에서 항상 웃기만 했는걸? 안 그래, 얘들아?"

더 볼 것도 없었다. 이번에는 아무 일도 일어나지 않을 것이다. 희생자가 나오지 않는 것은 다행이었지만 날을 잘 못 선택해 얻은 것이 없어서 착잡했다.

젠은 서둘러 차로 돌아가서 칼과 상황을 공유했다. 칼 역시 젠과 비슷한 반응을 보였다.

"지금까지 들키지 않은 게 천운이야. 제발 그 운이 끝까지 갔으면 좋겠다."

마릿이 언제 나올지 몰라 젠은 미리 트렁크로 들어가 있어야 했다. 출발까지 앞으로 몇 분을, 몇 시간을 더 기다려야 할지 모르겠지만 그러는 편이 안전했다. 들키면 칼까지 위험해질 수 있으니 더더욱 그래야 했다. 두 사람은 이곳에 와서 처음으로 웃었다. 그러나 그 끝은 평소처럼 안전하지 못했다. 차 문이 예고 없이 벌컥 열리더니 란이 다급하게 말했다.

"걔들이 나오고 있어. 빨리 숨어, 젠."

젠이 여기까지 어떻게 왔는지 아는 란은 젠이 트렁크에 숨도록 도왔다.

얼마 안 있어 차가 흔들리더니 천천히 움직였다. 란이 아니었다면 자칫 큰 소란이 일어날 뻔한 타이밍이었다. 젠은 집으로 돌아가는 내내 가슴을 쓸어내렸다.

"젠, 너 때문에 내 수명이 반은 줄었을 거야."

마릿이 집으로 들어간 걸 확인한 칼이 트렁크를 열고 젠을 마주했다. 젠은 몇 번이나 고맙고 미안하다고 사과했다.

"이제 안에서 어떻게 할지나 생각해. 정신 똑바로 차려."

젠은 우아하게 움직이는 고양이처럼 소리를 내지 않고 방까지 이동했다. 루비가 저녁밥을 먹으러 내려오라고 외칠 때까지 방에 틀어박혀 있었다. 마릿과 루비 모두에게 거짓말을 했으니 각별히 조심해야 했다. 그러나 걱정한 일은 일어나지 않았다. 마릿은 젠을 보고도 집에 혼자 남겨진 것을 조롱하지 않았고, 루비는 외출한 일을 물어보지 않았다. 평소라면 잘 다녀왔냐고, 즐거운 시간을 보냈냐고 물어봤을 텐데 아무 말도 없었다. 그저 저녁밥이 어땠는지, 디저트가 어땠는지만 반복적으로 물었다.

젠은 밤늦도록 잠에 들지 못했다. 루비를 속였다는 사실이 양심을 짓눌러서 계속 뒤척거렸다. 결국 루비의 방으로 내려갔다. 루비도 깨어 있는지 문틈으로 불빛이 새어 나왔다. 블루스 음악도 은은하게 흘러나왔다. 그건 루비가 잠이 안 올 때 듣는 음악이라 혹시나 자신 때문에 근심이 생긴 건 아닌지 걱정했다.

'그새 마릿과 오늘 일을 이야기하다가 내 거짓말을 알아챈 걸까.'

아니라면 고백해야 했다. 루비가 추궁하기 전에 먼저 말하고 용서를 구하는 게 옳았다. 하지만 아니라면. 알았대도 모른 척하는 거라면 괜히 고백했다가 일만 커지는 게 아닐까. 젠은 결정을 내리지 못했다. 다양한 상황과 결과가 젠의 목을 졸랐다가 풀기를 반복했다. 선택은 오직 젠의 몫이었지만 끝까지 피하고 싶었다. 젠은 그렇게 한참을 서성이다가 자신의 방으로 돌아갔다.

❉

며칠간 계속 하늘을 가렸던 먹구름이 걷히자 학교에서는 아이들이 햇빛을 받을 수 있게 시간표를 바꿨다. 이른 아침부터 운동장에 모인 아이들은 시키는 대로 성실히 태양 밑을 뛰어다녔다. 젠도 수와 어울려 놀다가 슬그머니 칼에게 다가갔다. 젠의 신호를 받은 칼도 구석으로 자리를 옮겼다. 나란히 앉은 두 사람은 꼭 데이트하는 한 쌍처럼 보였다. 칼의 발그레한 볼 때문에 더 그랬다. 부끄럽지만 행복하다고 생각했다. 그러나 그건 다정한 애정에서 비롯된 게 아니었다.

"젠. 정말 나를 걱정시켜 죽일 셈이야?"

칼은 분노했다. 설마 했던 상황이, 다시는 듣고 싶지 않았던 말이 친구의 입을 통해서 또 나왔다. 그렇게 가슴을 졸이게 했으면서 미안하지도 않은지 젠은 또 멋대로 일을 저지르겠다고 선전포고를 했다.

"끝난 이야기 아니었어?"

"시작도 안 했는데 끝이 어디 있어."

젠은 별장 일에 미련이 남았다. 분명 마릿은 한스와 통화할 때 부랑자 아이를 언급했었다. 지난번에는 생일 파티 때문에 게임을 중단했지만 앞으로 그들이 게임을 멈출 확률은 제로에 가까웠다. 이미 남을 짓밟는 스릴과 우월감에 중독됐으니 벗어나기는 힘들 것이다. 그러니 젠도 포기할 수 없었다.

"네가 안 도와주면 나 혼자 해야 해. 진짜 혼자 해? 혼자 한다?"

"……트렁크에 숨는 건 안 돼. 또 그러면 내가 루비한테 이를 거야."

"역시 너밖에 없어. 이번에는 성공할 수 있을 거야. 아니, 꼭 성공하자."

그러려면 한 가지가 더 필요했다. 지난번에는 녹음기만 가지고 적진으로 들어갔다. 다른 아이들의 증언을 녹음하려고만 했었기 때문에 넓게 생각하지 못했다. 게다가 증언하지 않겠다는 의사를 알았으니 증거로 남길 수 있는 것은 손주들의 언행뿐이었다. 그리고 그것은 영상으로 찍어두는 게 확실하다는 걸 깨달았다. 몇 배는 위험한 작전이지만 또다시 계획 짤 일이 없게 해야 했다. 바로 이것 때문에 필요한 게 있었는데 카메라였다. 물론 루비에게 부탁하면 손에 넣을 수 있을 테지만 마릿을 옭아맬 용도로 쓸 물건을 차마 부탁할 수 없었다. 젠은 파렴치한이 아니었고, 그런 인간이 되고 싶지도 않았다.

젠은 도움을 받아야 했다. 한때 인형으로 지내서 인형의 마음을 잘 알고 부랑자까지 챙길 줄 아는, 입이 무거운 사람에게 도움을 청해야 했다. 주변에서 그런 조건에 부합하는 사람은 단 한 사람뿐이었다. 젠은 만나자는 쪽지를 적어 교탁 위에 올려놓았다.

삼십 분 쉬는 시간이 되면 첨탑으로 오세요.
꼭 드릴 말씀이 있어요.

첨탑에 올라온 지 오 분쯤 지나자 까만 머리통이 계단 위로 떠올랐다.

"위험하니까 올라오지 말라고 했더니 이젠 대놓고 나까지 부르는구나. 휴."

계단 끝까지 올라온 긴은 거친 숨을 몰아쉬며 허리를 폈다. 그녀가 진정하자 젠이 별장에서 있었던 일을 가감 없이 전했다. 이야기를 듣는 동안 그녀의 눈동자는 쉴 새 없이 커졌다가 커지기를 반복했다.

"사실이었구나……. 사실이었어."

놀란 것과 별개로 마치 알고 있었다는 말투라 누구한테 들었는지 궁금했다. 긴은 말하고 싶지 않아 했지만 젠의 설득에 떠듬떠듬 말했다.

"내가 인형이었을 때 학교에 도는 소문이 있었어. 근데 금방 사라진 데다 실체가 없으니 아주 못된 장난으로 치부했었어. 네가 한 이야기랑 비슷한 거야. 몇몇 손주들이 인형을 진짜 인형처럼 가지고 논다고. 실버도 모르게 외딴곳으로 끌고 가서 때리고 꼬집고 한다고. 또 뭐더라……. 아, 한쪽 눈썹이 없는 아이가 바로 그 표적이었으니 어울리지 않는 게 좋다고."

젠은 눈썹 이야기에 전기가 관통한 것처럼 온몸이 저릿했다. 이 위험한 모임이 최근에 시작된 게 아니라 예전부터 있었던 것이라니. 그들 사이에서 전해지는 전통일지 아니면 별개의 사건일지는 모르지만, 어떻게 그 긴 시간 동안 들키지 않았을까. 실버는 정말 모를까. 알면서도 쉬쉬하는 건 아닐까.

그래. 이건 어른들의 눈을 피해 저지르는 손주들의 일탈이 분명했다. 실버도 알았다면 번거롭게 GPS를 끄지도 않았을 테고, 장소를 구역 밖으로 정하지도 않았을 테다. 더 쉽고 간결하게 진행할 수 있는 방법이 있는데 굳이 그랬을까 싶다.

"선생님. 눈썹이 없는 아이, 우리 학교에도 있어요."

"그래? 난 못 봤는데."

"제가 본 것도 몇주전이기는 한데……."

"그렇다면 큰일이구나. 벌써 몇몇이나 당했다는 거잖아. 너무해. 대체 우리를 뭐로 생각하는 건지. 하긴 걔들은 옛날부터 그랬어. 잘난 거라고는 실버의 손주라는 사실밖에 없으면서 우리를 깔보고 무시했지. 거리에 던져놓으면 단 하루도 못 살 것들이……. 혁. 방금 한 말은 못 들은 거로 해줄래? 내가 흥분을 하면 말이 막 나와. 진심은 아니야, 알지?"

그렇게 말하면서 긴은 젠의 눈을 피했다. 진심이 아닌 게 아니라 진심이었다는 몸의 반응이었다.

"혹시 다른 애들이 더 있는지 알아봐주세요."

"내, 내가? 내가 어떻게."

"학교 내에서는 저보다 자유롭게 돌아다니실 수 있으시잖아요. 부탁드려요, 선생님."

긴의 표정이 급격히 어두워졌다. 쓸데없이 휘젓고 다니

다가 교장이나 다른 선생들 눈에 띄면 의심을 살 수 있어서 쉬운 일은 아니었다. 그래서 젠은 긴이 한 번 더 싫다고 하면 그만둘 생각이었다. 다행히 긴은 알겠다고 했는데, 지난번에 칼을 들여다보지 못한 것에 대한 미안함 때문이었다.

"그리고 제가 그 일 때문에 카메라가 필요한데 어디 구할 수 있는 데 없을까요?"

"카메라? 젠, 그게 더 어렵다. 나나 너희나 똑같은 처진데."

시치미 떼기. 예상한 반응이었다. 사실 긴을 조력자로 선택한 것은 카메라 때문이었다. 그녀가 다른 선생과 나눈 대화를 우연히 들은 적이 있었다. 지인 중에 뭐든지 구해주는 능력자가 있다는 대화를 말이다. 슬그머니 그 이야기를 꺼내놓자 긴이 뾰로통하게 입을 내밀었다.

"역시 학교에서는 입조심을 해야 한다니까. 좋아, 그 사람을 만나게 해줄게. 하교 버스를 놓치면 안 되니까 마지막 수업 시간에 양호실 간다 하고 빠져나오렴. 알겠지?"

"그렇게 빨리요? 그 사람이 도와주려고 할까요?"

"기꺼이. 그 인간이 좋아할 만한 일이거든."

"근데 어디로요?"

젠은 마지막 수업 시간이 되기를 초조한 마음으로 기다렸다. 학교에서 만남이 이뤄지는 걸 보면 학교 사람이라는 건데 도무지 감이 잡히지 않았다. 긴은 사교적인 편이 아니라 친밀하게 지내는 사람이 따로 없었다. 그래서 한편으로는 의심스러웠다.

'그 자리에 설마 교장선생님이나 쏜 선생님이 나오는 거 아니겠지?'

어쩌면 젠의 계획을 윗선에 일러바쳤을지도 모른다. 젠을 도우면 아무 이익이 떨어지지 않지만 그들에게서는 이익을 얻을지도 모르니 배신했을지도 모른다. 입장을 바꿔 생각해보면 아주 불가능한 선택은 아니었다.

'아니야. 긴 선생님은 그렇게 치사한 사람이 아니야.'

긴이 도와줄 거라 믿는 젠은 긴이 시킨 대로 양호실 핑계를 대며 수업을 빠져나왔다. 식당이 있는 동쪽 건물을 지나 좀 더 안쪽으로 들어가자 창고가 나왔다. 창고는 따로 쓰이질 않아서 항상 굳게 잠겨 있었다. 게다가 곳곳에 페인트가 떨어져 나가 있고 사람의 손이 닿지 않는 위쪽에는 거미줄이 장식물처럼 잔뜩 늘어져 있고 창문도 없어서 보기만 해도 으스스했다.

창고 앞에는 남자가 있었다. 창고 쪽으로 뒤돌아 있었지만 젠은 실루엣을 보고 누군지 단번에 알아차렸다. 스쿨버스 기사 폰이었다. 의외의 전개에 놀란 젠은 머리를 긁적이며 그에게 다가갔다.

"어, 저기……요?"

"너였구나."

폰은 그 말만 하고 말았다. 이렇다 저렇다 일이 돌아가는 사정은 생략하고 가만히 있었다. 그에게서는 술 냄새가 옅게 났다. 곧 버스 운전을 해야 하니, 만약 긴과 함께 장난치는 거라면 괜한 일에 힘 빼지 말고 술이나 깼으면 했다.

"그러니까 긴 선생님께서."

"시간 없으니까 빨리 끝내자."

폰은 젠의 말을 끊고 바지 주머니에서 열쇠를 꺼냈다. 자연스럽게 창고 문을 여는 것을 보니 그에게 이곳은 낯선 곳이 아닌 듯했다. 폰이 손짓으로 안을 가리켰다. 어둠밖에 없는 그곳으로 들어가려니 젠은 꺼려졌다. 그래서 열린 문 뒤에 숨어서 얼굴만 내밀었다.

"그냥 밖에서 이야기해요."

"보는 눈이 많아. 듣는 귀도 많고."

"이 근처로는 아무도 안 오거든요? 귀신 나올 것 같다고."

그러나 폰은 창고를 고집했다. 다시 안을 들여다본 젠이 고개를 절레절레 흔들며 중얼거렸다.

"그럼 불이라도 켜주든가."

"먼저 들어간 후에. 누가 보면 안 되거든."

"도와주는 건 맞죠?"

젠은 재차 확인한 뒤에야 창고 안으로 발을 들였다. 사방이 막힌 그곳은 문을 닫자 암흑 그 자체였다. 그가 무슨 짓을 해도 곧바로 방어할 수 없는 상황이라 숨이 턱 막혔다. 젠은 후회하며 귀를 쫑긋 세웠다. 어둠 속에서 제 기능을 발휘할 수 있는 건 청력밖에 없으니 모든 감각을 귀에 집중시켰다.

탁. 뭔가가 바닥에 떨어졌다. 그가 다가오려는 건가 싶어 겁이 난 젠은 슬금슬금 뒷걸음질 쳤다. 문이 있는 자리를 찾으려고 더듬다가 튀어나온 물건에 발이 걸려 넘어지고 말았다. 젠의 입에서 새된 비명이 튀어나오는 순간, 실내에 불이 들어왔다.

"자빠져서 뭐 하는 거야?"

폰은 엉덩방아를 찧어 나뒹굴고 있는 젠을 보고 한심하다는 눈빛을 보냈다. 젠은 무안해져서 서둘러 일어나 옷에 묻은 먼지를 털어냈다. 동시에 눈으로는 창고 안을 살폈다. 작은 냉장고와 전자레인지가 가장 먼저 눈에 띄었고, 그 옆에 식기 몇 가지와 쌀을 포함한 식량이 있었다. 행어에 옷도 걸려 있었다. 최소한으로 꾸려졌지만 살림집은 살림집이었다.

"설마 여기서 사시는 거예요?"

실버의 구역에서 일하는 노동자들은 일이 끝나면 구역 버스를 타고 구역 밖에 마련된 숙소로 돌아가야 했다. 실버의 구역은 철저히 실버만을 위한 곳이라 그들 몫의 방은 없었다. 그게 한낱 창고에 불가하더라도 말이다. 그래서 살림집 같은 창고 풍경은 신선했고, 더불어 믿기지 않았다.

"내가 이 학교에 백이 있거든. 구역 밖으로 나가기 싫다고 떼를 썼더니 여기를 내줬지. 이거 비밀이다."

"그 백, 교장선생님이에요?"

학교에서 뒷배라고 불릴 사람은 그 사람밖에 없었다. 그 정도 힘은 갖고 있어야 노동자 하나쯤은 우습게 구역에 남아 있게 할 수 있었을 것이다. 칼의 결석을 눈감아준 것처럼 말이다. 그러나 폰은 교장보다 더 높은 사람이라며 휘파람을 불어댔다. 그녀가 알기로는 학교에서 교장보다 높은 사람은 없었다. 그래서 그가 거짓말을 하는 게 아니라면 이건 그녀에게 미스터리였다. 젠이 궁금한 티를 숨기지 못하자 폰이 으스대며 말했다.

"교장 아버지. 그 사람이 내 실버였거든. 현재는 은퇴했지만 현역이었을 때 사회적 지위가 꽤나 높았기 때문에 아직도 영향력이 남아 있어."

교장이 폰에게는 간섭하지 않는 이유도 아버지의 지시 때문이라고 했다. 오래전에 품에서 떠난 인형에게 여전히 힘이 되어주는 실버라니. 그도 루비처럼 보기 드문 사람 중 하나였다. 젠은 그가 가진 눈빛과 미소가 궁금해서 기회가 되면 꼭 한번 만나보고 싶었다.

"카메라가 필요하다고 그랬지?"

폰이 문에서 멀리 떨어진 안쪽으로 들어갔다. 그러나 몇 발짝 못 가서 벽에 막혔다. 자세히 보니 벽이 아니라 커튼이었다. 바닥까지 길게 늘어져 있는 커튼은 보호색을 띤 해양 동물처럼 벽과 똑같은 색으로 다른 이의 눈을 속이고 있었다.

폰은 커튼 끝을 잡고서 힘차게 젖혔다. 그러자 반대쪽과 비슷한 크기의 공간이 나왔는데, 두 곳을 합친 창고는 밖에서 보는 것보다 훨씬 넓었다. 문을 열면 바로 보이는 공간이 살림집이라면, 커튼에 숨겨져 있던 공간은 기계광의 실험실 같았다. 진짜 벽면에 설치된 큰 선반에는 다양한 전자기계들이 놓여 있었고, 부품도 많이 갖춰져 있었다. 직접 조립까지 하는지 앉은뱅이책상에는 만지다 만 기계가 속을 훤히 드러내고 있었다.

"와, 이런 건 처음 봐요."

"그렇겠지. 노동자 중에는 이런 걸 수집할 수 있는 사람이 거의 없거든. 나나 되니까 할 수 있는 거지."

젠은 잘난 체하는 그를 가볍게 무시하고 선반 앞으로 다가갔다. 기계에 대해서는 무지한 편이지만 눈앞에 있는 것들이 대부분 구하기 어렵다는 것쯤은 알고 있었다.

"다 어디서 구하셨어요? 돈이 꽤 들었을 것 같은데."

"돈이 아니라 정보, 발품, 물물교환 등으로 모은 거야."

이렇게 모으기까지 쉽지 않았을 것이다. 상대가 원하는 물건에 대한 재빠른 판단력이 있어야 했고, 자신이 가진 것들의 가치를 알아주는 사람을 찾는 것 또한 일이었을 테다. 끈기와 추진력을 엿볼 수 있는 이 공간의 주인이 술 냄새를 풍기며 아무 데나 널브러져 있던 남자와 동일인이라는 건 판타지와 다름없었다. 그래서인지 젠은 그가 다르게 보이기 시작했다.

"못된 아이들을 혼내주는 데 쓸 거니 눈에 띄지 않으면서 쉽게 부착할 수 있어야겠지? 거기에 딱 맞는 게 있어. 잠깐만."

선반을 뒤져 그가 가져온 것은 투명한 콘택트렌즈였다. 그가 끼고 빼는 법을 알려주며 시범까지 보였다.

"이렇게 눈에 끼고 있으면 네가 보는 걸 전부 여기에 담을 수 있어. 나한테 다시 가져오면 영상으로 출력해줄게. 만약 이게 싫다면 다른 사람에게 부착할 수 있는 카메라도 있는데, 나중에 따로 수거해야 하는 번거로움이 있어서 나는 이걸 추천해."

렌즈는 사용법이 간편하고 보관도 용이해서 젠의 마음에도 쏙 들었다. 다만 마릿 일행의 만행을 직접 또 봐야 하는 공포감에 벌써 가슴이 쪼그라들었다. 다른 아이들을 위해서라도 겁먹지 말자고 다짐한 젠은 렌즈로 하겠다며 손을 뻗었다.

폰이 만족스러워하며 렌즈가 담긴 통을 건네려다가 다시 거둬들였다. 사용료를 달라는 뜻으로 받아들인 젠은 서랍 속에 차곡차곡 모아둔 용돈을 헤아려봤다. 카메라를 살 수 있을 만큼은 아니지만 제법 됐으니 빌릴 수 있을 것 같았다. 만약 그가 제시한 금액이 가진 돈보다 크면 앞으로 받을 용돈까지 더할 생각이었다.

"얼마를 원하세요? 터무니없는 가격만 아니면 맞춰드릴 수 있어요."

그 말을 듣고 폰의 눈이 가늘어졌다. 먼저 돈 이야기를 꺼낸 상대의 반응을 보고 흔쾌히 돈을 내줄 사람으로 판단한 것 같았다. 원래 생각했던 돈에서 더 얹으려는 속셈이 그녀에게까지 들렸다. 그러나 폰은 그녀의 경솔함을 질책했다.

"내가 살면서 돈 자랑하는 인형은 처음 봤다. 돈은 무조건 없는 척해야 해. 그래야 아무도 널 공격하지 않아."

"아⋯⋯. 네. 그럼 뭘 원하시는 거예요?"

"긴에게 들었는데 네 실버가 만든 애플타르트가 그렇게 맛있다며? 그거 다섯 개로 합의를 보자. 거기에다 술 몇 방울 떨어뜨려주면 더 좋고."

"정말 그거면 되겠어요?"

"응. 내가 빵을 좋아하거든. 근데 슬슬 궁금해지려고 하네. 대체 얼마가 있기에 그리 당당하게 딜을 했냐?"

젠은 폰의 의도를 불순하게 지레짐작해서 부끄러웠다. 그녀가 반성하며 사과하자 렌즈 통은 그녀의 손으로 넘어왔다. 이젠 돌이킬 수 없었다. 무기를 손에 쥐었으니 실패하더라도 공격해야 했다. 수업이 끝났음을 알리는 종이 울렸다. 곧 집으로 돌아가려는 행렬이 버스까지 이어질 것이다. 두 사람은 서둘러 마무리하고 창고 밖으로 나왔다.

❧

"이리 줘. 내가 할게."

칼이 콘택트렌즈를 달라며 손을 내밀었다. 칼은 폰에게서 받은 렌즈형 카메라를 탐탁지 않아 했다. 직접 현장에 뛰어들어야 하는 것에 잔뜩 겁을 냈다. 그러나 일을 실행해야 할 날이 오자 자기가 하겠다고 나섰다. 젠이 그 사나운 현장을 촬영하는 걸 반대했다.

"내가 시작한 거니까 내가 해야 해."

젠은 태연한 척하며 렌즈를 양 눈에 꼈다. 한쪽만 껴도 상관없다고 했지만 혹시라도 카메라가 먹통이 되면 곤란하니 양쪽 다 착용했다. 눈을 깜빡여 렌즈가 제대로 자리 잡은 것을 확인한 뒤, 미리 안정제를 먹었다. 일을 그르치지 않으려면 대담하고 냉철하게 굴어야 했다.

"내가 있으니까 겁먹지 마. 만약 들키면 차로 빨리 달려오고. 이 차로 도망가자."

모든 준비를 마친 젠이 차 문손잡이에 손을 올리자 칼이 말했다. 젠은 고개를 돌려 칼을 바라봤다. 그는 미소 짓고 있었지만 눈빛만은 불안하게 흔들렸다. 그 감정에 영향을 받고 싶지 않아서 젠은 서둘러 문손잡이를 붙잡았다. 그러나 이미 감정은 전이됐고, 긴장감으로 뻣뻣해진 손으로는 도저히 문을 열 수가 없었다. 안정제보다 강력한 게 필요했다.

젠은 품에 안기듯 칼을 끌어안았다. 목덜미에 코를 묻자 칼의 냄새가 났다. 꽃줄기에서 맡을 수 있는 알싸하면서도 푸릇한 냄새. 스킨인지 로션인지는 모르겠지만, 한결같이 칼에게서 나는 냄새라 그건 칼만의 냄새였다. 그의 온기에 그만의 냄새가 더해지자 젠은 불안했던 마음이 진정되고 용기가 솟아났다.

"다녀올게. 걱정하지 마."

젠은 고양이가 걷는 모습을 떠올리며 조용하면서도 민첩하게 별장으로 향했다. 이동하는 동안 머리 위에서 까만 새가 기분 나쁘게 울었다. 너무 시끄럽게 울어대서 들킬 것 같아 쫓아내봤지만 기어이 별장 코앞까지 따라왔다. 그러나 그녀가 별장으로 가까이 다가가자 방향을 돌려 멀리 날아갔다.

젠은 단번에 별장 측면까지 뛰어갔다. 밑창이 고무로 된 가벼운 운동화를 신고 와서 발소리가 거의 나지 않았다. 모퉁이로 얼굴을 내밀어 시야를 확보한 뒤에 멀쩡한 창문은 건너뛰고 곧장 유리창이 깨진 창문 아래로 달렸다. 경험을 앞세우니 그만큼 시간이 단축됐다.

안에서는 아무 소리도 들리지 않았다. 그들이 데려온 아이가 이곳에 있다면 겁에 질린 숨소리라도 나야 했는데 진공상태처럼 텅 비어 있었다. 이번에도 거리의 아이를 데려오지 않은 것일까. 마릿 일행이 별장으로 들어갈 때 다들 혼자였다. 마릿보다 먼저 도착한 사람이 있어서 확신할 수는 없지만 만약 그도 혼자였다면 오늘의 희생자는 따라온 인형 중 하나가 될 것이다. 또 파티를 하는 게 아니라면 말이다.

젠은 마릿 일행을 찾으려고 거실이 보이는 오른쪽 측면

으로 돌아갔다. 창문은 안이 훤히 보이도록 뚫려 있었다. 검은 천을 걷었던 지난번 상태 그대로 내버려둔 듯했다. 거실 중앙에 아이가 있었다. 이미 게임이 시작됐는지 조롱하는 듯한 마릿 일행의 웃음소리와 고통으로 내지르는 아이의 신음이 마구 뒤섞여 흘러나왔다. 막상 타인의 고통을 들으니 괴로웠다. 끝까지 해낼 자신이 없어서 그냥 왔던 길로 되돌아가 눈을 감아버리고 싶었다. 콘택트렌즈 카메라나 협박은 자신처럼 약한 사람이 해낼 수 없는 일이었다.

'아니야, 정신 차리자. 나는 절대로 약하지 않아.'

젠은 자신의 볼을 세게 잡아당겼다. 여기까지 와서 일을 그르칠 수는 없었다. 잘 만하면 지금부터 찍게 될 영상이 또 다른 희생자를 막을 수 있는 카드가 될 수 있으니 두 눈 크게 뜨고 똑바로 지켜봐야 했다.

게임 멤버는 저번 멤버에서 케일럽과 로진느가 빠져 다섯이었다. 젠은 그들의 얼굴을 한 명씩 자세히 오래도록 봤다. 말로리나, 니알, 테드, 한스 그리고 마릿. 평생 잊지 못할 얼굴들.

이번 아이는 소녀였다. 앞에 놓인 테이블과 비교했을 때 덩치가 매우 작았다. 닐보다 어린 소녀는 대체 뭘 잘못했기에 실버에게 쫓겨나 거리 생활을 하는 것일까. 어쩌면, 아니 분명히 저 애의 잘못은 없을 것이다. 인형을 반대하는 세력 중 한 명이 배정받은 후 보란 듯이 돌려보낸 거겠지. 그러니 아이가 이곳에 끌려와 고통을 받는 건 전부 그 사람 탓이다. 알면 알수록 세상에는 나쁜 인간이 참 많다.

"그만 징징대고 먹으라니까! 네가 먹어야 내가 이긴다고!"

"안 돼. 넌 이런 걸 먹을 애가 아니잖아. 교양 있고 우아하게 살고 싶으면 이런 건 상종도 하면 안 돼."

테드와 말로리나가 아이 옆에 서서 무언가를 먹도록 혹은 먹지 못하도록 부추겼다. 아이는 눈앞에 놓인 접시를 보지 않으려고 눈동자를 이리저리 굴렸다. 한차례 크게 울었는지 얼굴은 눈물로 범벅이 된 상태였다. 젠은 아이가 경악하며 피하는 게 무엇인지 보려고 접시를 자세히 살폈다.

'헉, 저게 뭐야.'

벌레였다. 여러 종류의 벌레를 대충 으깨서 한데 담은 것이다. 보기만 해도 속이 울렁거리는 저걸 부랑자 아이에게 먹이려 하다니. 젠은 자신이 당한 것처럼 굴욕적이었다.

"야, 너 정말 이럴 거야? 한 입 먹는 게 뭐 어렵다고 이렇게 고집을 부려!"

윽박지르는 테드가 무서웠던지 아이는 덜덜 떨며 숟가락 쪽으로 손을 가져갔다. 그러자 이번에는 말로리나가 아이의 야윈 등을 쓸어내리며 다정하게 말했다.

"애, 먹지 마. 안 먹고 십 분만 더 버티면 내가 달콤한 것들을 상으로 줄게. 사탕, 초콜릿, 과일주스. 내가 많이 가져왔거든? 너 다 줄게."

말로리나 말에 아이는 손을 테이블 아래로 감췄다. 한 시간도 아니고 딱 십 분만 버티면 맛있는 간식이 모두 제 것이 되니 당연한 반응이었다. 아이는 벌써 침이 고이는지 표정을 살짝 풀었다. 극한 상황에 놓였어도 아이는 아이였다. 승부가 말로리나 쪽으로 기울어지는 듯 하자 테드가 테이블을 두드리며 아이를 위협했다.

"그만. 이렇게 협박해도 되는 거야?"

"내 맘이지. 지기 싫으면 너도 협박해."

두 사람은 서로를 잡아먹을 듯이 싸웠다. 젠은 그들이 싸움으로 감정이 상해 이쯤에서 게임을 접고 돌아갔으면 했다. 오늘 찍은 영상으로는 부족했지만 부랑자 아이를 위해서 끝냈으면 했다. 그들의 싸움에 정신없이 몰입하고 있던 젠은 문득 풍경이 달라졌음을 느꼈다. 하나 둘 셋 넷. 한 명이 없었다. 마릿, 한스, 테드, 말로리나……. 니알이 없었다. 니알은 대체 어디로…….

"뭘 그렇게 보는 거야? 같이 좀 보자."

머리 위로 기다란 그림자가 드리워지자 젠의 심장이 요동쳤다. 들킬 경우도 염두에 두고 정신을 바짝 붙들고 있었지만 예상했던 것보다 빨리 들켜서 어찌할 바를 몰랐다.

젠은 돌아보지 않고 앞을 본 상태에서 탈출 경로를 모색했다. 그러나 니알과 견주어봤을 때 자신이 힘에서 밀리는 건 당연했고, 그보다 달리기가 빠를 거란 보장도 없으니 방법이 보이지 않았다. 그때 니알이 창문을 두드려 안에 있는 이들의 관심을 이쪽으로 돌렸다.

"얘들아, 손님 왔네. 내가 데리고 들어갈게."

젠이 거절 의사를 밝히기도 전에 힘센 악력이 뒷덜미를 붙잡아 일으켜 세웠다. 벗어나려고 버둥대보지만 힘 차이가 커서 그대로 끌려갔다. 니알은 거실로 들어가자마자 젠을 바닥에 내팽개쳤다. 힘을 써서 작정하고 밀어버리니 젠은 똑바로 서질 못하고 자꾸 휘청거렸다. 어떡해서든지 서 있으려고 했지만 다리에 힘까지 풀려버려서 그대로 쓰러지고 말았다.

"젠? 차에 안 있고 여기서 뭐 하는 거야?"

마릿이 인상을 찌푸렸다. 젠은 바닥에서 일어나려고 고개를 돌리다가 테이블 아래에 숨은 부랑자 아이와 눈이 마주쳤다. 아이의 눈이 알사탕보다 크게 벌어졌다. 젠은 그런 아이를 향해 가만히 미소 지었다. 겁내지 말라고, 나는 네 편이라고 말하고 싶었지만 말할 수 없으니 대신 미소를 지었다.

젠의 몸이 갑자기 공중으로 뜬다 했더니 이번에는 테드가 뒷덜미를 잡아서 소파 가운데 앉혔다. 양옆으로 니알과 테드가 앉았다. 그들의 팔은 수갑처럼 단단히 젠의 팔을 붙잡았다. 젠이 빠져나가려고 애써봤지만 꼼짝하지 않았다.

한스가 의자를 끌고 와서 젠 앞에 앉았다. 말로리나는 멀리 떨어져 있는 일인용 소파에 앉았고, 마릿은 한스 옆에 섰다. 모두 살기와 호기심이 뒤섞인 눈으로 젠을 쳐다봤다. 젠은 속이 울렁거렸으나 꼼짝없이 받아들여야 하는 상황에 목구멍을 틀어막았다. 약한 모습은 최대한 숨기고 싶었다. 약하게 보일수록 눈앞의 악마들은 신이 날 테니까.

"마릿이 한 질문에 대답해야지. 이 앞에서 뭐 하고 있었어, 젠?"

한스가 다정한 목소리로 물었다. 눈빛은 찢어 죽일 것처럼 날카로우면서 목소리와 말투는 한없이 부드럽게 냈다. 이중적인 인간임이 틀림없었다. 마릿은 이런 놈이 뭐가 좋다고 헤벌쭉한 걸까.

"난 그저 화장실을 찾고 있었을 뿐이야. 보는 눈이 많아서 아무 데서나 바지를 내릴 수가 없었거든."

"솔직히 말해봐. 내 약점을 쥐려고 훔쳐보고 있었던 거지? 내가 말했지, 한스? 할머니께 거짓말한 걸 가지고서 애가 협박했다고."

마릿이 분하다는 듯 노려봤다. 늑대가 한 마리도 아닌 다섯 마리나 되는 이곳에서 온전히 살아나갈 수 있는 양은 없었다. 이 순간 젠은 자신도 늑대이고 싶었다.

"협박이라니. 너 참 나쁜 인형이구나. 난 나쁜 인형들은 두고 볼 수가 없던데. 네가 아무리 마릿의 할머니가 아끼는 인형일지라도 공평해야겠지?"

한스가 차갑다 못해 무서운 기운이 서려 있는 말투로 말했다. 반대로 눈빛은 부드럽게 무뎌졌다. 그 기이함은 그를 쳐다보고 있는 것만으로도 가위에 눌린 것처럼 오싹하게 만들었다. 한스가 테이블에서 벌레수프가 든 접시를 가져왔다. 벌레수프는 생김새처럼 냄새도 지독했다. 몇 날 며칠을 굶었다 해도 먹을 수 있는 상태가 아니었다. 한스가 숟가락으로 수프를 떴다.

"입 벌려, 젠. 마릿을 협박한 대가라 생각하고 맛있게 먹어."

벌레수프가 든 숟가락이 젠의 입을 향해 다가왔다. 젠은 손으로 입을 막고 싶었지만 양옆에 찰싹 달라붙어 있는 늑대들 때문에 손을 쓸 수가 없었다. 젠은 입술을 안으로 말고서 꾹 다물었다. 그러자 니알이 자유로운 다른 손으로 젠의 턱을 감싸 쥐고는 양 볼을 꾹 눌렀다.

'버텨야 해. 저 역겨운 걸 먹을 순 없어.'

굳은 결심과 달리 입은 허무하게 벌어졌다. 젠은 한스가 다가오지 못하도록 발로 차고 또 찼다. 제대로 들어간 한 방에 한스는 그만 숟가락을 놓치고 말았다. 그러나 수프는 아직 많았고, 그가 인내심을 발휘해서 한 숟가락을 다시 떴다. 이번에는 그들이 발까지 붙잡고 있어서 젠이 사용할 수 있는 건 입밖에 없었다.

'그래, 기왕 이렇게 된 거 새되게 악이라도 써서 놀라게 만들어주지.'

"야, 저리 안 가! 가! 가라고! 싫어, 오지 마! 안 먹어. 그딴 건 너나 먹어. 나, 안 먹는다고 했다!"

몸부림까지 치면서 악을 써대자 숟가락은 입에 들어오기 직전에 멈췄다. 그러나 까딱 잘못하면 입술에 닿을 것 같아서 젠은 뒤로 목을 최대한 젖히고 미동도 하지 않았다. 뒤편에서 지켜보고 있던 말로리나가 계속하라며 성화를 부렸다. 한스를 경계하고 있던 젠의 시선이 말로리나에게로 옮겨 갔다. 이들을 제압할 힘이 있다면 저 끔찍한 음식을 말로리나 입에 쑤셔 넣었을 텐데.

"한스, 뭐 하는 거야. 빨리해. 아니다. 그렇게 감질나게 하지 말고 접시째 부어버려. 그래야 재밌지."

한스가 접시를 들고 일어났다. 말로리나 말대로 하려는가 싶어서 젠은 두 눈을 똑바로 뜨고 버둥거렸다. 그러나 한스는 창문 쪽으로 가서 수프를 접시째 쏟아버렸다. 말로리나가 말귀를 못 알아듣는다며 짜증을 냈지만 한스는 무시했다. 그는 다른 흥미로운 일이 생각났다는 표정으로 니알에게 귓속말을 했다. 곧 니알도 한스와 똑같은 표정이 되더니 서둘러 밖으로 나갔다.

한스는 테드와 함께 테이블을 옆으로 치우고 의자 두 개를 마주 놓았다. 테이블 밑에서 숨죽이고 있던 부랑자 아이가 놀라며 눈치를 봤지만 아이는 이제 그들의 관심 밖에 있었다. 아이는 구석으로 기어가 그림자에 숨어서 젠을 쳐다봤다. 젠이 가만히 있으라고 입 모양으로 말했다.

잠시 후 니알이 칼을 데리고 돌아왔다. 칼을 본 순간 젠은 생으로 뽑힌 칼의 발톱과 아직도 발목에 찍혀 있는 녹색 도장이 떠올라 숨이 가빠왔다. 젠은 다른 아이들의 시선이 칼에게 닿지 못하도록 칼 앞을 막아섰다.

"칼은 내버려둬. 칼은 운전해달라는 마릿의 부탁을 받았을 뿐이니 건드리지 마. 진실을 알고 마릿을 협박한 것도, 너희 게임을 훔쳐본 것도 나니까 뭘 하든 나한테만 해. 내가 다 받을게."

젠은 자신이 말하면서도 참 용기 있는 발언이라 생각했다. 물론 목소리는 비참하게 떨렸다. 칼이 그녀의 손을 붙잡았다. 이를 보고 니알과 테드가 동시에 휘파람을 불었고,

말로리나는 흥 하고 코웃음을 쳤다. 한스가 고갯짓을 하자 니알과 테드가 각각 젠과 칼을 붙잡고 의자에 앉혔다. 서로를 마주 보며 앉게 된 두 사람의 얼굴에는 긴장감이 가득했다. 한스가 두 사람을 번갈아 보며 말했다.

"나는 말이야. 친구의 고통은 기꺼이 분담하는 게 인간의 도리라고 생각해. 오, 맞다. 너희는 인간이 아니었지? 내가 실수했네."

풉. 비웃는 소리가 여기저기서 들렸다. 마릿만 굳은 얼굴로 젠을 응시했다.

"어쨌든 너희도 그렇게 해야 해. 우리가 그걸 원하니까."

젠은 마릿에게 도와달라는 눈빛을 보냈다. 추락하는 사람 옆에 지푸라기가 있다면 어떡해서든 붙잡으려고 용을 쓸 테니 젠도 할 수 있는 건 다 해봐야 했다. 그러나 마릿은 그녀를 외면하고 한스 편에 섰다.

"먼저 둘이 가위바위보를 해. 이긴 사람은 차로 돌아가고 진 사람은 남아서 우리하고 놀게 될 거야. 승부는 단판이야."

"그냥 나한테 하라니까. 잘못은 내가 했는데 왜 애먼 사람까지 끌어들여."

"말했잖아. 친구끼리는 고통을 분담한다."

"우리 친구 아니야. 우린 그저 같은 구역에 살아서 같은 학교에 다닐 뿐이야. 그렇지, 칼?”

젠이 칼에게 동조하라는 신호를 보냈다. 그렇게 우정을 부정해서라도 칼만은 보호해주고 싶었다. 그러나 칼은 젠의 뜻대로 해주지 않았다. 젠이 혼자 감당하도록 내버려두지 않았다.

“우린 죽고 못 사는 단짝이야. 거의 가족이라 할 수 있어.”

“거짓말이야. 쟤 말 믿지 마.”

칼과 젠이 자꾸만 그들의 우정을 과시 혹은 숨기려고 하자 한스가 그만 애쓰라며 짜증을 냈다.

“판단은 내가 할 테니까 너희는 시키는 대로만 해. 그럼 시작한다. 가위, 바위, 보.”

한스의 목소리가 울려 퍼지자 니알과 테드가 발을 구르며 분위기를 조성했다. 그러나 젠과 칼은 굳은 자세를 유지하며 손을 내밀지 않았다. 두 사람이 게임에 참여하지 않자 실내 공기가 급작스럽게 냉랭해졌다.

“이번에도 가만히 있으면 둘 다 우리와 어울리고 싶다는 의미로 받아들이겠어.”

그 순간 뭣 때문인지 구석에 몸을 숨기고 있던 부랑자 아이가 울음을 터뜨렸다. 경기를 일으킬 정도로 심하게 울어서 누군가 달래야 했는데 아무도 나서지 않았다. 시선이 분산된 틈을 타 칼이 손가락 하나를 펴서 젠을 가리키더니 다시 손가락 다섯 개를 펴고는 살짝 흔들었다. 보자기를 내라는 신호였다. 그럼 자신이 주먹을 내서 지겠다는, 자신이 남아 이들을 상대하겠다는 건데 젠은 그가 하려는 대로 따라가지 않았다. 주먹과 주먹.

두 번째 판에서도 승부가 나지 않자 한스는 두 사람 모두 게임에 참여시켰다. 덕분에 재미가 배로 늘었다며 다른 아이들이 좋아했다.

"근데 무슨 게임을 한 건데? 니알이 준비해 온 건 시시해져서 하기 싫단 말이야. 역겹기도 하고."

말로리나가 얼굴까지 찡그리며 말하자 니알이 꿀밤을 날리는 시늉을 했다. 여기에 테드가 끼어들어 말로리나 의견에 힘을 실어주자 말다툼의 인원이 둘에서 셋으로 늘어났다. 매번 저렇게 서로의 신경을 건드리면서 어떻게 한 팀으로 뭉쳤는지 의아했다.

"지난번에 로진느가 썼던 거 어디 있는지 아는 사람?"

한스의 말에 말로리나가 콧노래를 흥얼거리며 소파 밑을 뒤졌다. 그녀의 손끝에 딸려 나온 상자를 본 젠은 자신도 모르게 몸을 떨었다.

"잘 들어. 지금부터 우리가 너희 몸을 바늘로 찌를 거야. 둘 중 먼저 비명을 지르는 사람이 이기는 게임이지. 진 사람에게는 당연히 벌이 주어지겠지?"

한스는 젠과 칼을 제대로 파악했다. 그들은 서로를 위해 절대 비명을 지르지 않을 것이다. 상대가 벌을 받지 않게 하려고 몸이 피범벅이 되어도 악으로 버텨낼 것이다. 그건 보는 이들에게 즐거움을 선사할 테니 한스 입장에서 보자면 두 팔 벌려 환영할 일이었다.

말로리나가 맨 처음 바늘을 잡았다. 따로 순서를 정하기도 전에 자신이 먼저 하겠다고 나섰다. 처음에는 한 명에게만 바늘을 찌를 수 있어서 선택해야 했다. 그녀는 고민 없이 젠을 골랐다. 젠은 자신이 선택당할 걸 예상했다. 그녀는 허벅지를 깊게 찔렀다가 뺐다. 처음부터 너무 아파서 젠은 비명이 새어 나오려고 했다. 지난번 이들의 희생자였던 아이는 이 고통을 어떻게 참아냈을까. 새삼 그 아이의 정신력과 인내심이 대단하다는 생각이 들었다.

다음 두 번은 칼이 선택됐다. 칼은 평온한 얼굴로 바늘의 공격을 받아냈다. 갑옷처럼 단단한 피부를 갖고 있지 않는 이상 고통은 누구나 똑같다. 칼도 마찬가지인데, 이렇게 버틸 수 있었던 건 어떤 고통이 와도 비명을 지르지 않겠다는 굳은 결심 때문인 듯싶었다.

한스가 바늘을 골라 들었다가 먼저 하라며 마릿의 손으로 넘겨주었다. 마릿이 바늘을 쥔 손을 꼼지락거리며 두 사람 앞에 섰다. 얼굴에는 아직도 떨어지지 않은 피딱지가 군데군데 있었다. 그때의 복수를 하려고 든다면 이 기회를 이용해 덤벼들 것 같았다. 젠은 그녀를 더 미워하지 않도록 그녀가 너무 잔인해지지 않기만을 바랐다.

"꼭 이렇게까지 해야겠어?"

마릿은 차마 하지 못했다. 그녀의 얼굴 위로 모든 것에 측은지심을 느꼈던 어린 시절 마릿이 언뜻 스쳐 갔다. 그러자 연쇄작용처럼 불쌍한 아이에게 바늘 놓던 순간의 마릿 표정이 젠의 머릿속에 또렷이 떠올랐다. 그녀는 아무렇지 않은 듯했지만 분명 공포를 느끼고 있었다. 잘못된 것을 알았을 것이다. 그러나 한스를 떠나지 못해서 계속 얽혀 있는 거겠지. 한번 그렇게 생각하자 젠은 마릿의 모든 행동이 다르게 보였다.

"뭐야. 조금 전까진 죽일 것처럼 굴더니 그새 마음이 약해졌니? 가만 보면 넌 참 알 수 없다니까."

말로리나가 비꼬았다. 저번에도 느꼈지만 마릿은 이 애들한테 꼼짝하지 못했다. 아니, 아니다. 애들이 아니라 한스 때문이었다. 한스가 곁에 있어서 다른 애들이 무례하게 굴어도 가만히 있었다. 역시나 한스가 문제였다. 게임의 방향성을 잡는 것도 언제나 한스였고, 이들이 더 잔인해지도록 부채질하는 것도 한스였다. 어쩌면 이 모임을 주최한 것도 그가 아니었을까.

"마릿."

그때 한스가 마릿의 어깨에 팔을 둘렀다. 애정이 가득한 동작이었지만 젠의 눈에는 야비한 덫처럼 보였다.

"네 입으로 말했잖아. 쟤가 네 약점을 캐려고 한다고. 그럼 다시는 하지 못하도록 버릇을 잡아놔야지. 난 다 널 위해서 이러는 거야."

"아는데……."

"알았어. 그럼 내가 먼저 할게."

한스는 가장 길고 두꺼운 바늘을 집어 들고서 젠을 택했다. 압도적으로 큰 바늘 크기에 젠은 오금이 저렸다. 이번에는 바늘 끝이 피부에 스치는 것만으로도 견딜 수 없을 것 같았다. 그만큼 위압감이 강했다. 젠은 칼에게 시선을 고정했다. 그를 보며 진정하고 싶었다. 그러나 금세 다른 곳을 바라봐야 했다. 칼의 눈이 공포로 물들고 있었기 때문이었다.

"제발 소리 지르지 마. 이렇게 끝나면 재미없잖아."

속삭이는 한스의 목소리가 징그러운 뱀처럼 귓속으로 미끄러졌다. 젠은 머리를 흔들어 그의 목소리를 털어내고 싶었지만 동요하는 모습을 보여주고 싶지 않아서 가까스로 참았다. 한스는 오른쪽 귓불 아래에 바늘을 갖다 댔다. 많은 부위 중 왜 하필 그곳인지, 젠은 그만 욕설이 튀어나오려고 했다.

"잠깐만."

약 올리듯 바늘만 댄 채로 젠을 살펴보던 한스가 갑자기 행동을 멈췄다. 그는 젠의 얼굴을 억지로 돌려 자신을 똑바로 쳐다보게 했다.

"오호, 이것 봐라."

젠의 얼굴을 이리저리 뜯어보던 그가 일그러진 미소를 지었다. 젠은 그에게 렌즈 카메라가 들통났을까 봐 긴장됐다.

"나쁜 데다 재밌기까지 하네. 인형만 아니었다면 딱 우리 과인데 아깝다. 니알, 애 좀 움직이지 못하게 꽉 붙잡아."

한스가 명령하자 니알이 젠의 두 팔을 등 뒤로 교차해서 붙잡았다. 곧 한스의 손가락이 눈을 향해 다가온다 싶더니 재빠르게 렌즈를 빼갔다. 절대로 안 들킬 자신이 있었던 젠은 일이 계획대로 안 돌아가자 큰 산을 아무런 장비 없이 오르려고 한 사람처럼 무력감을 느꼈다.

"카메라네. 이걸 가지고 우릴 촬영하려고 했었다?"

다른 아이들이 카메라를 서로 보겠다고 다투는 사이에 한스는 렌즈를 마릿에게 넘겼다. 마릿은 렌즈를 자세히 들여다보더니 손가락으로 짓이겼다. 분노를 넘어서 상처받은 얼굴을 했다.

“너도 알고 있었니?”

한스가 칼에게 물었다. 칼이 그렇다고 대답하자 그는 재밌는 걸 본 사람처럼 깔깔거렸다. 그러더니 테드를 시켜 칼의 팔을 묶고 입에 재갈을 물렸다.

“네가 주동자 같으니 너에게 들어야겠어. 이러는 이유가 뭐야?”

젠이 침묵을 내세우자 테드가 어서 말하라고 다그쳤다. 그는 몹시 흥분해서 젠 앞에 한스가 없었다면 당장 달려들어서 목이라도 조를 것 같았다. 한스가 다시 한번 이유를 묻자 젠이 말했다.

“너희가 다시는 우리를 괴롭히지 못하도록 만들고 싶었어.”

한스와 아이들은 서로 얼굴을 바라보다가 맞춘 것처럼 한꺼번에 웃음을 터뜨렸다. 그러나 마릿은 웃지 않았다. 앉았다 섰다를 반복하며 불안을 드러냈다. 한스가 대표로 말했다.

“우리가 괴롭힌다고 생각했다니 유감이네. 우리는 그저 교훈을 주려고 했을 뿐인데.”

“교훈? 무슨 교훈? 이상한 것을 먹이고, 손발톱을 뽑고, 생살을 바늘로 찔러대며 가져선 안 되는 색깔을 억지로 입히는 것으로 대체 무슨 교훈을 주려고 했다는 거야?”

"요즘 자기 위치를 망각하고 설쳐대는 인형이 종종 보이거든. 그래서 우리 눈에 띄는 인형만이라도 단속하려고 했던 거야."

"너희 눈에는 우리가 사람으로 안 보이겠지만 우리도 사람이야. 우리에게도 감정이 있고, 생각이 있어. 이렇게 함부로 대하면 상처받는다고."

울컥한 젠은 마음속에 품고 있었던 말을 서슴없이 내뱉었다. 발동 걸린 젠에게 브레이크 따위는 없었다.

"제발, 제발! 존중까지는 바라지도 않을게. 그저 이런 식으로 유희의 도구로 이용하지는 말아줘. 부탁할게, 응?"

젠은 진심으로 말했다. 진심에는 무엇이든 이길 힘이 깃들어 있다고 배웠다. 그러나 '무엇이든'은 새빨간 거짓말이었다. 눈앞에 있는 작은 악마들은 그녀의 진심을 하찮게 여겼다.

"젠. 대단한 연설이었어. 하지만 네가 할 연설은 아닌 것 같다. 그건 그렇고. 자, 넌 네 자신을 망각한 데다 우리를 위험에 빠뜨리려고 했으니 정말 큰 교훈을 배워야겠지?"

한스가 젠의 턱을 잡고 들어 올렸다. 그의 살기 어린 눈동자가 젠의 눈을 빤히 들여다보았다. 젠은 눈을 통해 새겨지는 그를 몰아내려고 애썼지만 실패했다. 잔인한 미소를 머금고 있는 그는 천천히 기억은 물론 마음에까지 각인되어갔다. 공포감이 솜털을 하나씩 일으켜 세웠다.

"원래는 한쪽 눈을 파낼 생각이었지만 이 예쁜 눈이 하나 사라진다면 슬플 것 같아서 말이야. 손가락 하나로 합의 보자. 너도 그 편이 좋지?"

한스가 손가락을 자르겠다고 예고했지만 젠은 저항하지 못했다. 공포에 지배당한 몸과 마음이 가위 눌린 상태처럼 얼어붙고 말았다.

"손가락 하나 없어도 사는 데 지장은 없어. 빈 곳을 볼 때마다 오늘을 기억하고 네 위치를 명심해."

한스가 힘으로 젠을 일으켜 세운 뒤 테이블 쪽으로 끌고 갔다. 힘없이 끌려가는 젠은 진짜 인형처럼 보였다. 생각, 감정, 영혼이 아닌 솜으로만 채워진 진짜 인형. 한스는 젠의 왼손을 테이블 위에 올려놓고 손가락 사이를 활짝 벌렸다. 일이 진행되는 동안 움직이지 못하게 하려고 테드가 뒤에서 젠을 붙잡았다.

"너의 실버한테는 거리에서 사나운 노동자 무리를 만났다고 해. 너는 그들을 본 적 없겠지만 나는 많이 봤어. 그들에게 이런 것쯤은 아무것도 아니야."

한스가 주머니칼을 꺼내 새끼손가락에 갖다 댔다. 이제 힘을 싣기만 하면 손가락은 두 동강 날 것이다. 그때 한스와 테드가 옆으로 밀려나며 쓰러졌다. 젠도 쓰러졌지만 뭔가가 감싸안고 있어서 충격을 덜 받았다. 알싸하고 푸릇한 냄새가 코끝에서 맡아졌다.

"젠, 괜찮아?"

모두가 젠에게만 집중하고 있을 때 칼이 묶인 손과 재갈을 풀고서 그들에게 뛰어들었다. 젠은 고마웠다. 자신의 고집 때문에 이런 수모를 당하는데도 자신을 구해주려고 노력하는 그에게 고맙고 미안했다.

"이런, 씨!"

니알이 칼의 멱살을 붙잡고 일으켜 세운 뒤 주먹을 휘둘렀다. 묵직한 주먹이 복부와 어깨를 강타했지만 이번에는 칼도 당하고만 있지 않았다. 싸움을 해본 적 없어도 젠을 지키겠다는 일념이 그를 강하게 만들었다. 그러나 테드와 한스까지 동시에 합세하는 바람에 칼은 일방적으로 밀릴 수밖에 없었다. 그들에게 제압당한 칼이 쓰러지자 한스는 그의 가슴팍을 한쪽 발로 밟고서 체중을 실었다. 칼이 일어나려고 애썼지만 그럴 때마다 한스의 발이 깊숙이 파고들어 고통스러웠다.

"자, 젠. 이젠 네 친구도 진정됐으니 계속할까?"

"젠은 건드리지 마. 꼭 해야겠다면 내 손가락을 잘라."

"안 돼. 너희가 원한 건 나니까 내 걸 가져가."

젠과 칼은 서로 손가락을 내놓겠다고 소리를 질렀다. 간절하고 애틋한 이들의 모습에 다들 비웃음을 참지 못했다. 그러나 마릿은 얼이 빠져 소파에 기대앉았다. 한참 웃던 한스가 골똘히 생각하더니 주머니칼의 몸통에서 칼날을 뺐다.

"얘네 둘 테이블에 나란히 앉혀."

그 말이 끝나기가 무섭게 니알과 테드가 두 사람에게 붙었다. 그들은 젠과 칼을 억지로 테이블에 앉힌 뒤, 둘의 왼손을 테이블 위로 끌어당겼다. 한스가 주머니칼로 테이블 위를 찍어 누르며 말했다.

"어느 것을 자를까요. 알아맞혀보세요. 딩, 동, 댕."

f

젠은 며칠 동안 칼을 피해 다녔다. 그가 교실로 찾아오면 책상에 엎드려 외면했고, 그의 반과 합동 수업을 할 때면 아프다며 양호실로 갔다. 점심시간에는 식당이 아닌 옥상으로 향했다.

젠은 칼을 볼 수가 없었다. 그날 새끼손가락을 잃은 사람은 칼이었다. 모든 것을 계획하고 실행한 사람은 젠이었는데 고문을 당한 사람은 그였다. 그녀의 단짝이라서, 그의 고통이 그녀를 더 괴롭게 한다는 이유에서 희생자가 되었다. 칼은 그녀의 잘못이 아니라며 위로했지만 젠은 스스로를 용서할 수 없었다.

"젠, 교장실에서 부르신단다."

쏜의 수업 시간. 갑자기 긴이 문을 열고서 젠을 찾았다.

방해를 받은 쏜은 만만한 긴에게 화를 내려다가 교장의 심부름이란 걸 알고는 서둘러 젠을 내보냈다. 평소 교장이 개별적으로 면담을 하거나 친분이 있는 것도 아니라 젠은 그의 부름이 의아했다. 앞서 걷던 긴이 주변을 둘러보더니 옆으로 바짝 붙어 목소리를 낮췄다.

"일이 잘 안됐니?"

젠은 긴이 무엇을 말하는지 단번에 알아들었다. 애써 지워가던 장면이 다시 선명해졌다. 피투성이 칼. 젠은 불안하게 떨리는 눈동자를 긴에게 들키지 않으려고 살며시 눈을 내리깔았다.

"왜요? 혹시 그 일로 절 부르시는 것 같아요?"

"그건 아니야. 그냥 어떻게 됐는지 말이 없기에 궁금해서 그러지."

그러고 보니 정신이 없어서 따로 결과를 알리지 않았다. 칼이 받은 고통을 알게 되면 선생님은 어떤 반응을 보일까. 폰에게는 또 뭐라 말한담. 빌려 간 카메라를 못 쓰게 망가뜨려놓았으니 당연히 배상은 하겠지만 이건 신뢰의 문제였다. 남의 물건을 빌릴 땐 제 물건처럼 소중히 다뤄야 한다고 배웠는데. 충격 때문에 미처 생각하지 못했던 부분들이 기다렸다는 듯이 밀려오자 젠은 뒤통수가 당겼다. 젠의 심상치 않은 반응에 긴은 그날의 일을 더는 물고 늘어지지 않았다. 대신 다른 이야기를 꺼냈다.

"저기, 네가 말한 거 알아봤는데."

긴은 약속대로 한쪽 눈썹이 없는 아이들에 대해서 조사를 했다. 용기가 필요한 일이라 주저했지만 어쨌든 해냈고, 그 결과를 젠에게 알려주려고 했다. 그러나 젠은 넘쳤던 의욕이 사라져서 정보가 불필요해졌다. 알량한 정의감으로 소중한 친구를 위험에 몰아넣었는데 그게 다 무슨 소용일까 싶었다.

"몇 명 되더라. 어떻게 그 수의 인형이 구역의 경계를 넘나들었을까. 증명서를 발급하는 게 쉬운 일은 아닐 텐데……. 어쨌든 여기 명단이 있어."

"고맙습니다."

"나 혼자 한 거 아니야. 나 혼자서는 절대 못 하지. 폰이 도와줬어. 폰은 버스를 운전하니까 여기저기서 듣는 게 많을 거 아니야. 그래서 도와달라고 했는데. 사실 별 기대 없이 해본 부탁인데 웬일로 아무 대가 없이 도와주겠다고 해서……."

긴의 말이 쓸데없이 길어졌다. 몰라도 될 일을 알게 해서 자신을 고민하게 했으니 그 수고를 알아달라는 투정 같았다.

"선생님, 저 이제 들어가봐야 할 것 같은데요."

평소의 젠이라면 친구처럼 달래주고 수다를 떨었을 것이다. 그러나 지금은 그럴 기분이 아닌 데다 이유를 모르는 면담을 앞두고 있어서 긴까지 생각할 여유가 없었다.

"실례하겠습니다."

교장실에서는 교장과 노부인이 기다리고 있었다. 젠은 노부인을 정식으로 처음 보지만 이전에 본 기억이 있어서 낯설지 않았다.

"와서 인사하렴. 여긴 열 살 반 닐의 실버 내털리 여사님이시란다."

"안녕하세요."

닐의 실버가 왜 찾는지 의문이 들던 젠의 머릿속에 알약이 스쳐 지나갔다.

'닐. 아, 닐.'

그녀가 요새 정신을 빼놓고 다녀서 피해를 본 사람이 또 있었다. 그동안 닐은 젠이 시키는 대로 비타민을 먹지 않고 빼돌렸을 것이다. 닐의 실버가 학교까지 찾아와 자신을 불렀다는 건 모두 들켰다는 것일 테고.

내털리가 교장에게 자리를 비켜달라고 부탁했다. 교장은 그녀의 말을 잘 들었다. 내털리는 차를 다 마시기 전까진 용건을 말하지 않을 작정인지 느긋하게 차만을 즐겼다.

그녀의 부탁으로 젠 앞에도 차 한 잔이 놓였지만 젠은 손대지 않았다. 마시고 싶지 않았다.

젠은 고개를 살짝 숙인 자세에서 눈동자만 굴려 내털리를 관찰했다. 내털리는 머리부터 발끝까지 한 치의 흐트러짐도 없었다. 젊음과 미모를 좇는 다른 실버들과 똑같았다. 다만 화장을 너무 두껍게 해서 가면을 쓰고 있는 것처럼 보였다. 그 때문인지 앞서 식당에서 봤을 때보다 훨씬 젊어 보였다. 그러나 차를 마시려고 입술을 모을 때마다 보이는 자글자글한 주름은 가면으로도 감추지 못했다.

한동안 두 사람 사이에는 내털리가 차를 홀짝이는 소리만 존재했다. 이곳에서 빨리 벗어나고 싶었던 젠은 용건을 먼저 물어보고 싶은 마음이 가득했다. 그러나 그건 인형으로서 예의에 어긋나는 행동이었고, 내털리에게 좋은 인상을 심어줘야 해서 잠자코 기다렸다. 마침내 내털리가 찻잔을 내려놓았다.

"차를 한 모금도 안 마셨네?"

"네?"

"아니야. 단도직입적으로 말할게. 그 약에 대해서는 어떻게 알았니?"

"네? 뭘요?"

일단 젠은 시치미를 뗐다. 최선의 방어는 증거가 나오기 전까지는 모르쇠로 일관하는 것이라고 들었다. 내털리는 조금 더 시간을 흘려보낸 뒤 같은 질문을 했다.

"그 약에 대해서 어떻게 알았어?"

젠은 또다시 모르쇠로 일관했고, 내털리 또한 기다렸다가 세 번째 같은 질문을 했다. 도통 무슨 말인지 모르겠다고 시치미를 떼면서도 젠은 내털리의 고집스러움에 질려갔다. 내털리도 같은 생각이었는지 이번에는 질문이 아니라 가방에서 약통을 꺼내 건넸다.

"요새 우리 닐에게 잘해준다며? 그래서 널 위해 챙겨온 비타민이야. 먹어."

약통을 받아 든 젠은 내털리의 눈치를 보다가 뚜껑을 열고 약을 손바닥 위에 쏟았다. 노란색 알약이 형광등 불빛을 받아 예쁘게 빛났다. 젠은 한동안 약과 약통을 응시했다. 내털리가 마른기침을 한 뒤에 왜 먹지 않느냐고 물었다.

"집에서 이미 고용량으로 먹었거든요."

"더 먹어도 돼. 이건 해가 되지 않아."

내털리가 자꾸 약을 권했다. 너무 강요하듯 말해서 의도가 불순해 보였다. 그래서 젠은 약이 놓인 손을 꼼지락댈 뿐 입에 넣지 않았다.

"너, 혹시 글자를 아니?"

내털리의 목소리가 한 톤 낮게 나왔다. 일어나서는 안

되는 일을 확인해야만 할 때 나오는 그런 톤이었다. 젠은 티 안 나게 숨을 고르며 차분하게 대답했다. 이런 날을 대비해 수없이 연습해온 말.

"아니요. 제가 어떻게 글자를 알겠어요."

젠은 여전히 손바닥에 있는 약을 쳐다봤다. 모서리가 둥근 노란색 알약은 가슴에 글자를 품고 있었다. f. fail의 머리글자.

그건 부작용이 있는 초창기 약이었다. 공식적으로는 오래전에 생산을 중단했지만, 암암리에 생산과 판매가 이뤄지고 있었다. 장복하면 간이 손상된다는 걸 알면서도 가장 저렴하다는 이유로 찾는 노동자들이 있었기 때문이었다. 물론 정부에서 주는 일당으로 살 수 있는 다른 안전한 약도 있었다. 가난한 노동자들은 선택의 기로에 섰다. 안전한 약을 먹느냐 혹은 독성이 있는 약을 먹고 다른 여유를 즐기느냐. 놀랍게도 많은 이들이 후자를 택했다. 어차피 그들은 하나같이 다른 합병증으로 수명이 마흔 살 전후밖에 되지 않으니 간에 독이 쌓여도 문제 될 건 없다고 생각했다.

f. 젠은 f를 읽을 줄 알았다. f 말고도 많은 글자를 읽고 쓸 줄 알았다. 루비의 가르침 덕분이었었다.

'어떤 계급으로 살든 글자는 알아야 해. 너도 결국에는 노동자가 될 수밖에 없지만 글자를 알고 있으면 삶에 도움

이 될 거야.'

바로 지금처럼 말이다.

"난 또. 그래서 차도 안 마시는 줄 알았지."

젠은 그저 마시고 싶지 않았을 뿐인데 무엇 때문에 오해하는지 싶어 찻잔을 유심히 봤다. 문제점은 찻잔이 아니라 그 옆에 놓인 티백 봉투에서 찾을 수 있었다. 거기에는 이런 문구가 적혀 있었다.

경고. 클론에게 복통을 일으키는 성분이 들어 있음. 음용 주의.

가끔 대담하면서도 손버릇이 나쁜 인형 또는 노동자들이 존재했다. 정부에서는 그들이 멋대로 훔쳐 먹는 버릇을 혼내려고 음식에 장난을 쳤는데, 이 차도 그중 하나였다. 젠은 내털리의 의도를 알아차렸다.

"무슨 말씀인지 모르겠어요. 저는 그냥 뜨거운 게 싫어서 식으면 마시려고 했어요. 찻잔을 만져보니 이제 온도가 괜찮네요."

젠은 찻잔을 입에 가져갔다. 보란 듯이 한 모금 머금었지만 차마 삼키진 못했다. 말이 복통이지 창자가 끊어질 듯한 통증을 온종일 겪어야 한다. 그러나 의심을 피하기 위해서는 마셔야 했다. 젠은 글자를 공부한 대가라고 여기며 차를 꿀꺽 삼켰다.

찻잔을 깨끗하게 비워내자 내털리의 눈에 많은 생각이 담겼다. 현장을 잡지 못해 아쉬워하는 것 같기도, 오해해서 부끄러워하는 것 같기도, 여전히 의심쩍어하는 것 같기도 했다. 뭐가 됐든지 간에 당장의 급한 위기는 넘긴 듯해서 젠은 가슴을 쓸어내렸다.

그때였다. 누군가 노크를 했고, 천천히 문을 열고 들어왔다. 닐이었다. 닐은 마주 앉아 있는 내털리와 젠을 보고는 쭈뼛거리며 다가왔다. 닐의 등장에 내털리의 눈빛이 다시 매서워졌다.

"닐. 네가 보고 싶어서 왔단다. 학교생활은 재미있니?"

젠은 그녀의 친절함에서 썩은 냄새를 맡았다. 그러나 닐은 보고 싶었다는 말을 들어서 얼굴이 환해졌다. 그동안의 설움은 잊은 듯이 굴었다. 닐의 나이에는 다 그랬다. 열 번을 구박해도 한 번 사랑해주면 거기에 더 의의를 뒀다. 한때는 칼도 그랬다. 페리의 악행도 약을 발라주는 손길에 용서했다. 젠이 볼 때는 그 손길마저도 칼을 위한 따뜻함이 아니었는데 말이다.

"닐, 너도 차를 마시렴. 특별히 꿀을 넣어서 달콤할 거야."

내털리는 위험한 차를 닐에게도 줬다. 나이가 어릴수록

영향을 크게 받을 텐데 아랑곳하지 않았다. 젠이 어떻게 하는지 보려는 심산이었다. 젠은 알면서도 모른 척해야 하는 현실이 싫었다. 빼앗아서 대신 마실까. 실수인 척 쏟아버릴까. 갖가지 방법들이 머릿속에 떠올랐다가 사라졌다. 그러나 모두 의심받을 게 뻔해서 젠은 실행할 수가 없었다. 문맹이 아님을 들켰을 때 단순히 자신만 피해를 본다면 닐을 구하는 데 고민하지 않았을 것이다. 이 일에 루비가 엮여 있다. 루비는 부자인 실버지만 전체를 놓고 보면 한낱 부속품이다. 부속품이 제멋대로 돌아가면 언제든지 뽑아버릴 수 있다. 루비가 그런 일을 당해서는 안 된다.

닐은 머뭇거렸다. 꿀을 넣었다는 말에도 마시기 싫은 듯 보였다. 말릴 수도 그렇다고 부추길 수도 없는 상황에 놓인 젠은 누구라도 빨리 이 상황을 끝내주기를 빌었다. 젠의 기도가 하늘에 닿았을까. 교장이 잠시 내털리를 찾았다. 내털리의 숨 막히는 시선에서 벗어나자 젠은 닐에게 차를 마시지 말라고 신호를 보냈다. 혹시나 닐이 알아듣지 못했을까 봐 몇 번이나 반복했다.

"별일 아닌 것 같으니 나중에 이야기하세요."

내털리는 중요한 시간을 방해한 교장에게 언짢은 심기를 그대로 드러냈다. 그 불똥이 튈까 봐 젠은 불안했는데, 아니나 다를까 닐을 다그쳤다.

"왜 안 마시지? 네 입맛에 맞게 꿀도 듬뿍 넣었다니까 그러네. 맞다. 깜빡한 게 있어."

내털리는 젠에게 권했던 약을 이번에는 닐에게 줬다. 인형의 몸에 문제를 일으키는 차와 약을 같이 먹으면 어떻게 될지 뻔한데도 상관하지 않았다. 그녀의 목표는 오로지 젠이었다. 젠이 비밀을 드러내면서까지 닐을 구하려고 드는지 알고 싶어 했다.

"왜 안 먹니, 닐? 혹시 누가 먹지 말라고 했어? 그랬니? 맞아? 누가 너한테……."

닐의 작은 손이 잽싸게 알약으로 향하더니 더 이상 머뭇대지 않고 차와 함께 삼켰다. 찻잔에서 뗀 입술 위로 희미한 미소가 떠올랐지만 내털리는 보지 못한 것 같았다. 상황이 다른 방향으로 흘러가자 내털리의 감정이 또다시 눈에 띄게 복잡해져갔다.

젠은 가만있을 수 없었다. 닐이 혼자서 고통을 감수하게 두고 싶지 않았다. 칼도 자신 때문에 아팠는데, 닐 마저 그렇게 두면 다시는 웃으면서 볼 수 없을 것 같았다. 그래서 바닥에 떨어진 약을 주워 입에 넣었다. 어떤 일이 일어나도 닐은 혼자가 아니라는 것을 닐과 내털리에게 보여주고 싶었다.

"얘, 앞으로는 닐에게 신경 쓰지 마렴. 내가 더욱 신경 쓸 테니 넌 너에게나 집중해. 내 말 새겨듣는 게 좋을 거야.”

내털리가 싸늘하게 말했다. 이를 무시하면 언제든지 다시 캐물을 거라는 경고와 다름없었다. 그녀가 자리를 정리하고 먼저 일어날 때까지 닐과 젠에게는 아무 일도 일어나지 않았다. 닐의 혈색도 괜찮아서 젠은 괜한 기우였다고 생각했다. 티백 봉투에 적힌 문구는 젠을 테스트하려고 만든 가짜가 분명했다. 알약은 진짜지만 독성이 체내에 쌓였을 때만 문제를 일으키니 걱정하지 않아도 됐다.

“어, 나 배가 아픈데.”

갑자기 닐의 얼굴에서 핏기가 사라졌다. 놀랄 틈도 없이 젠 역시 몸에서 이상함을 느꼈다. 식은땀이 나고, 손끝이 떨렸다. 머리가 단단한 것에 얻어맞은 것처럼 울리더니 시야가 흐릿해졌다. 몸을 웅크리는 닐이 보였다. 젠은 닐에게 손을 뻗었지만 닿기도 전에 정신이 끊어졌다.

젠은 병원에서 눈을 떴다. 누워 있는 동안 치료를 받았는지 통증이 사라졌다. 그러나 온몸을 쥐어짠 것처럼 기력이 없어서 움직이지 못했다. 하얀 가운을 입은 사람이 와서 상태를 체크했다. 옛날에는 하얀 가운이 의사의 상징이었다는데, 지금은 하얀색이 인형을 뜻하는 만큼 의미가 달라졌다. 하얀 가운은 아픈 인형을 돌보는 노동자였다. 그들은 거동을 돕거나 열을 재거나 식사 또는 약을 챙기는 등 기본적인 것만 했다. 치료는 정식 의사가 되기 전인 수련의나 의료용 인공지능 로봇이 했다. 전문의는 인형에게 배정되지 않았다. 그래도 아프면 제때 치료를 받을 수는 있으니 노동자보다 나은 형편이었다.

"키는 나보다 훨씬 큰 사람이 회복력이 그렇게 더디다니. 말이 돼?"

커튼 사이로 닐이 얼굴을 내밀었다. 그는 젠의 옆 침대에 누워 있었다. 젠은 정신을 잃기 전에 복통을 호소하던 닐의 모습이 떠올랐다. 많이 아팠는지 그새 양 볼이 쏙 들어가 있었다.

"괜찮아?"

"응. 누구하고 다르게 난 아까부터 괜찮았어."

닐의 의기양양한 모습에 젠은 자신도 모르게 웃음이 나왔다. 기절했던 사람이 금세 웃는 건 왠지 감정 낭비인 듯해서 웃지 않은 척 표정을 바꿨다.

"닐, 차를 마시지 말라고 했는데 왜 마셨어. 거기다 약까지 먹어서 이렇게 아픈 거잖아."

"내가 안 먹으면 누나가 곤란해질 것 같았거든."

"눈치가 있구나?"

"나도 그 정도는 있다고."

잘난 척하는 닐 때문에 또 웃었다. 웃을 수밖에 없었다. 눈을 동그랗게 뜬 모습이 귀엽고 사랑스러웠으니까. 젠은 눈을 찌를 듯이 긴 닐의 앞머리를 살짝 쓸어줬다. 그러자 닐이 미간을 찌푸렸다. 속눈썹에 물방울이 맺혀 살짝 반짝거렸다.

"아주머니가 누나한테도 그 차와 약을 준 거지? 다 내 탓이야. 미안해."

닐은 말을 계속 이어가려고 눈물을 꾹 참았다.

"비타민 안 먹는 걸 들켰어. 아주머니가 누가 시켰냐고 자꾸 캐물었어. 말 안 하니까 밥도 못 먹게 하고 잠도 못 자게 하고 막 그랬어. 하지만 난 끝까지 말하지 않았어. 정말이야……. 근데 누나가 그랬다는 걸 알더라고."

짐작대로 내털리는 알고 있었다. 하지만 닐을 통해서 안 게 아니라면 어떻게 안 걸까. 글자를 안다는 것까지 캐물을 정도면 젠에 대해서 많이 아는 사람에게 들었다는 말인데, 그 비밀은 가장 가까운 칼도 모르는 것이다. 그건 오직 글자를 알려준 루비밖에 몰랐다.

"나, 앞으로 똑똑하게 행동할 거야. 그래서 나 때문에 다른 사람이 아픈 일은 안 만들 거야. 누나도 말이야."

이번 일이 영향을 줬는지 갑자기 닐이 커버린 느낌이 들었다. 해맑은 얼굴은 그대로인데 그 속을 자세히 보면 조금씩 얼룩이 번져가고 있었다. 누구의 탓일까. 누구를 탓해야 할까. 모른 척하는 게 옳았을까. 못 본 척하고 넘어갔으면 닐은 아무 고민 없이 나이를 먹고 노동자가 됐을까. 계속 독약을 먹어서 그 전에 죽을지도 모르지. 아파서 버림받을지도 모르고. 불현듯 거리로 내몰린 닐이 못된 손주들의 눈에 띄어서 별장으로 끌려가는 장면이 그려졌다. 굶주림으로 허덕일 때 썩은 음식으로 조롱받고, 원치 않는 색깔을 입어 거리에서마저 손가락질당하는 삶.

'닐, 너까지 그래서는 안 돼.'

젠이 애정을 담아 닐의 앞머리를 쓸어 넘겼다. 닐의 배처럼 볼록 튀어나온 이마를 손끝으로 살짝 내리쳤다. 그녀의 장난에 닐이 배시시 웃었다.

"얘들아, 괜찮니?"

그들 곁으로 긴이 다가왔다. 기절한 두 사람을 병원에 데려온 것은 내털리였지만 끝까지 함께 있던 것은 긴이었다. 긴은 젠이 누워 있는 동안 루비에게 연락했다. 마침 루비는 멀리 외출을 해서 병원으로 오기까지 시간이 걸린다고 했다. 다행히 루비에게 부탁을 받은 타라가 대신 데리러 왔다. 친한 실버가 인형을 잠깐 돌봐주는 것 정도는 모두 눈감아줘서 가능한 일이었다. 닐은 긴과 함께 집으로 돌아가면 됐다. 등하굣길에는 스쿨버스나 선생님이 동반하면 실버 없이 돌아다닐 수 있었다. 내털리는 그 점을 이용해서 닐을 긴에게 맡겨버렸다. 닐이 깨어나길 기다리는 것도 귀찮았던 모양이었다.

"닐은 이제 가도 좋대. 젠은 주사를 하나 더 맞아야 하니 기다리라더라."

"저, 선생님. 아까는……."

젠은 교실에서 나온 직후에 보였던 무덤덤한 반응을 사과하고 싶었다. 얼마든지 위험해질 수 있는 일을 자신의 부탁으로 진행했는데 겪고 있는 감정이 벅차다고 무시한 것은 성숙하지 못했다. 그래도 어른이라고 긴은 이해하며 넘어갔다.

"그건 나중에 이야기하자. 그리고 네 친구가 못 들어오고 서성이더라. 불러줄까?"

긴이 닐을 데리고 나가자 그들의 빈자리를 수가 채웠다. 수는 곧장 침대에 걸터앉더니 가만히 젠의 손을 붙잡았다. 침묵이 길어졌다. 할 말이 잔뜩 있는 얼굴을 하고서 사실은 그게 거짓인 듯 행동했다. 젠은 기다렸다. 밖으로 꺼내기까지 시간이 걸릴 말이라면 닦달해서 얻어내고 싶지 않았다.

"혹시 닐의 실버가 너도 아프게 한 거야?"

"응."

비밀이 아니었다.

“왜?”

말하기 곤란했다. 이유 없이 다른 인형을 괴롭히는 실버도 있으니 그렇게 대충 둘러댈 수도 있지만 그러고 싶지 않았다. 지금도 충분히 나쁜 내털리를 거짓말로 더 나쁘게 만들고 싶지 않았다. 어쨌든 닐의 실버니까.

“네가 글자를 읽는다고 오해해서 그런 거지?”

수는 이미 이유를 알고 있었다. 그렇다는 건 대화를 엿들었거나 이 일에 엮여 있다는 것인데 어느 쪽에 해당하는지 예상이 가지 않았다.

“그거 아무래도 내가 한 말 때문인 것 같아. 며칠 전에 내털리 여사님이 내게 물었어. 닐과 가깝게 지내는 애가 있는데 아냐고. 난 너라 그랬지. 몇 번 같이 있는 걸 봤거든. 걔 친구가 없잖아. 그랬더니 여사님이 네가 글자를 아냐고도 물었어. 당연히 펄쩍 뛰면서 아니라고 했어. 근데 지나가는 말로 방에 책이 있는 걸 봤다고는 했어. 그걸 다르게 오해하신 것 같아. 미안해.”

수의 눈에서 눈물이 떨어졌다. 실수를 깨닫고서 여기까지 오는 게 얼마나 괴로웠을지 얌전한 태도에서 드러났다. 미안하다는 말도 쉬지 않고 떠들어야 수다운 건데, 처분을 앞둔 죄인처럼 눈치를 보고 기다리는 모습이라 젠은 마음 한구석이 짠했다.

"똑똑. 나도 잠깐 들어가도 될까?"

살짝 열린 문틈으로 칼이 얼굴을 내밀었다. 눈치껏 수가 화장실에 다녀오겠다면서 자리를 비켜줬다. 젠은 칼의 얼굴을 봐서 기뻤지만 동시에 불안했다.

"여긴 어떻게 왔어. 페리가 허락했어?"

"그럴 리가. 긴 선생님께 부탁해서 같이 왔어. 잠깐은 괜찮으니까 걱정하지 마."

칼이 따뜻한 미소를 지으며 몸은 괜찮냐고 물었다. 젠이 쓰러졌다는 말에 얼마나 놀랐는지, 무사히 눈을 떴다는 말에는 또 얼마나 안심했는지 모른다고 차분히 자신의 마음을 전달했다. 그러나 젠은 칼을 따라 웃지 못했다. 아무렇지 않다는 걸 보여주고 싶었지만, 자꾸만 그가 낀 장갑으로 눈이 가서 가슴이 먹먹했다. 장갑은 한 마디가 잘려나간 새끼손가락을 감추려고 낀 것이다. 그날 칼은 날카로운 칼날이 피부를 짓이기는 동안 미간만 찌푸렸다. 고통의 비명을 끝까지 감추고 쓰러지지 않으려고 했다. 철철 흐르는 피를 보며 별장이 떠나가라 소리를 내지른 건 젠이었지, 그가 아니었다.

'울지 마. 울면 안 돼.'

젠은 눈물 꼭지를 꽉 잠갔다. 울고 싶은 사람 앞에서 더는 약한 모습을 보여서는 안 됐다. 눈물은 돌아오는 차에서 이미 충분히 흘렸으니 이제는 그동안 쌓아두기만 했던 위로를 풀 차례였다.

"일을 이렇게 만들어서 미안해. 솔직히 나도 걔네들을 벌주고 싶었어. 우리가 당한 짓에 비하면 벌 같지 않은 벌이었지만 한 번쯤은 곤란하게 만들고 싶었어. 근데 제대로 싸워보지도 못하고 져버렸네."

이미 싸울 의지를 잃어버린 칼은 씁쓸한 표정으로 젠을 응시했다. 그러나 장갑에 가려진 손만큼은 여전히 분노로 꿈틀거렸다. 젠은 자신의 무능함을 탓했다. 좀 더 주의했더라면 분명 마릿 일행에게 한 방 먹일 수 있었을 것이다.

'모든 게 내 탓이야.'

인형이라는 분수에 맞지 않는 의협심에 불타 설쳤을 때도 자신의 탓이었고, 그걸 제대로 실행하지 못해 실패했을 때도 자신의 탓이었다.

'나만 아니었다면 칼은 손가락을 잃지 않았을 텐데.'

젠은 결국 울고 말았다. 서럽게 터진 눈물은 젠의 얼굴에서 흘러내리며 마음까지 적셨다. 그러자 칼을 피해 다니는 동안 꾹꾹 눌러 담았던 감정까지 한꺼번에 밀려 나왔다. 그녀는 눈물 맺힌 입술로 끊임없이 미안하다고 중얼거렸다. 칼은 아무 말도 하지 않았다. 그저 젠이 울도록 어깨를 내주고 오랫동안 안아줄 뿐이었다.

젠은 병실에 홀로 남아 남은 주사액을 맞는 동안 하루를 되돌아봤다. 반은 타인에 의해 정신이 없었고, 나머지 반은 넋을 놓고 있었다. 내내 불안해하며 칼에게서 도망쳤고, 손주들에게서 도망쳤고, 망가뜨린 콘택트렌즈 카메라로부터 도망쳤다. 무기력했고 무심했고 한심했다.

어째서 모든 걸 할 수 있다고 생각했을까. 어째서 마음만 먹으면 하고자 하는 바를 다 이룰 수 있다고 생각했을까. 타라 말대로 루비가 오냐오냐 돌봐줘서 처지를 망각한 걸까. 한낱 인형인 것을, 인형은 아무것도 할 수 없음을 잊어버린 것일까.

젠은 자세를 바꿔 앉다가 바지 주머니에서 걸리는 뭔가를 발견했다. 사실 아까부터 신경이 쓰였는데 확인하는 것을 계속 미뤄뒀었다. 긴이 건넨 명단이었다. 명단이라 하면 이름 적은 것을 말할 텐데, 그렇다면 긴도 글자를 아는 것일까. 나와 같은 인형이 또 있을지도 모른다는 생각에 갑자기 젠은 가슴이 두근거렸다.

잘 접은 종이를 펴자 글자가 아닌 그림이 나왔다. 눈썹이 없는 아이들의 초상화였다. 어찌나 잘 그렸는지 그림만 보고도 누가 누구인지 구별해낼 수 있었다. 긴이 실버의 손주였다면 그림 실력을 더 키워나갈 수 있을 텐데 안타까웠다. 그러나 그 마음은 금세 사라졌다. 명단 속 얼굴들이 생생히 살아나 도와달라고 소리쳤다. 절규하는 얼굴이 칼로, 수로, 닐로 바뀌었다. 그들도 언제든지 그렇게 될 수 있었다. 젠은 그런 앞날이 오지 않기를 간절히 빌고 또 빌었다.

❦

현관문 앞에 선 젠은 초인종을 누르지 않고 내장 칩으로 문을 열었다. 집 안에 마릿이 있겠지만 문을 열어줄 리 없었고, 마릿이 열어주는 문으로는 들어가고 싶지 않아서 직접 열고 들어갔다. 루비가 함께 있었다면 마릿을 마주하는 게 한결 수월했을 텐데 루비가 없으니 마주칠 생각만 해도 가슴이 답답했다. 거실로 이어지는 복도 끝에 다다르자 마릿이 한스와 통화하는 소리가 들렸다.

젠은 서둘러 계단 쪽으로 갔다. 두 사람이 무슨 이야기를 나누는지 알고 싶어서 거실과 가장 가까운 벽 뒤로 가서 귀를 쫑긋 세웠다.

"우리가 잘못한 건 없어. 걔가 우리를 촬영하고 있었던 거 너도 봤잖아. 거기에 걸맞은 마땅한 대가를 치른 것뿐이야."

젠은 칼이 받은 고통을 대가라고 가볍게 말하는 한스의 입을 찢어버리고 싶었다. 그 일로 가슴에 난 구멍을 통해 분노가 조금씩 새어 나왔다.

"그래도 너무한 것 같아."

"마릿. 이번에는 왜 태도가 달라? 왜 이렇게 예민하게 굴어?"

"발톱이랑 변색된 피부는 시간이 지나면 원래대로 돌아오지만 잘린 손가락은 아니잖아."

마릿의 목소리는 힘이 잔뜩 빠져 있었다. 마릿은 별장에 다녀온 이후부터 영 힘을 내지 못했다. 집에 있는 동안에는 거의 유령처럼 굴었다. 어쩌다 젠과 맞닥뜨려도 엉뚱하게 시비를 걸지도 않았다. 카메라에 관해서 따로 무슨 말이든 할 줄 알았는데 그냥 넘어갔다. 손가락을 자른 일은 마릿에게도 큰 충격이었던 모양이었다.

"난 우리가 한 짓이 밝혀질까 봐 가슴이 조마조마해."

"마릿, 대체 그런 걱정은 왜 하는 거야? 우리만 입 다물면 아무도 몰라. 혹시 그 당돌한 인형이 걱정돼? 그럼 이번에도 데리고 와. 확실하게 손봐줄게."

"아니야. 난 이번 주에도 안 갈 거야."

마릿은 모임을 한 주 건너뛰었다. 아프다는 핑계를 대며 방 밖으로 나오지 않았다. 그때는 정말 아픈 줄 알았는데 대화 내용을 들어보니 일부러 한스를 피한 모양이었다. 그간 차곡차곡 쌓인 피로감이 손가락 사건으로 터진 것 같았다.

"또? 알겠어. 네가 오기 싫다는데 강요하지 않을게. 대신 주니를 불러야겠다. 걔가 우리 모임에 관심이 많거든."

새로운 아이가 합류하면 새로운 인형 운전자도 끌려온다. 또 하나의 희생자가 생기는 것이다. 그곳에서 한 사람이 즐거움을 누리는 동안 다른 한 사람은 잊지 못할 악몽을 꾸게 될 텐데. 오지 못하게 막을 수 있다면 얼마나 좋을까.

"주니가 들어오면 네 자리는 이제 없어. 그래도 괜찮겠어? 난 너하고 끝까지 함께하고 싶은데. 정말 안 올 거야? 보고 싶어, 마릿."

한스가 부드럽게 마릿을 타일렀다. 정말 마릿이 보고 싶은 건지, 아니면 마릿이 와야 젠과 칼이 오기 때문인지 몰라도 마릿을 다시 끌어들이려고 노력했다. 결국 마릿은 별장에 가겠다고 약속했다. 마릿은 다시 별장에 있던 못된 소녀로 돌아갔다.

젠은 마릿에게 들키지 않으려고 조심하며 방으로 들어왔다. 젠은 생각했다. 옷을 갈아입을 때도, 밥을 먹을 때도, 화장실에 가서도, 루비의 말을 들으면서도 같은 문제를 생각하고 또 생각했다. 새벽 어스름이 깔릴 때까지도 계속 이어지던 생각은 아침 해가 떠오르자 멈췄다. 젠은 뜬눈으로 밤을 지새웠지만 그 어느 때보다도 머리가 맑았다.

성공적인 복수

"칼, 마지막으로 한 번 더 가자."

등교와 동시에 칼을 찾아간 젠은 돌리지 않고 바로 말했다. 갑자기 저돌적으로 구는 젠 때문에 당황한 칼은 잠자코 있었다.

"좋은 생각이 떠올랐어. 우리, 복수하는 거야."

젠은 자신이 밤새워 생각한 아이디어를 칼과 공유했다. 이대로 당한 채로 넘어가면 평생 가슴에 남아 무엇을 하든 제대로 할 수 없을 것만 같았다. 아무리 복종하고 당하는 것이 인형에게 주어진 삶의 순리라고 해도 그들이 책임질 부분은 책임지게 만들고 싶었다. 또다시 계획대로 되지 않을까 봐 무섭지만 아직 나오지도 않은 결과 때문에 숨을 수는 없었다. 그리고 이번에는 확률의 신이 조금 더 자신 쪽에 몸을 기울이고 있었다.

토요일 저녁. 저녁 식사를 마친 젠은 마릿의 방문을 두드렸다. 문턱을 넘는 젠을 보고 마릿은 놀라는 눈치였으나 전처럼 나가라고 괴성을 지르지는 않았다. 젠은 그녀가 다음 날에 별장으로 외출하는지 확인한 뒤에 자신도 가겠다고 말했다. 예상대로 마릿은 반대했다.

"그렇게 당하고도 정신 못 차렸어? 가서 또 뭔 짓을 하려고?"

"얌전히 있을게. 아무것도 안 할게. 곧 방학도 끝나는데, 너 돌아가고 나면 나는 이제 구역 밖으로 나갈 일이 없잖아. 그래서 그래. 차에 얌전히 있을게, 응?"

"이젠 협박이 아니라 부탁을 하네? 야, 그게 더 무섭다. 원래대로 해. 할머니한테 이른다고 협박해보라고."

"내가 잘못했어. 진심이야."

젠은 간절하고 불쌍하게 보이려고 애썼다. 고개를 숙이는 게 자존심 상했지만 계획을 실현하려면 참을 수 있었다. 그러나 마릿은 꼼짝하지 않았다. 절대로 젠을 데려가지 않겠다는 의지가 강했다. 젠은 다른 카드를 꺼냈다. 이번에는 쓰고 싶지 않았는데 마릿이 고집을 부리니 어쩔 수 없었다.

"칼의 발목에 아직 그림이 있더라? 네잎클로버라고 그러던데. 그건 어떻게 생각해, 마릿?"

❀

차가 자손들의 구역에 들어서자 젠은 창밖을 감상하려고 상체를 세우고 앉았다. 마지막이라서 그런지 마릿이 이번에는 젠이 하려는 대로 내버려뒀다. 젠은 길을 따라 쭉 서 있는 나무들의 푸른 싱싱함을 보고, 자유를 생동감 있게 표현하는 사람들의 모습을 눈에 담았다. 별장에서 벌어진 참혹한 일과 별개로 별장까지 가는 길에는 이처럼 행복한 기억밖에 없었다. 이것들과 이제 작별해야 해서 슬펐지만 몇 시간 뒤에 이벤트가 예정되어 있어서 금세 마음이 진정됐다.

"오늘은 얌전히 있겠다는 약속, 잊지 마."

별장에 도착하자 마릿은 젠이 약속한 부분을 상기시킨 뒤에 차에서 내렸다. 그녀는 한스를 만나도, 그것도 무려 두 주 만에 보는 건데도 평소보다 한껏 처져 있었다. 심지어 별장으로 들어갈 때는 머뭇거렸는데, 마음이 쓰이긴 했지만 흔들릴 정도는 아니라 계획에 차질은 없었다.

별장 근처에 주차된 차는 총 일곱 대였다. 운전자들은 전부 젠이 아는 얼굴들이었다. 즉, 모임의 멤버가 모두 모인 것이다. 그들은 이번에도 거리에서 희생양을 데려왔다. 두 명이었다. 칼과 젠을 동시에 괴롭히면서 재미를 느꼈는지 눈에 띌 위험을 감수하면서까지 두 명을 데려왔다. 그건 잘된 일이었다. 이것으로 증거가 배로 늘었으니 쉽게 발을 빼지는 못할 것이다.

젠은 차를 돌아다니며 다른 인형들을 만났다. 마지막이라서 그런지 그들이 일러바칠 걱정 따위는 하지 않아도 됐다. 젠은 모두에게 똑같은 질문을 했다.

"쟤들도 당하는 모습을 보고 싶지 않니?"

"누군가에게 이 사실을 진술해야 한다면 하겠어?"

아이들은 손주들이 당하는 모습을 보고 싶어 했지만 진술서를 두고는 발을 뺐다. 단 한 사람이라도 편이 되어준다면 더 힘이 날 텐데 아이들은 자진해서 같은 편에 서지 않았다. 젠은 그 한 사람으로 란을 택했다. 그녀의 눈이 자신을 선택해달라고, 자신을 붙잡아달라고 말했다. 눈은 언제나 진실을 이야기해서 젠은 입이 아닌 눈이 하는 말을 들었다. 그 안에는 작아져버린 용기가 진실을 안고 웅크리고 있었고, 서서히 나올 준비를 했다.

"알겠어⋯⋯. 할게."

"그 마음 변치 마. 나는 널 믿어."

그로부터 한 시간 뒤, 젠은 별장 안으로 들어갔다. 밖에서 훔쳐보는 게 아니라 마릿의 일행이 게임을 벌이고 있는 곳으로 당당히 들어갔다. 그들은 데려온 아이들을 저번처럼 마주 앉혀놓았다. 벌써 무슨 짓을 했는지 두 아이의 얼굴이 빨갛게 부어오른 상태였다. 가까이에서 보니 한 아이는 앞서 벌레를 먹이려다 실패한 그 소녀였다. 치사한 놈들. 같은 아이를 또 데려오다니. 젠은 치가 떨렸다. 스스로 걸어 들어오는 그녀의 모습을 보고 마릿 일행은 기막혀했다.

"미쳤네, 미쳤어. 왜. 또 카메라를 숨겨 왔니?"

"그런 건 없어. 뒤져봐."

말로리나의 말에 젠은 보란 듯이 옷을 들치며 결백을 증명했다. 그러고는 비어 있는 의자에 앉아 그들에게 인사했다.

"안녕, 말로리나. 안녕, 테드. 안녕, 니알. 안녕, 케일럽. 안녕, 로진느. 안녕, 한스. 그리고 마릿."

자신들의 이름을 차례대로 부르자 그들은 입을 다물지 못했다. 그런 일을 당하고도 저리 겁 없이 행동할 수 있다니. 강적을 만나 질린 듯한 눈치였다. 이 와중에 지난번 모임에 없었던 로진느와 케일럽은 흥미로운 얼굴로 젠을 관찰했다. 마릿이 젠의 팔을 붙잡으며 속삭였다.

"얌전히 있겠다고 약속했잖아. 빨리 차로 돌아가."

자신의 명령에도 젠이 움직이지 않자 마릿은 팔을 붙잡은 손에 힘을 주고 끌어당겼다. 젠이 버티자 말로리나까지 합세해 그녀를 밖으로 내보내려고 했다. 그때까지 특별한 반응을 보이지 않고 있던 한스가 두 사람을 저지했다.

"그냥 둬봐. 오늘은 무슨 짓을 하려고 저러는 건지 궁금하네."

"짓? 대체 내가 무슨 짓을 했는데? 우리에게 무슨 짓을 한 건 너희잖아."

"왜 이래, 정말. 정신 나갔어?"

마릿이 화를 냈다. 날카롭게 세운 눈빛이 그녀의 정체성을 일깨워줬다. 그랬다. 그녀가 양심의 가책을 느끼는 모습을 보여줬어도 이들과 한패인 건 변하지 않았다. 젠은 손을 뻗어 마릿의 어깨를 세게 밀쳤다.

"그만 땍땍거리고 저리 가서 찌그러져 있어. 못 본 척 외면하고 아닌 척 시치미 떼는 거, 너 잘하는 거잖아. 맞다, 한 가지 더 있지? 네 애인 한스 말이라면 무조건 따르는 거. 이번에도 한스가 내버려두라고 했으니까 그렇게 해."

마릿의 얼굴이 얻어맞은 사람처럼 심하게 일그러졌다. 다른 아이들도 뒤따라 얼굴을 일그러뜨리며 위협적인 자세를 취했다. 그러나 젠은 무섭지 않았다. 오히려 우습게 느껴졌다. 곧 일이 마무리될 거라는 믿음 때문이었다. 게다가 사전에 먹은 약 때문에 속된 말로 눈에 뵈는 게 없었다.

젠은 긴에게 명단을 받은 다음 날, 긴과 함께 폰을 만나 작전이 실패한 이야기와 앞으로의 계획에 대해서 숨김없이 털어놓았다. 두 사람의 도움이 필요했기 때문이었다. 폰

은 젠에게 필요한 물건과 함께 일을 시작하기 전에 먹으라
며 알약을 줬다. 그건 용기를 북돋워주는 약이라고 했다.
젠은 자신이 중요한 순간에 도망치게 될까 봐 의심 없이 약
을 먹었다. 약은 효과가 끝내줬다. 마릿 일행을 잡아먹을
것처럼 맞설 수 있게 됐으니까.

"아, 그래. 우리랑 놀고 싶다는 거지? 니알, 나가서 얘 왕
자님 데려와."

"알았어."

거실 밖으로 사라진 니알은 금세 돌아왔다. 칼 역시 제
발로 별장에 들어와서 데리러 갈 필요가 없었다. 조금의 주
저함도 없이 그들을 마주하는 칼의 모습에 모두 젠이 등장
했을 때처럼 경악했다.

'너는 숲에 숨어 있든가 아니면 차에서 문 잠그고 나오
지 마.'

젠은 자신이 차에서 한 말을 떠올리며 자신의 뒤에 바짝
선 칼을 올려다봤다. 눈길을 받은 칼이 빙그레 웃더니 젠에
게만 들릴 정도로 속삭였다.

"알아. 아는데, 나도 이 재밌는 걸 놓칠 수는 없잖아."

칼은 한스를 똑바로 쳐다보면서 장갑 낀 손을 흔들었다.
도발하는 듯한 행동에 젠은 칼에 대한 걱정이 눈 녹듯 사라
져버렸다. 칼은 겁에 질린 부랑자 아이들에게 이제는 괜찮

다고 안심시켰다.

"와, 씨. 저것들 골 때리네."

테드가 때릴 것처럼 거칠게 주먹을 휘두르며 다가왔다. 그러나 젠과 칼은 동요하지 않았고, 이에 오히려 테드가 놀라 주춤거리며 물러났다.

"이번 게임은 뭐야?"

젠의 질문에 말로리나가 관자놀이에 손가락을 대고 빙글빙글 돌렸다. 미친 것처럼 보이는 게 당연했다. 정상인이라면 자신이 당한 끔찍한 일을 직접 입에 올리진 않을 테니 말이다. 다들 경계하자 젠이 한발 더 나아갔다.

"내가 새 게임을 가져왔어. 아주 재밌을 거야."

젠은 부랑자 아이들을 일으켜 세우고 자신이 의자에 앉았다. 칼도 따라서 빈 의자에 마주 앉았다. 젠은 주머니에 손을 넣고서 크게 심호흡을 했다.

'할 수 있다. 할 수 있다. 할 수 있다.'

젠은 주머니에서 꺼내 든 것을 이마에 갖다 댔다. 손을 치우자 이마 중앙에 없던 것이 생겼다. 녹색의 네잎클로버. 손주들이 칼의 발목에 찍은 것과 비슷한 것이다. 젠은 손주들의 괴롭힘을 가장 확실하게 보여줄 수 있는 게 무엇일까 생각하다가 도장을 떠올렸다. 인형이 가져서는 안 되는 색인 데다 의미를 알아서는 안 되는 그림까지 새겨졌으니 최고의 무기였다. 그러나 구하는 게 문제였다. 그런 위험한 물건을 인형이 어디서 구한단 말인가. 당연히 폰도 처음에는 고개를 저었다. 그런 쪽으로는 영 관심이 없어서 구할 데가 없다고 했다. 물론 결국에는 폰이 구해줬지만, 그게 손에 들어오기까지 젠은 몇 번이나 계획을 수정해야 했다.

젠이 볼에 한 번 더 도장을 찍자 칼이 달라고 손을 내밀었다. 젠은 망설였다. 도장을 찍었다가 칼이 또 감염될까 봐 걱정했다. 이번 일은 처음부터 혼자서 감당하기로 마음 먹었었다. 칼이 아플 필요 없었다. 그러나 칼은 무엇을 걱정하는지 다 안다는 눈으로, 괜찮다는 얼굴로 도장을 달라고 했다. 칼이 과감하게 도장을 연달아 찍어서 눈 밑에 기다란 녹색 꽃길이 생겼다. 그건 전쟁에 나가는 어떤 부족의 의지가 담긴 상징처럼 보였다. 젠과 칼이 번갈아가며 몸 곳곳에 도장을 찍었다. 생소한 광경에 별장 안은 고요해졌다.

"뭐야, 이 사이코들은."

케일럽이 기겁을 하며 적막을 깼다. 말로리나가 두 사람을 말려보라며 마릿의 등을 떠밀었다. 그러나 마릿은 겁을 먹고서 그들에게 한 걸음도 다가가지 못했다.

"너희, 그 꼴로 어떻게 다니려고 그러는 거야."

마릿이 앞일을 걱정했는데 그 걱정이 향한 쪽이 두 사람인지, 자기 자신인지 경계가 희미했다. 그러나 젠은 녹색으로 덮이는 자신을 걱정하지 않았다. 물에 닿으면 곧바로 지워지는 잉크라 얼마든지 찍을 수 있었다.

"그래. 이제 색깔은 시시하다 이거지? 그럼 수준에 맞게 장단을 바꿔줘야지. 우리가 하자는 대로 따라주면 네 사람 다 곱게 보내줄게. 저 불쌍한 꼬마들에게는 식량도 좀 주고."

한스가 코웃음을 치며 새롭게 제안했다. 그러나 다른 아이들은 서로 눈치만 봤다. 기꺼이 참여했던 전과는 다른 양상이었다. 제정신이 아닌 것처럼 보이는 젠과 칼 때문이었다. 로진느가 긴 속눈썹을 깜빡이며 말했다.

"나는 빼줘. 쟤들하고 더는 엮이고 싶지 않아."

로진느는 미련 없이 일어났다. 케일럽도 따라 일어났다. 말로리나도 나가려고 그들 뒤에 붙었다. 그러자 한스가 길을 막아섰다.

"진정들 해. 집에 돌아가고 싶다면 게임을 마저 끝내야지."

"안 한다니까. 그리고 이건 애초에 우리가 계획한 게임도 아니었어."

"로진느, 왜 갑자기 착한 척하는 거야? 이런 돌발 상황에 가장 흥분하는 건 너 아니었어?"

"비켜. 난 갈 거야."

"저것들이 무서워서 그래? 그럼 더 밟아야지, 도망갈 게
아니라."

한스와 로진느가 다투자 그들은 자연스럽게 편이 갈라
졌다.

"한스, 네가 뭔데 로진느 앞을 막는 거야?"

"입조심해, 케일럽."

"테드, 넌 가만히 있어."

"너야말로 가만히 있어라, 말로리나."

"감히 나한테 그런 말 하는 거야? 니알, 얘 좀 봐."

그들은 뒤엉켜 서로를 비난했다. 누군가를 괴롭힌다는
목적은 같았지만 그 목적을 받쳐줄 신뢰가 부족해 그들의
관계는 무너질 수밖에 없었다. 돌아가며 욕설을 내뱉고 주
먹다짐을 하고 인신공격을 해댔다. 별장에서 있었던 일을
지나 더 먼 과거의 일까지 서로 들추고 내리깎았다.

그들이 서로에게 물고 뜯고 상처를 내는 건 볼만했다.
무기를 들고 여럿이 공격했을 땐 무서웠지만 이렇게 보니
유치하다 못해 지질하기까지 한 그냥 애들이었다.

'이러다 누구 하나라도 집에 가버리면 곤란한데. 모두
현장에서 잡아야 하는데.'

젠은 그들이 열정적으로 싸우는 만큼 싸움이 금방 끝나
게 될까 봐 걱정됐다. 초조한 심정으로 손목시계를 봤다.

별장에 도착한 지 어느덧 두 시간이 지나가고 있었다. 이러다 또 일을 그르치게 되는 건 아닌지 불안했다. 젠은 손목시계를 반대편 손으로 감싸안았다. 그건 폰이 준 시계로 GPS 신호를 바꿔주는 기능을 무력화시키는 장치였다. 마릿이 준 팔찌를 빼면 간단한 일이었으나 그렇게 하면 계획이 노출될 위험이 있었다.

'벌써 도착했어야 하는데.'

젠은 실내가 어수선한 틈을 타 정문으로 나가 밖을 살폈다. 숲 입구에서 별장까지 들어오는 길은 하나였다. 그러니 누군가 접근한다면 그 길을 통해서 올 텐데 평소처럼 조용했다. 혹시 별장 안에 있어서 GPS 신호를 받지 못한 게 아닐까 싶어 밖으로 팔을 내밀었다. 그러나 오래 있진 못했다. 누군가를 기다리는 기색을 보이면 마릿 일행이 눈치를 채고 도망갈 것 같아서 아무렇지 않은 척 자리로 돌아와야만 했다. 그녀의 굳어진 얼굴을 보고 칼이 손을 내밀었다. 두 사람은 등 뒤로 손을 돌려 마주 잡았다.

분명 두 시간 뒤에 출발하라고 전달했다. 거리 때문에 자율 주행차를 탈 수밖에 없을 테니 절반은 빨리 달리는 셈이라 그때 출발했다면 게임이 한창 무르익었을 때 덮칠 수 있었다. 계산대로라면 벌써 도착했어야 했는데 아직도 오지 않은 걸 보면 다른 경우에 부딪힌 듯했다. 일반 차를 타고 오는 중일까, 아니면 나한테 관심이 식은 것일까. 젠은 복수에 눈이 멀어 여러 가지 경우를 폭넓게 생각하지 못한 자신을 책망했다. 게다가 약기운이 슬슬 떨어지는지 덜컥 겁이 나기 시작했다.

'한스는 모든 걸 내 탓이라고 할 거야. 그것에 대한 대가라면서 또 괴롭히려고 들겠지. 나는 괜찮은데 또 칼한테 그러면 어쩌지.'

젠은 인간들의 신에게 기도했다.

'그동안 들어주지 않을 걸 알면서도 당신을 찾은 저를 기특하게 여기신다면 제발 이번만은 들어주세요. 제발요.'

기도의 응답은 엉뚱한 곳으로 떨어졌다. 마릿 일행은 갑자기 뭔가를 깨달았다는 듯 서로에게서 멀어졌다. 그들은 다시 목적을 바탕으로 하나가 되기 위해 숨을 골랐다. 로진느가 한스에게 귓속말을 하자 한스의 얼굴이 점점 밝아졌다. 한스는 이를 다른 아이들에게 전달했고, 구석으로 피해 있던 두 아이를 끌고 와 의자에 앉혔다.

"다시 게임을 시작해보려 해."

"뭐? 집에 간다며. 그냥 집에나 가!"

젠이 버럭 화를 냈다. 아무래도 계획은 틀어진 것 같으니 이번 모임은 이쯤에서 해산하도록 유도해야 했다.

"게임은 마무리 짓고 가야지. 너희는 이미 정신이 나간 것 같으니까 얘들을 데리고 하려고. 얘들은 어떤 색이 어울릴지 궁금하지 않아? 마침 로진느에게 매니큐어 세트가 있거든. 우리가 어떤 색을 어디에 어떻게 칠할지 잘 지켜봐."

한스가 비열하게 웃었다. 젠과 칼에게 타격을 주려면 어떻게 해야 하는지 알고 있다는 웃음이었다. 젠은 이번에도 기도를 들어주지 않은 인간의 신을 원망했다.

'그래, 우리는 당신이 창조한 게 아니다 이거지? 더럽고 치사하다, 퉤.'

그 순간 설명할 수 없는 강렬한 느낌이 척추를 타고 올라왔다. 젠은 정문 밖으로 귀를 기울였다. 주변의 소음을 지우고 오로지 정문 밖에서 나는 소리에만 집중했다. 아무 소리도 들리지 않았다. 아니, 들을 수 없었다. 그녀는 청력이 발달한 초능력자가 아니니 듣지 못하는 게 당연했다. 하지만 알 수 있었다. 누군가 온다. 누군가 사람들을 데리고 온다. 드디어. 드디어 왔다. 이제 너희는 아웃이야.

정문이 활짝 열리고 사람들이 쏟아지듯 들어왔다. 검은색 정복을 입은 파수꾼 셋에 정부 시찰자 둘. 그리고 익숙한 얼굴 하나. 그들은 거실로 들어서자마자 겁을 먹은 두 아이와 녹색으로 물든 칼과 젠을 다른 아이들과 분리했다. 파수꾼들은 마릿 일행이 도망가지 못하도록 구석에 몰아넣었다. 마릿 일행은 믿기지 않는다는 표정으로 그들이 시키는 대로 이름과 주소를 술술 말했다.

"이게 뭐지? 글공부하는 거 아니었어?"

내털리가 별장 안을 둘러보며 젠에게 해명을 요구했다. 내털리는 이 계획의 중심에 있는 사람이었다. 젠이 계획을 세운 건 내털리가 자신이 글을 읽을 수 있다고 의심해서 시험하는 것을 본 뒤였다. 그녀는 젠이 시치미를 떼도 의심을 접지 않았다. 꼭 알아내고 말겠다는 욕망이 얼굴에 드러났다. 그래서 젠은 긴에게 부탁해 내털리에게 메시지를 남겼다.

젠을 비롯한 인형들에게 글을 가르쳐주는 모임이 있어요.
이번 주 일요일에 현장을 덮치러 가는데 같이 가시겠어요?

내털리는 미끼를 단번에 물지 않았다. 그러나 인형이 글을 읽는 것을 극도로 혐오하는 입장이라 끝까지 무시하지는 못했다.

"정신 차리세요. 이게 어딜 봐서 글공부하는 현장입니까?"

중절모를 눌러쓴 정부 시찰자가 다그치듯 말했다. 사회 구조가 바뀌면서 공권력은 정부 시찰자와 파수꾼으로 재편성됐는데, 전자는 인간들을 후자는 클론들을 관리했다.

그는 글을 가르친다는 불법 행위를 신고받고 왔다가 학대의 현장을 보게 되어서 아주 불쾌한 듯 보였다. 젠은 궁금했다. 그가 불쾌한 건 큰 건수를 올릴 수 있었던 현장이 아니라서였을까 아니면 십대의 잔인함을 목격하게 되어서였을까.

조사를 위해 현장에 있던 이들은 모두 한 버스에 태워져 가까운 재판소로 갔다. 어른들 앞에서 마릿 일행은 유약했다. 세상 무서운 줄 모르고 날뛰던 모습들은 온데간데없이 사라졌다. 그들은 울며불며 애원하고 빌었다. 그들에게 상처를 입은 건 젠을 포함한 인형들인데, 이들이 아닌 엉뚱한 사람들에게 용서를 구했다. 다들 별장에서 있었던 일을 가감 없이 진술했지만 마릿만은 시종일관 입을 다물었다. 고집스럽게 입을 열지 않아서 담당 시찰자가 먼저 손을 들었다.

젠은 학대뿐만 아니라 글을 안다는 사실을 가지고도 조사를 받았다. 실버가 제보한 내용이라 몇 번의 검증 과정이 필요했지만 젠이 멍청하게 굴었더니 조금도 의심하지 않았다. 다만 내털리 때문에 조사하는 시늉이라도 해야 해서 담당 파수꾼은 시간을 끌었다.

조사 끝에 그들의 죄는 다음과 같았다.

장소까지 물색해서 일을 도모한 죄.

거리의 아이들을 식량으로 꾀어낸 죄.

기계를 조작하여 어른들의 눈을 속인 죄.

단순한 재미를 위해 정부 자산을 학대한 죄.

죄의 무게가 절대 가볍지 않은 사안이라 내려진 처벌은 엄중했다.

그들은 1년 동안 모든 편의시설을 사용하지 못하고, 각자가 사는 구역 밖으로는 나가지 못하며, 학교와 집만 오가는 생활을 해야 한다. 매일 동선을 사건 담당 시찰자에게 보고해야 하며, 매주 토요일마다 인간의 존엄성에 대한 교육을 받아야 한다. 쉽게 말해 1년 동안 자유가 구속된다는 소리였다. 혈기 왕성한 십대에게 자유를 금한다는 건 사형선고나 다름없었다. 그들은 자신들에게 내려진 처벌을 든자마자 바로 자유 금단증상을 보였다.

그러나 그들에게는 돈 많은 실버가 있었다. 실버들은 그들이 자신들을 속인 것은 괘씸해했으나 타인을 해한 것에 대해선 그럴 수 있다는 반응을 보였다. 그들이 괴롭힌 타인이 같은 인간이 아니라 인형이기 때문이었다. 어쨌든 실버들은 손주의 자유를 지켜주기 위해 힘썼다. 처벌을 벌금형으로 돌려 1년이라는 시간을 돈으로 환산해 정부에 냈다.

이는 정부 입장에서는 이익이라 즉각 처리됐다.

이 일로 루비는 한동안 몸져누웠다. 착한 천사라고 철석같이 믿고 있던 손녀의 실체를 보고 큰 충격을 받았다. 그러나 곧 씩씩하게 털고 일어나 마릿의 인성과 교육에 대해 딸 달시와 목소리를 높였다.

페리는 이 일을 두고 조용했다. 자신을 감쪽같이 속인 마릿에게 화가 난 듯 보였지만 루비 때문인지 묻어두고 넘어갔다.

희생양이었던 거리의 아이들은 안타깝게도 다시 거리로 돌려보내졌다. 누구도 이 상처받은 아이들의 보호막이 되어주지 않았다. 그것이 실버에게 버려진 인형을 대하는 정부의 자세였다.

평화로운 일상

　파도가 휩쓸고 간 자리가 복구되는 것처럼 젠의 일상은 큰 변함 없이 흘러갔다. 그러나 파도의 영향으로 본래의 성질이 바뀌듯 젠에게도 균열이 생겼다. 그 균열은 젠 조차도 모르게 조금씩 벌어지고 있었다.

❧

　젠은 조용히 스쿨버스에 올랐다. 언제나처럼 무뚝뚝한 얼굴의 폰이 가장 먼저 보였다. 이제 그는 그녀에게만큼은 주정뱅이 폰이 아니었다. 그는 자신이 위기에 처했을 때 도와준 친구였다. 그녀가 폰에게 인사하자 버스에 있던 모든 눈이 두 사람에게 향했다. 쓸데없는 짓을 했다며 폰이 눈총을 보냈지만 그 안에 숨어 있는 동료애를 젠은 느낄 수 있었다.

"수, 안녕."

젠은 수의 옆자리에 앉으며 인사했다. 수가 고개를 살짝 숙이는 것으로 인사를 대신했다. 며칠 새 생기를 더 잃은 그녀는 너무나 낯설었다. 신나게 두 팔을 휘저으며 웃어주던 소녀와 눈앞의 그녀는 절대 동일인일 수가 없었다. 그때는 조금 유난스럽다고 생각했는데, 친구를 두고 그런 생각을 했다는 자체가 미안하고 후회됐다. 젠은 수를 꼭 끌어안았다.

"내 앞에서만큼은 예전처럼 행동해도 돼. 나는 그때의 네가 그립다."

목석같이 가만히 있던 수가 손을 올려 젠의 볼을 쓰다듬었다. 젠은 떨어져서 그녀의 얼굴을 봤다. 잠깐이지만 예전의 모습을 드러내자 젠은 괜스레 코끝이 찡했다.

젠이 교실에 도착하자 기다렸다는 듯 칼이 뒤에서 나타나 그녀를 밀고 교실로 들어왔다. 두 사람은 나란히 앉아 서로가 보낸 주말에 대해 공유했다. 그녀는 이제 그와 단짝인 걸 숨기지 않았다.

"새로 생긴 손가락, 볼수록 멋있다."

젠은 장갑을 벗고 당당히 드러낸 그의 왼손을 보며 미소 지었다. 얼마 전에 칼은 잘려 나간 새끼손가락을 수술했다.

나사로 된 인조 뼈를 붙이고 실리콘으로 만든 가짜 피부를 부착했다. 원래의 손가락처럼 자유롭게 움직일 수는 없지만 겉으로 보기에는 진짜와 다름없어서 칼에게는 잘된 일이었다.

"루비 여사님께 너무 감사드린다고 전해드려."

"그 말만 벌써 몇 번째더라?"

루비는 칼의 수술을 적극적으로 지원했다. 그러면서 손녀의 어리석음을 돈으로밖에 배상하지 못하는 것을 진심으로 미안해했다. 처음에는 페리가 수술을 막아서 곤란했지만 결국에는 마음을 바꿨다. 젠은 이런 상황에서도 칼을 생각하지 않는 페리가 미웠고, 그래서 언젠가는 페리에게도 복수할 수 있기를 간절히 바랐다.

삼십 분이나 되는 쉬는 시간이 되자 젠은 간식 통을 들고 조용히 일어났다. 교실 문을 닫기 전에 반 친구들을 한 번 둘러봤다. 저마다 다르게 쉬는 시간을 보내고 있었지만 자신의 의지로 즐기는 사람은 없었다. 이번에도 오로지 그녀뿐이었다. 젠은 그들에게도 자유롭게 생각하고, 자유롭게 움직일 수 있는 삶이 약간이라도 있으면 좋겠다고 생각했다. 그들이 스스로 찾아낼 수 없다면 자신이 알려주고 싶었다. 루비에게서 받은 힘을 그들에게도 나눠 주고 싶었다.

젠은 서둘러 옥상으로 올라가서 첨탑으로 이어지는 계

단을 붙잡았다. 계단을 중간쯤 올랐을 때 그녀는 갑자기 멈춰 섰다. 잠깐 내린 소나기가 두고 간 물방울이 햇빛을 받아 곳곳에서 아름답게 반짝거렸다. 마치 세상을 비추는 전구처럼 보였다.

"젠, 내가 위험하다고 몇 번이나 말했니?"

긴의 목소리가 귓가를 간질였다. 젠은 웃음을 머금고 계단을 마저 올라갔다. 곧 긴에 이어 폰도 옥상으로 모습을 드러냈다. 세 사람은 좁은 첨탑 아래에 옹기종기 모여 앉았다. 폰이 꼭 이런 데서 모여야겠냐며 불만을 터뜨렸다. 티는 내지 않지만 은근히 높은 곳을 무서워하는 모양이었다.

젠은 간식 통을 가운데 내려놓고 뚜껑을 열었다. 안에는 애플타르트와 크림치즈브라우니가 넉넉하게 들어 있었다. 간식 통이 평소보다 큰 데는 이런 이유가 있었다. 세 사람은 사이좋게 간식을 나눠 먹었다. 폰이 애플타르트를 집중적으로 공략했지만 누구도 구박하지 않았다. 그가 사건의 일등 공신이나 마찬가지였으므로 내버려뒀다.

"선생님, 상담은 잘되고 있으세요?"

긴이 손에 든 브라우니를 다 먹자 젠이 물었다. 긴은 요새 손주들에게 괴롭힘을 당했던 아이들에게 남몰래 상담해주고 있었다. 명단을 만들면서 그들의 상처를 달래주고 싶었다고 했다. 물론 결심을 실천으로 옮기기까지 시간이 걸렸지만 결국 자신이 원하는 바를 이뤄냈다. 겁이 많던 긴의 모습이 조금씩 지워지고 있었다.

"근데 아저씨, 그때 준 약은 뭐였어요?"

젠이 이번에는 폰을 붙잡고 물었다.

"약?"

폰이 애플타르트를 우물거리며 눈을 가늘게 떴다. 기억을 더듬는지 대답을 내놓기까지 한참 걸렸다. 마침내 그는 손뼉을 치며 입을 열었다.

"아, 그거? 마음은 진정시켜주고 용기는 마구마구 들끓게 한다는 그 약? 왜. 효과가 좋았니?"

"네, 그거 먹고 나니까 눈에 뵈는 게 없어서 걔들을 상대하기 쉬웠어요."

"그럼 됐네. 뭘 굳이 알려고 해."

"이상한 거예요? 혹시 불법 약물 뭐, 그런 거였어요?"

폰이 낄낄대며 웃었다. 불법 약물 소리에 긴이 날뛰자 폰은 웃음을 이기지 못하고 배를 잡고 굴렀다. 저리 유쾌한 반응을 보면 문제가 있는 약은 아닌 듯싶었다. 그러나 긴은 학생에게 이상한 약을 먹인 거냐며 폰을 쥐 잡듯 잡았다.

젠은 투덕거리는 두 사람을 보다가 조용히 계단 난간에 기댔다. 하늘이 맑았다. 소나기를 쏟아내서인지 구름 한 점 없이 맑고 푸르렀다. 젠은 손가락을 들어 푸른 캔버스 안에 이름을 적어 내려갔다.

칼, 수, 닐, 란, 던, 줄, 쿤, 필……

그녀가 알고 있는 이름과 아직 알지 못하는 이름들, 어
딘가에서 학대받고 있을 이들의 이름을 푸른색 캔버스에
꽉꽉 채워나갔다. 이들에게도, 아니 우리도 푸른색이 상징
하는 희망을 품을 수 있다는 걸 모두에게 알려주고 싶었다.

마릿의 편지

젠.

내가 너한테 편지를 쓰게 될 줄은 몰랐어. 너도 그렇지?

이건 반성의 의미야. 사과의 선물이고. 읽고 안 읽고는 네가 선택하겠지만 난 네가 끝까지 읽었으면 좋겠어. 그럼 내 마음이 느껴질 테니까.

나는 지금 캠프에 있어.

캠프라고 하니까 좋아 보이네. 놀고 마시고 배우고. 뭔가를 즐길 수 있는 곳처럼 느껴지잖아.

여긴 캠프보다 시설이란 이름이 더 어울리는데 말이야.

할머니께 들었는지 모르겠지만 벌금형이 취소되고 여기에 들어왔어.

모두 케일럽 아빠의 결정이었어.

케일럽 아빠는 정부에서 일해. 이번에 무슨 중요한 심사가 있다더니, 그것 때문에 흠잡히지 않으려고 우리를 선도하려는 데 적극적이야.

물론 다른 어른들은 반대했어. 벌금이 부족하면 더 내겠다고까지 했지. 아빠는 인맥을 쥐어짜다못해 케일럽 아빠의 라이벌까지 찾아갔지만 소용없었어. 우리보다 돈이 많은 한스나 로진느네도 방법을 찾지 못했으니, 알 만하지?

나는, 우리는…… 그때 처음 알았어. 돈으로도 안 되는 게 있다는 걸 말이야.

알았다면 달라졌을까?

캠프 이야기를 할게.

듣고 싶지 않겠지만 들어줘.

네가 들어야 해.

우리보다 먼저 온 아이의 말을 빌리자면, 캠프를 적극적으로 활용하는 건 이번이 처음이래. 그동안에는 여러 가지 이유가 맞물려서 제대로 운영되지 않았고, 그래서 캠프의

존재가 알려지지 않았는데 이번 일을 계기로 세상에 드러
내려 한다는 거야.

설립 이후 내내 존재감이 없던 곳을 하필이면 지금 쓰임
새 있게 닦으려는 이유가 뭘까.
요새 내 머릿속을 차지하고 있는 질문이야. 뭐가 되었든
지 나와 친구들이 희생양이 된 거겠지.
너도 그렇게 생각하지?

여기는 가담의 경중에 따라 아이들을 나눠놓았어. 그래
서 한스와 로진느는 A동에, 케일럽과 테드, 니알은 B동에,
말로리나와 나는 C동에 있어.

사실 난 말로리나가 나와 같은 C동에 있는 게 이해가
안 돼.
말로리나는 그 일에 적극적이었어. 모든 게임을 재밌어
했다고.

물론 한스처럼 그 애들의 신체 일부분을 빼앗거나 로진
느처럼 배고픈 거리의 아이를 유혹해 데려오지는 않았지
만, 즐긴 것도 그만큼 나쁜 거야. 그러니까 나머지 아이들

이 B동에 있는 거겠지.

그에 반해 난?
난 계속 지켜만 봤어.
그러다가 염료 공 한 번 던지고, 바늘 한 번 찌른 게 다라고.
내가 별장에 간 건 한스를 만나려던 거지 그 같잖은 게임을 하려던 게 아니었다고.
그런 내가 말로리나와 같다니. 말이 돼?

네 친구 칼을 우승자 인형으로 내놓은 건 미안하게 생각해.
그래서 집으로 돌아오는 동안 사과했잖아. 연고도 줬고. 그 정도면 충분하다고 봐. 다른 애들은 나처럼 안 하니까.

어쨌든……. 그래서 말로리나와는 눈인사도 나누지 않아.
말로리나가 처음에는 무섭다고 내 곁에만 있었는데, 내가 반응을 보이지 않으니 더 이상 안 와.

걔는 얌전해.
얌전할 수밖에 없지.

밖에서는 보디가드처럼 니알이 붙어 있었지만 여기서는 혼자니 제멋대로 굴 수가 없어.

아니야.
니알이 있어도 다른 아이들과 함께 있어도, 말로리나는 말로리나로 돌아갈 수 없어.
나도 그래.
한스도, 로진느도.
여기 있는 모두가 그래.

그랬다가는 여기에 있는 시간이 늘어나거든.

캠프에서는 규칙적인 생활을 해.
때가 되면 일어나고, 밥을 먹고, 잠을 자.

모든 것은 실내에서 이뤄져.
바깥바람을 쐴 수 있는 건 점심 식사 후 딱 한 시간뿐이야. 그때는 운동장에 나가는데, 그마저도 사방이 담장으로 막혀 있어서 볼 수 있는 거라고는 하늘뿐이야.
운동장에도 규칙이 있어.
1. 각자 정해진 곳에만 있을 것.

2. 옆 사람과 이 초 이상 눈을 마주치지 말 것.

우리가 무슨 모의라도 할까 봐 걱정되는지 절대 모여 있지를 못하게 해.

그래서 우리가 하는 거라고는 깨끗한 공기를 마시는 것과 하늘을 보는 것뿐이야. 예전에는 하늘을 올려다본 적이 없어서 몰랐는데, 요새 매일 보다 보니 알 것 같아.

네가 하늘을 좋아하는 이유. 너희가 자주 하늘을 쳐다보는 이유.

~~난 그런 것 따위는 알고 싶지 않아. 내가 왜 알아야 해?~~
~~나는 하늘 말고 엄마가 보고 싶어. 아빠가 보고 싶어.~~
~~같은 곳에 있으면서 한스를 못 본다는 게 말이 돼?~~
~~담장이 높아서 넘어갈 수도 없어.~~
~~너였다면 넘어갔을 거야. 무슨 수를 써서라도 넘어갔겠지. 넌 그런 애니까.~~

날고 싶어.

담장 너머로 날아가고 싶어. 인간은 왜 날개가 없는 걸까.
~~너희에게 날개를 만들어줬더라면.~~

교육과 노동이야. 웃기지도 않지. 우리가 노동을 하다니.

일주일에 두 번, 교육 영상을 틀어줘.

대다수가 너희를 괴롭혀서 여기에 끌려온 만큼 교육의 내용은 거의 너희에 관한 거야.

너희가 필요한 이유. 너희를 괴롭히면 안 되는 이유.

우리가 너희를 포용하지 않을 때 발생하는 일들.

지루하고 재미없어.

다들 영상을 보고는 있지만, 머릿속으로는 다른 걸 생각해.

너희도 그럴 거 아니야.

실버에게 복종해야 한다. 인간에게 고마워해야 한다.

한 귀로 듣고 한 귀로 흘려버리잖아. 맞지?

사실 그러면 안 되는 건데.

너희는 그들 덕분에 인간답게 살고 있으니까.

근데 넌 왜 안 그러는 거야?

교육 영상을 보지 않을 때는 노동을 해. 노동하는 이유가 뭔 줄 알아?

쓸데없는 생각을 못 하게 하는 거야.

몸이 편하면 마음도 편해지고, 그럼 자연히 원래의 생활이 그리워지고, 그러다 보면 다시 피가 들끓어서 일을 저지르고 싶어지거든.

그래서 노동으로 통제를 하는 거야. 눈앞의 일 외에는 아무것도 생각하지 못하도록 괴롭히는 거지.

주로 거리의 아이들에게 나눠 줄 간식을 만들어.

너희는 그게 무슨 노동이냐 하겠지만 우리한테는 큰 노동이야. 남이 만들어준 거나 먹어봤지 만드는 건 처음이잖아. 게다가 모든 공정을 일일이 손으로 해야 하니 쉬지를 못해. 수량을 맞추지 못하면 혼나거든.

관리인은 선생님이라고 부르라는데 선생은 무슨.

간식을 받고서 좋아할 애들을 생각하라지만 나는 저주를 퍼부어. 이걸 먹고 아프라고 말이야.

너나 네 친구들이 받을 일은 없겠지? 안타깝다.

우리는 관심 없어. 몇 명은 관리인의 눈을 피해서 침을 뱉거나 다른 짓을 하기도 해. 말로리나도 그런 적이 있어. 사실 자주해. 나름대로 스트레스를 푸는 거야. 숨구멍과 같은 거지. 그러지 않으면 견딜 수가 없으니까.

자, 여기까지 들었을 때 어때?

너희가 당한 일에 비하면 우습지 않아?
가택연금이나 벌금형이 주는 무게감과 비슷하게 느껴지지?
그럴 거야. 내가 너라도 우리의 현재 상황에 실망했을 거야.
그깟 교육받는 게 뭐라고, 노동 조금 하는 게 뭔 대수라고, 벌 받는다고 으스대는 거야!

지금부터 진짜 소식을 알려줄게. 아주 통쾌할 거야.

여기에서는 다치면 디지털 치료를 받을 수가 없어. 그래서 하루면 나을 것을 며칠 동안 앓아야 하고, 통증도 고스란히 느껴. 늦어진 치료로 심하면 불구가 될 수도 있는데 상관하지 않아.

"눈에는 눈 이에는 이"라는 옛 속담대로 하려는데 직접 손을 댈 수는 없으니 다른 방법을 찾은 것 같아.

건너 건너 들은 소식에 의하면 테드와 로진느가 다쳤대. 어디를 얼마나 다쳤는지는 몰라. 다리가 부러졌다고도 하고, 얼굴에 심한 화상을 입었다고도 하니까. 매일같이 들려오는 소식에서 변하지 않는 건 다리와 얼굴이니, 분명 한 사람은 다리를, 다른 사람은 얼굴을 다친 거겠지.

칼처럼 잘린 건 아니겠지만, 또 모르지.
치료가 너무 늦어지거나 제대로 안 됐거나 하면……. 게다가 우리는 이곳에서의 생활이 아직 많이 남아 있어. 그사이에 무슨 일이 일어날지는 아무도 모르는 거야.

그리고 칼의 손가락은 이제 멀쩡하잖아?

칼이 겪은 일은 과거야. 더는 해치지 않아.
하지만 우리한테는…… 나한테는 현재이자 미래야. 오늘이자 내일이라고.

사실 엊그제 나와 같은 동에 있는 아이가 피를 토했어.

벌써 세 명째야.

아무래도 전염병이 도는 것 같은데 관리인이 쉬쉬해. 그 애들을 격리하라고 하는데도 말을 들어주지 않아. 아니면 누군가가 해코지를 한 걸까.

간식을 배달하는 노동자가 있는데 그 사람이 사주를 받은 게 아닐까 싶어.

너도 그렇게 생각하지?

너라면 생각할 수 있는 방법이니까. 너 같은 게 또 있을지 모르니까.

젠.

아직 내 손가락은 멀쩡해. 난 멀쩡해.

그래서 말인데…… 부탁이 있어.

할머니한테 내 상황을 전해줄래?

여기서 나가고 싶어.

할머니는 방법을 찾으실 거야. 분명 케일럽 아빠도 이길 수 있으실 거야.

~~내 상황을 전해줄 거지? 모른 척하지 않을 거지?~~

혹사 내가 사과하거를 원해?

젠.
난 너한테 미안하지 않아.
미안할 게 없지.
너를 별장에 데려간 건 내가 아니잖아?
그러니까 사과하지 않을 거야.

하지만 넌 내 부탁을 들어줘야 해.
네가 나를 여기에 집어넣었으니 꺼내는 것도 네가 해야 해.
무슨 말인지 알겠지?

잠깐. 한스가 나를 부르는 것 같은데 정말 한스일까. 아니면 환청일까.

벌써 소등 시간이야.
자러 가야 해. 졸리지 않는데 자야 한다니.

어쨌든 내 선물을 끝까지 읽어줘서 고마워.
내 부탁을 들어줘서 고마워.

안녕. 젠.

잘 자. 젠.

곧 만나.

개복치는 모험을 좋아했다. 그러나 겁이 많고 나약해서 집 밖으로는 한 발짝도 나가지 않았다. 개복치의 모험은 상상을 통해 이뤄졌다. 멋지게 점프해서 행성과 행성 사이를 누비고, 아홉 발 달린 짐승과 내기를 하고, 마음대로 시간을 주물러서 미래와 과거를 넘나들었다. 상상은 또 다른 상상을 불러왔고, 어느새 개복치만의 거대한 놀이터가 되었다. 개복치는 놀이터로 친구들을 초대하고 싶어졌다. 혼자가 아닌 함께 즐기면 더 행복할 것 같았다. 놀이터를 공개하기로 마음먹었지만 굳게 닫힌 문을 여는 게 쉽지 않았다. 남들 눈에는 부족하고 어설픈 놀이터일 게 분명해서 걱정이 앞섰다. 누구도 놀이터를 지적하지 못하게 완벽해졌을 때 친구들을 부르고 싶었다. 그러다 문득 생각했다. 모두를 만족시킬 만한 곳을 혼자서 만드는 게 가능할까. 아주 오랜 시간이 걸려서 만든다 한들 부족한 구석이 없을까.

개복치는 용기를 냈다. '모두'와 '완벽'에 집착하지 않고 '재미'와 '함께'에 마음을 두고 놀이터를 오픈하기로. 그것 또한 새로운 모험이 될 수 있으니 두려워하지 않고 즐기기로 했다.

번번이 좌절했던 도전이 드디어 항해를 시작합니다. 첫 출발을 자음과모음이라는 큰 배로 하게 되어서 기쁩니다. 겁이 많은 개복치는 끝까지 잘해내고 싶습니다. 처음에 바랐던 '잘'은 다른 사람의 인정이었지만 지금은 아닙니다. 지금의 '잘'은 옆길로 새지 않고, 포기하지 않고 해내는 것. 이 모험의 끝을 보는 것입니다. 개복치의 부족한 모험에 기꺼이 함께해주셔서 감사드립니다. 바라던 대로 끝까지 잘해내겠습니다. 모두가 행복해지는 글 끝에 제가 사랑하는 사람들과 사랑할 사람들 그리고 저 자신이 서 있었으면 좋겠습니다. 행복한 이야기 모험가. 그게 개복치를 부르는 또 다른 이름이 되기를 바랍니다.

항상 믿어주시는 아빠. 무한한 사랑을 주시는 엄마. 내 아이디어가 가장 재밌다고 해주는 내 동생 채연이. 개복치의 레벨이 0이었을 때부터 팬을 자처해준 친구들. 젠을 기꺼이 받아주신 권지연 편집자님과 편집부, 자음과모음. 여러분이 함께해주지 않으셨다면 젠과 친구들은 노트북 밖으로 나오지 못했을 겁니다.

감사합니다.

서하나

착한 인형 나쁜 인형

초판 1쇄 인쇄일 2026년 1월 26일
초판 1쇄 발행일 2026년 2월 9일

지은이　　서하나
펴낸이　　정은영

편집　　　권지연 정사라
디자인　　최지현
마케팅　　이언영 임동렬 임병천 박채윤 방서하
IP기획　　신은혜 김현영
제작　　　홍동근

펴낸곳　　네오북스
출판등록　2013년 4월 19일 제2013-000123호
주소　　　04047 서울시 마포구 양화로6길 49
전화　　　편집부 (02)324-2347, 경영지원부 (02)325-6047
팩스　　　편집부 (02)324-2348, 경영지원부 (02)2648-1311
이메일　　neofiction@jamobook.com

ISBN 979-11-5740-490-2 (03810)